Roland Topor

Tragikomödien

Herausgegeben von Daniel Keel und Daniel Kampa

Mit einem Vorwort von Arnon Grünberg

Diogenes

Nachweis am Schluss des Bandes
Umschlagillustration: Roland Topor,
›Die Geiseln‹, 1976

Diogenes Verlag AG Zürich
www.diogenes.ch
30/08/8/1
ISBN 978 3 257 06599 2

Inhalt

Anstoß erregen und Anstoß nehmen 9
von Arnon Grünberg

Erzählungen

Der schönste Busen der Welt 25
Spiegelverkehrt 38
Blauer Dunst 42
Liebe ohne Herz und Schmerz 44
Morgentief 48
Das Juwel 54
Ruhe bitte, hier wird geträumt! 56
Weihnachtsmärchen 69
Fest- und Feiertage 73
Ius primae noctis 82
Die Hungrigen speisen 84
Ein Haufen Fragen 87
Gewitter 89
Ohne Komplexe 97
Auf allen Schlachtfeldern 105
Mieser Charakter 114
Die Wahrheit über Ludwig XVII. 116
›Café Panik‹ 118

Mafia 124
›Panik-Bar‹ 131
Rückblende 133
Blind Date 138
Very select old product 152
Dr. Jekyll und Mr. Hyde 153
›Das Wachs und die Lohe‹ 155
Kulturkrise 169
›Ein Kampf auf Leben und Tod‹ 172
Magari (Mag sein) 190
Meine Muse und ich 209
›Panik-Studio‹ 223
Die Idioten 226
Das Dada-Jubiläum 229
Geistige Nahrung 230
Tödliche Soiree 232
Die Hinrichtung 235
Als Sonia den Teufel zum ersten Mal traf… 236
Zoll 238
Endstation 241
Die Bar der Zukunft – eine Utopie 243

Manifeste

Manifest der autogenen Schule 275
Der glatte Stil 282
Manifest der Regenkunst 288
Hundert gute Gründe, mich auf der Stelle umzubringen 292
Zwölf Möglichkeiten, Weihnachten zu entgehen 301

Roland Topor über Roland Topor

Wer ist Roland Topor? 309
Wäre ich nur ich selbst! 311
Ein Leben mit dem Radiergummi 315
Topor à la bombe 320
Fragebogen 324
Roland Topor im Gespräch mit Pierre Boncenne 329

Nachweis 347

Arnon Grünberg

Anstoß erregen und Anstoß nehmen

Auf die Frage, was er am liebsten wäre, antwortete Roland Topor: »Gott«, und auf die Frage, was er am liebsten mache: »Schlafen.« Sein Lieblingsmaler schließlich war sein Vater, Abram Topor.

Roland Topor wurde am 7. Januar 1938 in Paris geboren. Der Name der Mutter war Złata Binsztok. Beide Eltern waren jüdisch-polnischer Herkunft. 1942 floh die Familie – Roland hatte noch eine ältere Schwester – nach Savoyen. Kurz zuvor war Abram Topor ins Durchgangslager Pithiviers deportiert worden. Er konnte entkommen und tauchte zusammen mit seiner Frau zuletzt in Lyon unter, während die Kinder »bei Bauern auf dem Land« versteckt wurden. Nach dem Krieg nahm Abram seine Arbeit in Paris wieder auf. Er produzierte Lederwaren, die er an diverse Läden verkaufte, obwohl er sich eigentlich als Künstler betrachtete und in Warschau die Kunstakademie besucht hatte. 1967 baute er – mit fünfundsechzig – seine Werkstatt zum Atelier um.

Sein Sohn Roland Topor studierte an der École Nationale Supérieure des Beaux-Arts. 1961 erschienen seine ersten Illustrationen in der Satirezeitschrift *Hara-Kiri.* Über seine Entscheidung für das Illustrieren sagte er: »Ich hatte keine Lust, vierzig Jahre lang in einem Atelier Dinge zu machen, an die niemand glaubte. Darum arbeitete ich für Zeitschriften.«

1962 gründete er mit Arrabal, dem Schriftsteller Jacques Sternberg und anderen das ›Mouvement Panique‹, mit dem Wahlspruch: »Mich überkommt Panik, also lache ich mich kaputt.«

Am 19. April 1997 starb er in Paris an den Folgen einer starken Hirnblutung. Manche hielten ihn für einen Bonvivant, der beim geringsten Anlass eine Flasche Champagner aufmachte, und es ist überliefert, dass er sich für eine seiner Filmrollen – er schauspielerte von Zeit zu Zeit – in Zigarren bezahlen ließ. Im Pariser Café ›La Coupole‹ hatte er 1967 einer amerikanischen Journalistin, die Marlboro rauchte, einmal eine Packung Zigaretten in einer Schüssel Erbsensuppe servieren lassen. Später wurden die beiden gute Freunde. Nur selten wurde ihm von seiner Umgebung guter Geschmack bescheinigt.

Roland Topor schrieb einen kurzen Text – neben vielen anderen – mit dem Titel *Hundert gute Gründe, mich auf der Stelle umzubringen.* Unter Nummer achtunddreißig lesen wir dort: »Ich habe nichts mehr anzuziehen.« Unter Nummer siebzehn: »Das Leben wird immer teurer, den Tod kann man sich leisten.« Dreiundfünfzig: »Ein Maul weniger zu stopfen.« Vierzig: »Um, wie alle Welt, einen Juden umzubringen.« Einundsiebzig: »Um nachts nicht mehr zu schnarchen.« Und unter Nummer eins: »Die beste Art, um sicher zu gehen, dass ich nicht schon tot bin.«

Die Zitate vermitteln einen Eindruck, was für Reaktionen das Werk Topors hervorrufen kann: kindisch, albern, witzig, skurril, absurd, düster, abgeschmackt. Auch der Begriff »schwarzer Humor« darf hier nicht fehlen. »Ein Meister des Makabren«, »der Čechov des Grauens«, so wurde er von einer niederländischen Zeitung nach seinem Tod bezeichnet. In *Le Monde* hatte Topor einmal gesagt, dass das Publikum ihn aufgrund seines Werks für einen sexbesessenen Perversen halte, einen Sadisten, Psychopathen, einen unkultivierten Rohling. »Dabei bin ich ein ganz gewöhnlicher Sterblicher aus Haut, Blut und Knochen, nur meine imaginären Figuren haben das Glück, eine Haut aus Papier zu besitzen.«

Es war die polnische Künstlerin Ewa Mehl, die mich in ihrem Amsterdamer Atelier mit Topors Werk bekannt machte, so wie sie mich bereits früher auf den polnischen Schriftsteller Marek Hłasko hingewiesen hatte. Zwei für mich wichtige Entdeckungen. Dies alles geschah Ende der achtziger Jahre.

Ungefähr zur selben Zeit, am 28. März 1986, schrieb Rudy Kousbroek in der niederländischen Zeitung NRC *Handelsblad:* »Ich kenne einen französischen Maler, der schon bei bloßer Nennung des Namens Roland Topor an die Decke geht; er findet Topors Werk billig und einfallslos, kindisch und unreif. Ersteres ist nachweislich falsch, Letzteres lässt sich auch als Kompliment auffassen.«

Selbst wer noch nie einen Text von Topor gelesen und nie eine Zeichnung von ihm gesehen hat, begreift, dass jener ungenannte Kollege an Topors Werk Anstoß genommen hat. Fassen wir dieses »unreif« daher versuchsweise einmal nicht als Kompliment auf, nehmen wir die Kritik ernst. Topors Werk ist demnach nicht einfach schlecht, es ist schlimmer und anrüchiger als das, möglicherweise, weil der Kommentator ein gewisses Talent bei Topor vermutet, das dann – seiner Meinung nach – sträflich vergeudet wird; es ist infantil. Der Ernst des Lebens ist an ihm vorbeigegangen, und allein darum konnte Topor, als er schon längst kein grüner Junger mehr war, notieren, ein guter Grund, sich auf der Stelle umzubringen, sei, dass Groucho Marx tot ist (Nummer achtundachtzig).

Von Picasso stammt der Ausspruch, dass er ein ganzes Leben gebraucht habe, um wie ein Kind malen zu können. Offenbar sind nicht alle Kinder gleich unreif. Dennoch: Das letzte Wort zu Topors vermeintlicher Unreife kann dies nicht sein.

In seinem Werk weigert sich Topor, der Form des Ernsts den ihr – angeblich – gebührenden Tribut zu zollen, der Form, an der man den Ernst ja bekanntlich erkennt. Wie beim Witz, dessen Form, wie die Erfahrung lehrt, seinen Inhalt fast unschädlich macht. Niemand, der die Form des Witzes erkennt und die damit verbundenen Konventionen akzeptiert, braucht sich von einem Witz provoziert zu fühlen. Obwohl manche Witze nicht witzig sind und die Gelegenheit, bei der sie erzählt werden, unpassend sein kann. (Doch auch der Form des Witzes verweigert sich Topors Werk.)

Etwas Ähnliches gilt für das magische Wort ›Kunst‹. Was als Kunst anerkannt wird, liegt jenseits der Sphäre des Anstößigen. So dachten wir jedenfalls.

Wie kann man über Topors Werk, das sich dem Ernst verweigert und doch todernst ist, etwas Sinnvolles sagen, ohne seine schwer erkämpfte Leichtigkeit zu verraten? Eh man sich's versieht, spricht man wieder vom »Meister des Makabren«, sieht man in seiner »berühmten« Zeichnung einer Faust, die ein Gesicht zum Punching-Ball verformt, eine Anklage gegen Gewalt. (Ich setze »berühmt« in Anführungszeichen, weil Topor in Wirklichkeit nicht so berühmt ist, auf jeden Fall nicht so berühmt, wie er es verdient.)

Um Gewalt anzuklagen, brauchen wir Topor nicht. Wie er selbst sagte: »Ich akzeptiere die Wirklichkeit, ohne zu fragen, ob sie poetisch ist oder nicht.« Doch eine Sache zu akzeptieren, heißt noch nicht, dass man keinen Anstoß daran nimmt. Topor akzeptiert und nimmt Anstoß in einem. Schon das ist an sich eine Übung in Leichtigkeit. Und um wirklich Anstoß erregen zu können, muss man erst Anstoß genommen haben.

Topors Werk zeigt uns etwas, das wir so noch nicht wussten und nicht so gesehen haben, und verdankt unter anderem auch diesem Umstand seine befremdliche Wirkung. Mit hausbackenem Moralismus ist seinem Werk jedenfalls nicht beizukommen.

Am Ende der *Memoiren eines alten Arschlochs* schreibt Topor: »Wie soll man ohne Kunst das Geld veredeln? Man sehe sich vor: Moral und Kunst sind nicht dasselbe. Das Geld würde ohne die Hilfe der Kunst und der Künstler dem Ansturm der Moral unterliegen. Es wäre um unsere Gesellschaft, um unsere Zivilisation geschehen. Wäre die Kunst vergangen, würde die Scham triumphieren.

Die Kunst ist Genuss wie das Glück. Sie ist unmoralisch wie es. Es lebe das Geld! Es lebe die Avantgarde! Es lebe der Kommunismus!«

Dies als bloße Ironie abzutun, scheint mir mindestens

ebenso falsch wie daraus zu schließen, Topor sei überzeugter Kommunist gewesen. Auf die Frage: »Ist das Ihr Ernst?«, hätte er vermutlich geantwortet: »Was meinen Sie?«

Gerade Topors Anhänger haben sein Werk oft unwillentlich verraten und zu etwas gemacht, was es nicht ist und nie sein wollte. Eine Anklage gegen Gewalt, ein absurdes Universum voll rabenschwarzen Humors. Topor liebte amerikanische Krimis, weil die seiner Meinung nach die entscheidenden Themen behandelten: »Wie man überlebt, wie man Geld verdient und sich aus verzweifelten Situationen rettet.«

Nach eigenen Aussagen interessierte er sich vor allem für Details und Nebensachen, viel mehr als für die großen Themen. (Ohne Details und Nebensachen gäbe es die großen Themen nicht.)

Dennoch macht er kein Geheimnis daraus, dass es oft unmöglich ist, sich aus einer verzweifelten Situation zu retten. Im Theaterstück *Jokos Ehrentag,* in dem Menschen als Lasttiere fungieren, sagt ein Arzt am Schluss zu Joko: »Das Leben, junger Mann, ist kein Spaß, es ist etwas für Spezialisten. Deine Mutter kann dir nicht mehr helfen, also musst du verschwinden. Das ist normal. Die Starken werden überleben, Joko, um die Art voranzubringen und den Fleck, der du bist, auszuradieren. Denn ein Fleck bist du, eine Krankheit, die sonst vielleicht die ganze Menschheit anstecken würde.«

Im Roman *Der Mieter* (später von Roman Polanski verfilmt, der selbst, übrigens hervorragend, die Rolle des Mieters übernahm) gerät ein alleinstehender Mann in Paris in immer größere Schwierigkeiten, und zwar gerade dadurch, dass er alles tut, um jedwedes Problem zu vermeiden. Sein

Wunsch, niemanden vor den Kopf zu stoßen, wird ihm zum Verhängnis. Die Frage, wie man am besten überlebt, hängt bei Topor stets eng mit einer anderen zusammen, nämlich was sozial akzeptiert wird. Wer man eigentlich ist, wenn man es in der Gesellschaft geschafft hat.

Der mächtigste Grund zur Panik ist der, beobachtet zu werden: die Vermutung, einen Fehler begangen zu haben, ohne genau zu wissen, welchen. Nichts ist so nervenaufreibend wie der Blick des anderen.

Topors Zeichnung *Der Menschenfresser* zeigt einen jungen Mann in der Ecke eines leeren Zimmers. Offensichtlich wird er von einem erigierten Penis mit zwei haarigen Hoden bedroht, der ihn von der Mitte des Zimmers aus wütend anstarrt. (Ich habe kein anderes Wort dafür: »anstarren« ist genau das, was der Penis tut.) In Topors Welt ist auch der Penis ein anderer.

Im bereits erwähnten NRC-Artikel bemerkte Kousbroek, dass es offenbar nicht schick ist, wenn Zeichnungen einen »Gedanken« ausdrücken, und dass einer der Gründe, warum Topor nicht ernst (genug) genommen wird, darin liegt, dass seine Zeichnungen meist etwas *sagen.* Darum seien sie »rationalistisch« oder »literarisch«, und das scheint in der bildenden Kunst eine Sünde wider den Geist des Berufsstands zu sein.

Es stimmt. Seine Zeichnungen sind ausgesprochen verständlich, und Verständlichkeit gilt in manchen Kreisen als anstößig.

So wie im Kritikerjargon das Wort »leicht« oft für Dinge benutzt wird, die man nicht ernst zu nehmen braucht, als gänzlich unbedeutend abtun kann.

Gott sei Dank ist Topor jedwedem Fachhokuspokus abhold. Seine Karriere belegt das. Auch der scheinbare Mangel an Ehrgeiz, die Verachtung für Anmaßung und große Worte gilt als anstößig. Er durchschaut die Großtuerei, verabschiedet sich vom Ernst, oder besser gesagt: von dessen aufgeplusterter Form, weil er diese, wie ich vermute, als Instrument der Macht betrachtet. Auch darum verdient er das Prädikat »federleicht«, doch eben nicht im Sinn von bedeutungslos, »zu leicht befunden«. Vielmehr: federleicht wie jemand, der sich von aller Macht distanziert, selbst derjenigen, die manche Künstler so gern ausüben. So schrieb er: »Ich habe den Eindruck, ein Betrüger zu sein, ein Komiker, der seines Rufes unwürdig ist. Wenn ich das wäre, was sich die anderen vorstellen, wenn ich ihren Phantasmen ähneln würde, wäre ich dem Publikum näher, würde ich ein Teil von ihm sein. Ist es nicht ganz wunderbar, das Publikum! Nein?«

Auch bemerkte er: »Auf formalem Gebiet ist man in der Kunst alles gewohnt. Darüber regt sich niemand mehr auf.«

Kousbroek beendet seinen Artikel mit einem Zitat von Fellini, der Topor beauftragt hatte, Zeichnungen zu seinen Filmen zu machen. »Was mich an Topor fasziniert, ist seine grenzenlose Melancholie, seine dermaßen hoffnungslose Welt, die aber gleichzeitig so perfekt und mit allen Details versehen dargestellt wird, daß sie schließlich fast gemütlich ausschaut.«

Fast gemütlich. Da steckt die Crux. Topor ist ein höflicher Mensch. Wenn man nicht genau hinsieht, bleibt es immer gemütlich.

Man kann nicht ehrlich über Topors Werk sprechen, ohne zu akzeptieren – und zu betonen –, dass seiner Arbeit etwas anhaftet, woran man sich stoßen *will.* Doch schon diese Feststellung – obwohl das Anstoßerregen ein wohlbekanntes Ziel aller Kunst ist – ist merkwürdig und irgendwie irritierend, ja geradezu anrüchig. Als gebe man zu, einen Porno zu genießen. Oder noch schlimmer: Als frage man sich, warum ein Schmachtfetzen einen doch wieder zu Tränen rührt.

Um die Wirklichkeit mehr oder weniger vorurteilsfrei und vernünftig – was nicht das Gleiche ist wie gleichgültig – betrachten zu können, muss man sie erst akzeptieren, sich von frommen Lügen verschiedener Herkunft verabschieden. Wahrscheinlich kann die Kultur nicht ohne ein bestimmtes Maß an Heuchelei existieren, doch ist es das Vorrecht der Kunst (und übrigens auch des Witzes), diese Heuchelei zu durchstoßen und der Bestie direkt in den Rachen zu blicken.

Nun hat es in den letzten Jahren einige Fälle gegeben, die zeigen, dass die Freiheit der Kunst, die ich und einige andere als feststehendes Faktum betrachteten, nicht überall akzeptiert wird. Ein Bürgermeister von New York, der eine Ausstellung verbieten will, in der ein Kunstwerk die Ausscheidungen eines Tiers mit dem Kreuz Christi in Zusammenhang bringt. Gewisse Moslems, die Karikaturen von Mohammed nicht ertragen, und auch der Name Salman Rushdie darf in dieser Reihe nicht fehlen.

Wie aus dieser Aufzählung hervorgeht, ist es vor allem die Verwendung religiöser Symbole, die – selbst innerhalb des abgezirkelten Bereichs der ›Kunst‹ oder ›Karikatur‹ – bei einigen Gläubigen für Aufruhr sorgt.

Spätestens seit Alfred Jarry – in vielem eine Art Ahnherr Roland Topors –, von dem Moment an, da sich so etwas wie eine Avantgarde manifestierte, und seit der Entdeckung des Künstler-Bohemiens, hat die Kunst das Anstoßerregen zum Götzen erhoben.

Seit dieser Fetischisierung des Steins des Anstoßes schien es ohne nicht mehr zu gehen. Der Skandal war notwendig geworden, man konnte sich darauf verlassen, man wartete darauf. Wer aus der sicheren Position des Zuschauers Anstoß nahm, tat, was man von ihm erwartete. Also lohnte es sich nicht mehr. Und wer das nicht begriff, war – ja was? Alles Mögliche vielleicht, aber keiner von denen, die den Witz verstanden hatten: Die Pointe war ihnen entgangen. Sie waren zweitklassig, Dorfdeppen, B-Konsumenten, die darum auch mit B-Kunst zufrieden sein mussten. Heuchelei mag ein unabdingbarer Bestandteil aller Kultur sein, Snobismus ist eine unabtrennbare Begleiterscheinung der Kunst.

Die relative Immunität von allem, was sich hinter dem Wort »Kunst« (oder »Literatur«) verbarg, begann jedoch – je länger, je mehr – unerträglich zu werden. Für den Künstler selbst, für den Betrachter und für den Händler: Unantastbarkeit ist schlecht fürs Geschäft.

So kamen manche auf die Idee, unter der teils ehrlichen, teils geheuchelten Maske der Kunst Tiere zu quälen oder – mangels Tieren – sich selbst. Wo Grenzüberschreitung die Norm ist, wird früher oder später der Exzess unvermeidlich.

Offenbar gab es ein tiefes Bedürfnis nach Echtheit, ein unwiderstehliches Verlangen nach einem Ort ohne Maske und doppelten Boden: einer Arena, in der man Anstoß nehmen konnte, ohne dabei das unangenehme Gefühl zu haben, im Grunde gefoppt zu werden. Die schreckliche Leere, weil es eigentlich nichts gab, woran man sich stoßen konnte, war erst recht unerträglich. Nennen wir diesen Ort, wo man glaubte, nicht gefoppt zu werden: die Wirklichkeit.

Verschiedene Künstler missbrauchten, muss man vielleicht sagen, die Freistatt, die die Kunst sich erkämpft hatte. Doch wenn die Kunst sich auf einem freien Markt bewegt, und so ist es, dann war es die unsichtbar lenkende Hand des Marktes selbst, die diesen Missbrauch erflehte.

Der Traum der Surrealisten schien wahr zu werden: Die Welt mündete nicht in ein Buch – die Kunst mündete in einen Schuss in die Masse. Vorsichtig, wie die Masse ist, schoss sie lieber erst selbst.

Die Vorstellung, durch Anstoßerregen etwas anstoßen zu können, und dass das von Zeit zu Zeit nützlich ist, erfordert einen aufrichtigen Glauben an und einen gewissen Respekt vor dem Tabu. Der Glaube jedoch, dass man das Tabu an einem Ort angreifen kann, wo mehr oder weniger feste Regeln und Gesetze gelten, erfordert ein gewisses Maß an Distanz. Gerade darin unterscheidet sich Topors Werk fundamental von dem seiner Kollegen. Er nimmt das Tabu ernst, er glaubt daran wie an den Tod, mit einer rührenden Bedingungslosigkeit.

Wenn der Vorhang fällt, darf man laut »Buh!« rufen, man darf, wie in Wien öfter geschehen, die Bühne mit Dreck bewerfen, doch wer dem Bösewicht am Künstlereingang auflauert, hat etwas Grundlegendes nicht verstanden. Das Theaterstück war gut, hat seine Wirkung erzielt, könnte man sagen, doch der Zuschauer, der sich in seiner Aufgewühltheit zu einem Faustschlag hinreißen lässt, macht etwas falsch.

Die vernünftige Übereinkunft, auf der dies alles beruhte, erwies sich auf Dauer für viele als unerträglich.

So verschob sich die Kunst mehr und mehr in Richtung Politik: die Bühne, auf der man auch ohne Talent Anstoß erregen kann. Der Ort, wo der Zuschauer Anstoß nehmen darf, ohne das Gefühl zu haben: Man hat mich gefoppt.

Nun gibt es Gründe genug, sich auch dort, gerade dort, gefoppt zu fühlen, doch der Abgrund, der sich hinter *diesem* Foppen auftut, klafft so tief, so grässlich, dass man dann lieber doch das Polittheater ernst nimmt – als das, was es sein will: totale, düstere Wirklichkeit.

Man strebte nach Relevanz in der Kunst, was immer das sein mag, einer Kunst, die etwas bewirkte, Bedeutung hatte, an der man sterben konnte, wie an der Wirklichkeit.

Politik: nichts anderes als Kunst, an der man sterben kann. Krieg: noch mehr Kunst, an der gestorben wird.

Und Topor notiert als Grund für Selbstmord: »Ein unfehlbares Mittel gegen meine Glatze.« (Nummer zwölf)

Worauf man dann antworten muss: »Das meint er nicht ernst.« Die Phrase, mit der unliebsame Meinungen und Auffassungen des Künstlers (und Spaßmachers) stets unter den Teppich gekehrt werden.

Wie der General, der Volksvertreter und manche Mitglieder gewisser Königshäuser wollten viele von Topors Kollegen es brennend gern absolut ernst meinen. Was nichts anderes heißt, als dass sie die Form des Ernstes als Dogma betrachteten, ohne ihr inhaltlich etwas anderes hinzuzufügen als ihren eigenen unbändigen Wunsch, vom Publikum, das sie selbst so ernst nahmen, endlich auch ihrerseits ernst genommen zu werden.

Doch das Publikum blieb ebenso launenhaft, wie viele Künstler selber zu sein glaubten. Hie und da zog man daraus die Schlussfolgerung, die Eigengesetzlichkeit des Kunstwerks selbst abzulehnen. »Wenn ihr es unbedingt ernst meinen wollt, dann wir auch.« Das Kunstwerk existierte nicht länger in einer Freistatt, es ging in dem einen großen Gesamtkunstwerk auf: in der Wirklichkeit.

Der süßeste Traum aller Diktatoren und einiger Künstler: Die Welt, ihnen nicht nur zu Füßen liegend, sondern von ihnen ganz neu geformt. Sie haben diese undankbare Aufgabe übernommen: eine wünschenswerte Welt mit wünschenswerten Menschen zu schaffen, die einer wünschenswerten Moral folgen. Auf dem Weg zur wünschenswertesten aller Welten wurden manche Kunstrichtungen (wie auch manche Menschen) als unerwünscht betrachtet. Gesellschaftlich durchaus relevant vielleicht, aber unerwünscht.

Wie archaisch klingt vor diesem Hintergrund Topors Gedanke: »Der Tod, heißt es, ist ein leichtes Mädchen. Ich werde ein paar angenehme Stunden mit ihr verbringen.« (Fünfundsechzig.)

Doch der Tod ist kein leichtsinniges Mädchen, vielmehr häufig die Konsolidierung der Macht mit anderen Mitteln.

Eines der größeren Rätsel im Werk Topors ist, dass es Anstoß erregt, ohne schockieren zu wollen. Topor umschrieb sein Thema folgendermaßen: »Quelqu'un qui rentre dans un autre.« Jemand, der mit jemand anderem zusammenstößt. Der in einen anderen hineinkriecht.

Topor schreibt und zeichnet über diese beklemmende Abhängigkeit zwischen Individuum und dem anderen, zwischen Ich und Penis, zwischen Frau und Geschlecht. Bei Topor ist fast alles der andere.

Eine Beschwörung der Angst, wie man es andernorts getan hat, würde ich sein Werk nicht nennen. Das beschwert gar zu sehr das Federleichte an seinem Werk, das man gerade nicht verraten darf. Eher ist es eine freundliche Analyse der Gründe für diese Angst und deren Vergegenständlichung. Eine wirkliche Untersuchung der Angst erfordert jedoch – wie bei Topor – auch die Bereitschaft, der Angst direkt ins Gesicht zu lachen.

Und schließlich, Nummer fünfundvierzig der *Hundert guten Gründe, sich auf der Stelle umzubringen:* »Um mein Geheimnis zu wahren.«

Erzählungen

Der schönste Busen der Welt

Selbstredend war das Mädchen mit dem üppigen Busen Simon ins Auge gestochen. Er war ihr zwei- oder dreimal auf der Croisette begegnet. Doch als sie ihm aus dem Aufzug entgegenstürzte, den er eben betreten wollte, um sich zum Abendessen ins Hotelrestaurant zu begeben, gerieten seine Knie vor Verblüffung ins Schlottern.

Auf seinem Gesicht malte sich ein törichtes Lächeln, die Augen gingen ihm über, und er trat nicht einmal zur Seite. Sie musste ihn anrempeln, um an ihm vorbeizukommen. Dann schlossen sich die Türen, das Mädchen verschwand um die Ecke, und Simon stand vor der Schalttafel, wo die Etagennummern blitzschnell nacheinander aufleuchteten.

Ein leises Klirren erweckte seine Aufmerksamkeit. Er blickte auf den Boden und sah einen seiner Hemdknöpfe auf den Teppich rollen, nachdem er gegen die Metalltür gesprungen war.

Als er nachprüfte, um welchen Knopf es sich handelte, kriegte er den schlimmsten Schock seines Lebens.

Das Mädchen hatte ihm ihren Busen angehängt.

Simon hatte zwei prachtvolle Titten geerbt.

Simon Perelstein war einen Meter achtzig groß und wog neunzig Kilo. Ganz bestimmt ist das Wort ›effeminiert‹ nicht seinetwegen erfunden worden. Bis zum Alter von fünfunddreißig Jahren war er Amateurboxer von recht ansehnlichem Niveau gewesen, und an diese sportliche Zeit erinnerte noch seine gebrochene, ein wenig nach links verschobene Nase und die etwas verknautschten Ohren. Es fehlte ihm aber nicht an Charme, und sein kindliches Lächeln trug ihm die Sympathie der Damenwelt ein. Freilich hielt ihr Wohlwollen nie allzu lange vor, denn Simon litt an krankhafter Schüchternheit, so dass er barsch, ja mürrisch wirkte, jedenfalls unfähig war, nette kleine Sachen zu sagen, die auf dem delikaten Gebiet der Tändelei so unendlich wichtig sind. Was aber dem Ganzen die Krone aufsetzte, war die Tatsache, dass er schlecht tanzte, Zigarren rauchte und eine Vorliebe für starke Getränke hatte. Obwohl er bisweilen, wie jedermann, von einer verwandten Seele, von den Segnungen der Zweisamkeit träumte, schien er zum Hagestolz verurteilt. Weil er alleinstehend war, hatte ihn die Firma nach Cannes geschickt, um den Markt für Videogeräte zu erkunden. Er war erst an diesem Morgen angekommen. Das fing ja gut an!

Janet öffnete ihre Zimmertür, ihr Ärger über den ungehobelten Menschen, der sie am Aufzug nicht vorbeigelassen hatte, war noch nicht verraucht. Sie hatte den ganzen Tag im Inneren des grässlichen Bunkers verbracht – denn eine andere Bezeichnung gab es nicht für das neue Festspielhaus –, und sie war total erschöpft. Wegen der Klimaanlage war ihre Kehle ausgedörrt, noch dazu lief ihre Nase. Dabei hatte sie sich so auf den unverhofften Frankreichaufenthalt gefreut, wo sie endlich nicht mehr unter Harolds Kuratel stehen würde, und was war das für eine Enttäuschung! Ihr Chef hier, Heribert Mackaert, war ein widerlicher Kerl, der ihr andauernd sagte: »Brust raus, Häschen, lächeln, Dingsbums sieht Sie an. Ein möglicher dicker Kunde, den müssen wir uns schnappen!« Wenn's nicht der Dingsbums war, dann war's der Dingsda. Wie dem auch sei, das Spielchen machte Janet nicht mit. In ihrem Arbeitsvertrag als Sekretärin stand nichts von körperlicher Hingabe. Wenn Heribert Mackaert das nicht einsah, dann würde sie ihn eben zum Teufel schicken.

Trotz ihrer Müdigkeit fühlte sie sich seltsam leicht. Sie trat ins Badezimmer und öffnete die Jakuzzi-Hähne. Dann ließ sie ihren Rock hinabgleiten, mit einem gekonnten Fußtritt, bei dem sie gleich auch ihre Schuhe wegschleuderte, beförderte sie ihn in eine Ecke und hob die Arme, um ihr T-Shirt auszuziehen. Mit einem Kussmündchen wie für eine Lippenstiftreklame blieb sie vor dem Spiegel stehen. Ihr verstärkter Büstenhalter hing jämmerlich herab. Janet musste die unleugbare Tatsache zur Kenntnis nehmen: Ihre Brüste hatten sich davongemacht.

Nun tat Janet etwas Überraschendes.

Sie vollführte kleine Luftsprünge vor dem Spiegel, dann hüpfte sie durchs ganze Badezimmer, stieß dabei Freudenschreie und tierische Laute aus. Gleichzeitig kniff sie sich energisch in die Haut über dem Brustbein, und sie konnte es gar nicht fassen, dass sie so fein, so elastisch und so wenig füllig war.

Wie oft hatte sie sich nicht gewünscht, dass dieser störende, schwammige Busen, nach dem die Männer ihre Fühler ausstreckten, verschwinden möge! Diese Titten, die sie von Jugend an als eine Verunstaltung betrachtete. Ach! Eines Tages diese verhassten Brustdrüsen los zu sein, die ihr Kleidung, Gang, Gebärden vorschrieben, die sich anmaßten, ihr ihre Lebensweise zu diktieren! Nun war das Wunder eingetreten! Sie war wieder die Janet, die sie liebte, das Mädchen, das laufen, springen, tanzen konnte, das die Treppen hinaufstürmte, ohne die grässliche Empfindung zu verspüren, dass da zwei fleischige Gegengewichte saßen, die an ihrem Brustbein hin und her schwankten. Sie riss sich den Büstenhalter vom Leib und schleuderte ihn ein für alle Mal in den Abfalleimer unter dem Waschbecken. Dann kehrte sie der japanischen Badewanne mit Unterwassermassage den Rücken und packte ihre Koffer.

Simon war wie vor den Kopf gestoßen und wog seine Brüste in den Händen. Wenn er die Augen zukniff und somit sein Gesichtsfeld im Spiegel verengte, konnte er sich vorstellen, dass er eine hübsche Frau liebkoste. Diese sinnliche, ein wenig zweideutige Euphorie hielt nicht lange an. Auf seiner Stirn stand kalter Schweiß, er hob den Telefonhörer ab, um seinen Tisch im Restaurant abzubestellen. In diesem Augenblick kam ihm der rettende Einfall: Er rief Stef in Paris an und erzählte ihm sein unglaubliches Abenteuer.

»Na, da sieh mal an, Väterchen, was du für einen Rausch haben musst. Ich würde gerne mit dir tauschen!«, jauchzte dieser, ein stadtbekannter Erotomane.

»Ich schwöre dir, außer ein wenig Wein zum Mittagessen habe ich nichts getrunken«, verteidigte sich Simon mit heiserer Stimme. »Das ist kein Witz, Stef. Sie sind riesengroß, ich kann sie nicht mit den Händen umschließen.«

Der dumme Kerl lachte in die Sprechmuschel, bis er fast erstickte.

»Mit kleinen rosa Brustspitzen?«

»Nein, mit großen braunen Brustwarzen. Hör auf zu lachen, das ist überhaupt nicht komisch. Was soll bloß aus mir werden?«

»Wenn sie so sind, wie du sagst, dann kannst du dich ja immer noch als Amme verdingen!«

»Sei ein lieber Kerl, Stef, und hilf mir aus dem Schlamassel!«

»Mein armer Freund, du scheinst ja recht mitgenommen! Wo hast du dir denn deine Brüste geholt? Im Schwimmbad?«

»Nein, einfach so. Ein Mädchen hat mich beim Verlassen des Aufzugs gestreift...«

»Und sie? Hat sie die ihren noch?«

Simon stieß einen Fluch aus und legte auf.

Das war's! Stef hatte recht! Er musste das Mädchen wiederfinden. Sie trug die Verantwortung, sie war die Ursache von allem. Er stürzte aus seinem Zimmer, kehrte aber sofort wieder um. Er hatte vergessen, dass sein Oberkörper nackt, seine Brüste also unverhüllt waren. Bei der Vorstellung, dass jemand ihn in diesem Aufzug hätte sehen können, stiegen ihm die Haare zu Berge. Er zog einen dicken, sehr weiten Pullover über und begab sich zum Empfang.

Der Portier zog bei seinem Anblick die Augenbrauen hoch, aber nur wegen des Pullovers, denn es herrschte hochsommerliche Hitze.

»Ja, Monsieur?«

»Ich wollte Sie fragen... Mhm... Es ist ein wenig genant, da ist ein Hotelgast im fünften Stock, die einen Busen hat... einen Busen...«

Der Portier lächelte anzüglich und vollendete den Satz mit einer ausdrucksvollen Gebärde:

»So einen?«

»Ja! Können Sie mir ihre Zimmernummer geben?«

Er drückte ihm eine Hundertfrancnote in die Hand, die sich wie zufällig vor ihm geöffnet hatte.

»Miss Bubble. Das war Zimmer 519, Monsieur. Janet Bubble. Ein durchaus bemerkenswerter Busen, Monsieur.«

»Vielen Dank.«

Simon befand sich schon am anderen Ende der Hotelhalle, als die eben erhaltene Information in sein Hirn gelangte. Er kehrte um.

»Wieso ›war‹? Warum haben Sie gesagt: ›Das war Zimmer 519‹?«

»Weil Miss Bubble uns eben verlassen hat, Monsieur. Ich habe sie vor einem Augenblick mit ihrem Koffer gesehen. Schauen Sie am Taxistand nach, vielleicht steht sie da noch.«

Sie war nicht mehr da. Der Page erinnerte sich, einem Gast behilflich gewesen zu sein, einen Koffer ins Auto zu laden, aber ihm war nichts Besonderes an der Dame aufgefallen, vor allem kein Busen.

Der Portier, der wiederum befragt und reichlich mit Trinkgeld versehen wurde, erklärte sich bereit, ihm die Adresse auf Janet Bubbles Anmeldeschein zu geben: Mackaert Video Inc., 450 Rossmore Blvd., Los Angeles, Kalifornien.

Natürlich regnete es in Paris.

Simon begab sich vom Flughafen direkt nach Saint-Germain-des-Prés, wo er das Taxi vor der ›Brasserie Lipp‹ anhalten ließ. Er hatte sich dort mit Stef verabredet.

»Jedenfalls hast du mächtig zugenommen!«, schrie sein Freund, der mit einer hochgewachsenen Blondine von schwedischem Typ am Tisch saß. Sie war übrigens Norwegerin.

»Ich polstere mir den Bauch aus, damit es nicht so auffällt. Anders geht es nicht«, erklärte Simon und blickte dabei mit besonderem Nachdruck zur Norwegerin hinüber.

Er war wütend, weil Stef nicht allein gekommen war, obwohl er ihn eigens darum gebeten hatte.

»Du brauchst dich vor Liv nicht zu genieren, sie ist einiges gewöhnt.«

»Ich bin Kosmetikerin«, klärte sie ihn auf. »Stef hat mir von Ihrem Fall erzählt. Ich würde Ihnen gerne helfen.«

Da er zögerte, vor Verwirrung errötete, griff Stef in seiner groben Art ein:

»Die Titten, das ist ihr Spezialgebiet. Jeden Tag sieht sie Hunderte davon, das macht ihr überhaupt nichts aus. Sie hatte sogar mal eine Tante mit gleich drei Brüsten. Stell dir das doch mal vor! Sie ist schon die richtige Adresse, oder etwa nicht?«

Simon, der wie auf glühenden Kohlen saß, erzählte alles haarklein, bloß damit der andere nicht zu Wort kam.

»Kennen Sie einen guten Chirurgen?«, fragte er schließlich. »In Cannes habe ich einen aufgesucht, aber er machte mir Angst.«

»Was hat er gesagt?«

»Dass ich die schönsten Titten der Welt hätte, dass es ein Verbrechen wäre, sie wegzuoperieren. Er hat mich angefleht, ihn ein paar Fotos machen zu lassen. Ich bin fortgerannt. Der Mann war ja krank.«

Stef starrte auf Simons Brust.

»Da sieh mal einer an! Unter uns gesagt, mein lieber Freund, könntest du sie mir nicht zeigen? Nur ein ganz bisschen, bloß für eine Minute.«

»Kommt gar nicht in Frage, ich bin doch kein Kuriosum.«

Da Stef nicht lockerließ, kam Liv ihm zu Hilfe.

»Er hat recht, er ist doch keine Jahrmarktsattraktion. Kommen Sie heute Abend zu mir, ich werde sehen, was sich machen lässt.«

Sie kritzelte ihre Adresse auf ein Streichholzheftchen, dann versuchten sie, von etwas anderem zu reden. Ohne allzu großen Erfolg.

Heribert Mackaert blickte überaus finster drein und kaute an seinem Stumpen, als wäre er eine zähe Krabbenschere.

»Ich bin gar nicht mit Ihnen zufrieden, Janet. Aber schon gar nicht! Sie haben sich nicht im geringsten für die Firma eingesetzt, Sie waren nicht nett zu den Kunden, und dann haben Sie aus einer plötzlichen Laune heraus Cannes verlassen, ohne mich zu benachrichtigen. Ich glaube, jetzt sind wir an dem Punkt angelangt, wo unsere Wege sich trennen.«

»Sie würden mehr dabei verlieren als ich«, entgegnete Janet kühl. »Ihr wichtigster Kunde war Takumi Yakota, nicht wahr? Von der NHK? Ich habe etwas Konstruktiveres unternommen, als mit ihm zu Abend zu essen. Ich habe einen Abstecher nach Tokio gemacht. Sehen Sie sich mal diese Papiere an.«

»Ich kann kein Japanisch lesen.«

»Die Übersetzung befindet sich auf der nächsten Seite. Darin heißt es, dass die NHK mich als Exklusivagenten anerkennt und mir den Auftrag erteilt, sechshundert Fernseh-Stunden einzukaufen, und zwar in folgenden Sparten: Fernsehspiele, Dokumentarfilme, Trickfilme...«

Heribert Mackaert fiel vor Überraschung sein widerlicher Stumpen aus dem Mund.

»Wie haben Sie das geschafft?«

»Ich habe mit der Video Merchandising Company einen Vertrag über die Nutzung aller in unserem Katalog aufgeführten Nummern inklusive der damit verknüpften Rechte abgeschlossen. Die NHK hat sogleich angebissen. Eine Hand wäscht die andere. Sie waren reizend.«

Heribert schüttelte ungläubig den Kopf.

»Die Japaner ausschmieren, das soll Ihnen mal einer nachmachen! Wissen Sie, Häschen, dass Sie ganz vergessen haben, eine dumme Nuss zu sein? Warum zum Teufel zeigen Sie das erst jetzt?«

»Wenn ich vorher den Mund aufmachte«, entgegnete Janet, »blickten Sie nur auf meinen Busen.«

»Ihre Titten!«, gurgelte Mackaert, »was haben Sie bloß mit Ihren Titten gemacht?«

»Ich bin sie losgeworden.«

Er stieß einen pathetischen Seufzer aus und zuckte dann die Achseln.

»Nun, das ist schließlich Ihre Sache. Aber Ihr Freund tut mir leid. Weiß er schon Bescheid?«

»Nein, das ist eine Überraschung«, sagte Janet gelassen.

Harold D. Pressburger hatte die Abschiedsszene schon seit langem eingeübt. Sowie Janet die Wohnung betrat, legte er mit seiner Tirade los:

»Ja, Janet, ich liebe jemand anderen. Es ist keine Frau. Kaum ein Kind. Ein zerbrechliches, unberührtes Wesen, das mich ebenso braucht, wie ich sie. Sicher hat sie nicht deine üppigen Formen, deine fleischlichen Reize...«

Er hielt plötzlich inne, denn Janet hatte ihre Bluse aufgeknöpft.

»Wenn du gehen willst, dann tu's ruhig«, erwiderte sie ruhig. »Ich hatte diese Dinger, die sich zwischen dich und mich drängten, wirklich satt.«

Harold trat zu ihr, nahm sie in die Arme.

»Aber, aber, Janet, mein kleiner Schiffsjunge, mein Griechenknäblein, mein Satansbraten, ich machte doch nur Spaß. Du weißt genau, dass ich ohne dich nicht leben könnte.«

Bei Liv war es sehr gemütlich. Die Einrichtung in der winzigen Wohnung in der Rue Madame zeugte von bestem Geschmack und Intelligenz. An den Wänden hingen Edvard-Munch-Reproduktionen, und auf dem niederen Tischchen neben dem Diwan standen eine Flasche Bourbon, ein Eiskübel und Gläser bereit.

»Möchten Sie erst etwas trinken, oder sollen wir lieber Ihr Problem sofort in Angriff nehmen?«

»Ich tränke gerne einen kleinen Bourbon«, sagte Simon eingeschüchtert. »Das würde mich entspannen.«

Ihr verständnisvolles Lächeln tat ihm wohl. Er sah ihr beim Ausschenken der Getränke zu und war bezaubert über ihre anmutigen Gesten. Liv war ein hinreißendes Mädchen, das war ihm bei ›Lipp‹ gar nicht aufgefallen. In ihrem schlichten Sommerkleid, das bei einer anderen wie ein Morgenrock ausgesehen hätte, wirkte sie überaus verführerisch.

Sie prosteten einander zu, dann wurde das Schweigen immer lastender.

»Wollen wir nicht?«, sagte sie schließlich, scheinbar leichthin.

Er rutschte unbehaglich auf seinem Diwan hin und her.

»Sie meinen jetzt, sofort? Hier? Jetzt gleich?«

Sie setzte sich neben ihn.

»Ziehen Sie Ihr Jackett aus, dann fühlen Sie sich gleich besser.«

Er gehorchte, wenn auch ungern. Sie schien ungeduldig.

»Rühren Sie sich nicht mehr, ich helfe Ihnen.«

Sie ließ eine Hand unter sein Hemd gleiten, schob den dicken Schal zur Seite, mit dem er sich die Brust plattdrückte, und begann leidenschaftlich seinen Busen zu kneten.

»O Liebling! Liebling!«

Sie riss ihm das Hemd vom Leib, presste ihn in den Diwan, und er spürte, wie sie ihre Lippen auf eine der strotzenden Brustspitzen drückte.

»Aber was treiben Sie denn? Stef sagte doch, dass Sie nichts mehr aufregen könnte...«

»Ja, das meinte ich auch«, gurgelte sie. »Aber sie sind so

schön, so zart, so warm... Ah! Du machst mich wahnsinnig!«

›Na so was!‹, vermochte er gerade noch zu denken. ›Das ist mir auch noch nicht passiert!‹

Es war das erste, aber nicht das letzte Mal. Nach Liv kam Laurence, dann folgten Elisabeth, Caroline, Pauline, Natascha, Amanda, Ornella und viele andere. Simon hatte in den Augen der Frauen einen Trumpf in der Hand: seine Brüste, von denen sie etwas verstanden und auf die sie stets hatten verzichten müssen, seine Brüste, die sie mit Begeisterung liebkosten, küssten, daran sogen, seine Brüste, die den anderen Männern abgingen und denen sie in den erlaubten Liebesbeziehungen für immer entsagen zu müssen glaubten. Simon bekam alle Frauen, die er begehrte: junge, erblühte, reiche, berühmte, sportliche, adlige und bürgerliche. Selbstredend kündigte er bei seiner Video-Firma. Er hatte es nicht mehr nötig zu arbeiten und auch nicht die Zeit dazu. Er wurde ein richtiger Playboy, von dem so mancher Zeitschriftenleser kopfschüttelnd sagte: »Aber was finden die Leute nur an dem Kerl mit der schiefen Nase und den Boxerohren, an dem ist doch nicht mehr dran als an mir!« Nun, das war es eben, an ihm war etwas mehr dran, aber das konnten sie nicht erraten, denn seine Anzüge waren zu gut geschnitten, und er liess sich nie in der Badehose fotografieren. Es faszinierte die Medien. Man berichtete über die kleinste Begebenheit seines Lebens. Seine Art, sich zu kleiden, zu essen und zu sprechen, alles wurde analysiert. Umfragen wurden über ihn veranstaltet. Man errechnete den Grad seiner Beliebtheit. Statistiken wurden aufgestellt. Philosophen sprachen von einem gesellschaftlichen Phänomen, Politiker gaben sich alle Mühe, ihn nachzuahmen, Dichter widmeten ihm Oden.

Das *Time Magazine* ernannte ihn gar zum Mann des Jahres, und sein Bild erschien auf dem berühmten Titelblatt mit der roten Umrahmung.

Da beschloss die Bubble Films Company, Simon Perelstein für ein Remake von *Casanova* zu engagieren, das tausendmal mehr kosten sollte als Fellinis Film. Aber als Heribert der Vorsitzenden von den horrenden Anforderungen des Superstars berichtete, wurde diese fuchsteufelswild.

»Sie sind wahrhaftig ein Esel, Heribert! Noch nie haben Sie es fertiggebracht, einen Vertrag auszuhandeln. Ich kümmere mich persönlich um diese Angelegenheit. Man soll mir einen Platz in der Concorde reservieren, morgen bin ich in Paris.«

So kam es, dass Janet und Simon sich drei Jahre nach ihrem Tausch wieder Angesicht zu Angesicht gegenüberstanden. Aber ihre Begegnung war außerordentlich kurz. Es fiel kein einziges Wort.

Sobald sie einander erkannten, stießen sie einen Entsetzensschrei aus, gaben sich nicht einmal die Hand, vielmehr rannten sie, so schnell sie ihre Füße tragen wollten, davon, als müssten sie fürchten, sich eine grässliche Krankheit zu holen.

Spiegelverkehrt

Es war einmal ein Typ, sagen wir, Robert, der mit einem hübschen Mädchen verheiratet war, nennen wir sie Véronique. Roberts Bruder namens Jean-Paul hatte ebenfalls ein flottes Weib geehelicht, die Marguerite hieß.

So kompliziert ist das gar nicht. Da sind also Robert und Jean-Paul, die beiden *freak brothers,* und ihre Angetrauten Véronique und Marguerite. Alles klar?

Die vier gingen immer zusammen aus. Sie waren unzertrennlich. So richtig nette Nachtschwärmer. Sie waren jung, gutaussehend und gerade vermögend genug, um sich in originellen Lokalen gute Getränke leisten zu können.

Aber in der Silvesternacht rammt der total vollgelaufene Robert mit seinem alten Peugeot einen parkenden Lastwagen. Aus ist der Spaß! Nach einem Monat wird er aus dem Spital entlassen und erfährt, dass seine Schwägerin Marguerite gestorben ist und er ihren Tod verursacht hat. Da kriegt er natürlich fürchterliche Schuldgefühle.

Sein Bruder Jean-Paul, der ihn am Krankenhauseingang abholt, lässt kein Wort des Vorwurfs über seine Lippen kommen. Aber er hat Augenschatten bis ans Kinn, und wenn er nicht aufpasst, rollen ihm die dicken Tränen übers Gesicht. Robert und Véronique bieten ihm an, eine Zeitlang bei ihnen zu wohnen, bis er über seinen Schmerz hinweg ist.

Sie sind sehr lieb zu ihm, vor allem Véronique. Robert findet, dass sie zu viel des Guten tut, dass sie übertreibt. Nachts steht sie auf und begibt sich ins Zimmer des unglücklichen Witwers. Sie schläft in seinem Bett. Alle zwei Nächte findet Robert sie in Jean-Pauls Armen. Natürlich weiß er, dass alles seine Schuld ist, aber er kann sich einfach nicht damit abfinden. Wenn Robert gegenüber Véronique etwas verlauten lässt, entgegnet sie, dass er Hirngespinste hat und dass sie nur versucht, ihrem Schwager eine verständnisvolle Freundin zu sein.

»Geduld muss man haben, viel Geduld. Du siehst doch, dass Marguerites Tod ihm einen fürchterlichen Schlag versetzt hat.«

»Ich weiß. Aber das Mitgefühl hat auch irgendwo seine Grenzen. Der Tod seiner Frau tut mir sehr leid, vor allem, weil ich daran schuld bin. Aber ich habe den Eindruck, dass er mich hasst und dass er sich rächen will, indem er dich mir wegnimmt.«

»Aber nein, du redest Unsinn. Er ist unglücklich, das ist alles. Er braucht jemanden, der sich um ihn kümmert. Mit mir redet er offen. Er fängt schon an, sich wieder für alles Mögliche zu interessieren. Allmählich findet er von neuem Geschmack am Leben.«

Wie sehr sie Robert auch zureden mag, er lässt sich nicht überzeugen, ja, mit jedem Tag wächst seine Eifersucht. Er spioniert seiner Frau und seinem Bruder nach, und alles, was er herausfindet, gibt seinem Verdacht neue Nahrung. Kein Zweifel, Véronique und Jean-Paul haben ein Verhältnis miteinander.

Was aber Véronique nicht zu sagen wagt: Sie ist überhaupt nicht Véronique, sondern Marguerite. Robert, der bei dem Unfall einen Schock abbekommen hatte, wollte einfach nicht wahrhaben, dass seine eigene Frau in seinem alten Schlitten ums Leben gekommen war. Er hatte Véronique getötet. Nur aus Herzensgüte spielten ihm sein Bruder und seine Schwägerin die Komödie vor. Allerdings hatte Jean-Paul allmählich die Nase voll. Robert fiel ihm auf den Wecker, und er wurde ebenso eifersüchtig wie sein Bruder.

»Eines Tages musst du ihm die Wahrheit sagen«, versuchte er seiner Frau klarzumachen. »So kann das nicht weitergehen. Er hält dich wirklich für Véronique.«

»Na und?«, erwiderte Marguerite. »Das ist das mindeste, was du für ihn tun kannst. Immerhin ist er dein Bruder. Wenn es ihm besser geht, wenn er wieder zu Kräften gekommen ist, werden wir ihm die Wahrheit sagen.«

»Je eher, desto besser. Ich habe meinen Bruder gern, aber dich liebe ich auch, und ich will dich nicht verlieren.«

Doch genau das geschah: Er hat sie verloren. Nachdem sie so lange die Rolle der Véronique gespielt hatte, verliebte sie sich schließlich in ihren Pseudo-Ehemann. Und als Jean-Paul, dem die Geduld riss, von ihr verlangte, zwischen ihm und seinem Bruder zu wählen, tja, da wählte sie Robert.

»Das musst du doch einsehen, Jean-Paul, ich kann seine Wirklichkeit nicht zerstören, das wäre ein zweiter Unfall, der noch viel schlimmer und grausamer wäre als der erste. Er hält mich für Véronique, und ich habe einfach nicht das Recht, sie ein zweites Mal zu töten.«

So kam es, dass Robert, obwohl ein Hahnrei, es fertigbrachte, die Situation so zu drehen, dass sie mit seinem Wahn übereinstimmte. Am Ende bekam er Recht. Jean-Paul hatte keine Frau mehr, und sein Bruder seufzte erleichtert auf, als er endlich auszog.

»Die Frauen sind doch alle rechte Biester«, lautete das Schlusswort meines Kumpels Glasinderhand, der mir diese Geschichte an einem Sommerabend auf der Terrasse des Cafés ›La Nouvelle Mairie‹ erzählte. »Was die Männer betrifft, so sollen sie nur krepieren, sie verdienen es nicht besser.«

Ein Hund erhob Einspruch.

Blauer Dunst

Vincent packte einen seiner Schuhe und knallte ihn gegen die Küchentür, deren Scheibe er zertrümmerte.

»Ich muss heiraten«, dachte er, »sonst dreh ich durch.«

Sobald er Singleton begegnete, teilte er ihm seinen Entschluss mit.

»Ich zähle auf dich, um mir eine Braut zu verschaffen. Ich bin nicht anspruchsvoll, wenn sie nur jung, schön und klug ist. Und dann ein Mädchen mit Sinn für Humor, du weißt schon, was ich meine.«

»Alles klar«, sagte Singleton.

Dann redeten sie über Cocktails.

Am Sonntag darauf rief ihn Singleton an.

»Komm in den Jardin des Plantes, vor das kunsthistorische Museum, ich werde dir dort deine Frau vorstellen.«

»Ich eile.«

Sie war bezaubernd. Genau wie Vincent sie sich erträumt hatte: witzig, hübsch, mit einem Anflug von Schwermut in den Augen und keineswegs auf den Kopf gefallen.

Singleton machte seine Sache großartig.

»Maud, dein Mann. Vincent, deine Frau.«

Lachend schüttelten sie einander die Hände.

In der Folge gingen sie oft zusammen aus, liefen händchenhaltend durch die Straßen, küssten sich, schliefen miteinander, heirateten, sahen fern und knabberten dabei Erdnüsse.

Eines Abends beim Kartenspielen sagte Maud unvermittelt:

»Jetzt reicht's aber.«

»Was reicht jetzt?«, fragte Vincent und stach ein As.

»Das mit dir und mir, diese Geschichte eben. Ich hab dich gern, Vincent, aber ich liebe dich nicht. Das Ganze war nur blauer Dunst, verstehst du?«

»Red nur weiter!«

»Du weißt ja, wie Singleton ist. Ein großes Kind. Er hat uns einander als Mann und Frau vorgestellt, das war drollig. Ich wollte sein schönes Märchen nicht zerstören. Aber jetzt reicht's. Es war nur blauer Dunst.«

»Ich hab so was geahnt«, seufzte Vincent.

Er öffnete eine Schublade, nahm einen Revolver heraus, den er sich an die Schläfe hielt.

»Nein!«, schrie Maud.

Der Knall hörte sich wie ein Furz an.

»Keine Sorge«, erklärte Vincent, »es ist nur ein Spielzeugrevolver. Auch ich hab was übrig für blauen Dunst.«

Liebe ohne Herz und Schmerz

Morgens

Emma seufzt, ihre Lider flattern. Noch schlaftrunken tastet sie sich allmählich in die Wirklichkeit vor. Ihr Körper vermittelt ihr ein erstes Bündel von Empfindungen. Eine davon registriert sie naserümpfend. Was mag es nur sein? Der linke Fuß ragt aus dem Bett, aber das ist nicht eben unangenehm, ein Sonnenstrahl schickt ihr rote Wellen in die Augen, recht amüsant... Aha, daher kommt also das Unlustgefühl: Das Kopfkissen fühlt sich am Nacken feucht an, sogar ihre Wange ist ganz nass. Emma öffnet die Augen, und ihr Blick fällt auf ihren Teddybären. Sie lächelt und sieht dabei noch hübscher aus.

»Du wirst alt, armer Bobby. Ich muss einen Ersatz für dich finden.«

Sie schnippt mit den Fingern und befördert Bobby auf den Teppichboden. Sie wendet sich dem Videogerät zu. Auf dem Bildschirm wirkt Starskys Gesicht recht übernächtigt.

»Ich möchte jetzt gern, Liebling.«

»Warte eine Sekunde, ich schließe nur die Tür. Im Nebenzimmer ist ein Typ von der Agentur.« Er verschwindet vom Bildschirm. Während seiner Abwesenheit schlägt sie das Laken zurück, schiebt ihr Nachthemd hoch.

»Ich gehöre ganz dir, Liebling.«

Er hat seine Hose heruntergezogen, seine Hand umfasst seinen Penis. Auge in Auge erreichen beide schnell den Orgasmus. Sie bedarf nicht einmal des Vibrators, den er ihr zum Geburtstag geschenkt hat.

»Bis gleich, Liebling. Ich hab's eilig, ich komme sonst zu spät ins Büro.«

»Bis dann, meine Hübsche. Ich hab auch zu tun. Der Typ von der Agentur erwartet mich.«

Sie wirft ihm eine Kusshand zu und schaltet das Bild ab. Das neue Videogerät ist einfach dufte. Freilich ist der Bildschirm ein bisschen klein, aber der plastische Effekt umwerfend.

Nachmittags

»Kommst du mit ins Lafayette? Ich kauf mir einen neuen Teddybären.«

Muriel macht große Augen. Sie ist ein hochgewachsenes, sommersprossiges munteres Mädchen.

»Hast du dich endlich entschlossen, dich von deinem Fossil zu trennen? Gratuliere!«

»Kommst du nun oder kommst du nicht?«

»Natürlich komme ich mit. Aber gehen wir doch lieber in den Bazar. Die haben ein neues Modell, vollautomatisch.«

Jacky hat es Emma sofort angetan. Aber unerschwinglich ist das Vieh! Dafür jedoch ganz große Klasse!...

»Sie werden Ihre Wahl nicht bereuen«, behauptet der Typ an der Kasse. »Zahlen Sie mit Kreditkarte oder in bar?«

»In natura.«

»Dann gehen Sie bitte in den kleinen Salon. Ziehen Sie sich schon aus, ich komme gleich nach.«

Muriel ist hell begeistert:

»Was sagst du zu den Jeans? Auf dem Flohmarkt gibt es keine mehr, und hier haben sie noch eine ganze Ladung.«

»Sind sie sehr teuer? In welcher Form hast du bezahlt?«

»In natura. Eine Runde auf die Schnelle. Bei dir hat's aber lange gedauert!«

»Sei bloß still! Der Zähler des Kassierers war außer Betrieb. Er hat mich alle Stellungen durchexerzieren lassen. Ich bin total kaputt. Nehmen wir die Metro oder lieber ein Taxi?«

»Bah ... ein Taxi. Wenn man in natura zahlt, geht es zu zweit schneller.«

Abends

Emma hat die letzten Zwiebackkrümel aufgegessen und stößt ihr Glas gegen den Bildschirm des Videogeräts. Starsky tut desgleichen, wenn auch mit einem leeren Glas.

»Auf dein Wohl, Liebling. Ich habe aber nichts mehr zu trinken.«

»Nimm deinen Wagen und fahr zu mir. Ich hab noch eine edle Flasche, und dann können wir wirklich miteinander anstoßen.«

Er schüttelt betrübt den Kopf.

»Keine Zeit, Liebling. Ich muss arbeiten. Und bei meinem Status kann ich es mir nicht mehr erlauben, in natura zu zahlen.«

»Ich weiß … Ich sagte das nur zum Spaß. Auch ich muss arbeiten. Bis morgen, Liebling.«

»Bis morgen, meine Hübsche.«

Nachts

Jacky fühlt sich herrlich weich an, und er weiß sich zu beherrschen, wie ein richtiger Gentleman. Ah, er wird ganz bestimmt nicht das Kopfkissen nässen! Aber der arme Bobby sieht auf seiner Kommode so traurig aus, dass Emma es nicht übers Herz bringt, ihn dort zu lassen. Sie holt ihn ins Bett, und zusammen mit dem anderen schiebt sie ihn unters Nachthemd und presst beide an sich. Tja, und da zeigt der Alte, dass er nicht weniger taugt als der Neue. Dann schläft sie ein und träumt von Starsky. Er ist der einzige Mensch, den sie liebt, den sie je geliebt hat. Jedenfalls ist er der einzige, der ihr einsame Lust zu bieten vermag.

Morgentief

Morgens habe ich immer Mühe, in Schwung zu kommen. Wenn ich die Augen öffne, brauche ich erst mal eine gewisse Zeit, um herauszufinden, wo ich gelandet bin. Wenn nicht sonst irgendwo, erwache ich dann und wann in meinen eigenen vier Wänden, mein Kopf ist in einer Schublade oder in einem Bücherregal eingezwängt, meine Füße stecken in der schmutzigen Wäsche. Schließlich stellt sich heraus, dass ich quer über dem Bett liege, während mir ein komischer Satz durch den Kopf trottet: »Lachsfilets schmecken nicht.« Oder so was von der Art. Das beunruhigt mich natürlich. »Was red ich da bloß?« Ich komme nicht einmal dazu, die Frage richtig zu formulieren, da ist mir schon die Antwort über die Lippen geschlüpft: »Die Lammkeule sollte man wegwerfen, am besten in den Aufzug.« Jeder Zweifel ist ausgeschlossen: Meine Stimme ist die meinige nicht! Da kann man weiß Gott aus den Pantinen kippen.

Und wenn eben in diesem Moment das Telefon klingelt, muss ich mich selber künstlich beatmen, um nicht zu ersticken. Ich hebe ab, nicht unbedingt den Hörer. Mitunter hebe ich ab, was mir gerade unter die Finger kommt. Mit ausgedörrter Kehle sage ich »Hallo!«, wie in solchen Fällen üblich. Aber mein »Hallo!« kommt nie allein. Ich stammle noch irgendetwas, und dann lege ich auf gut Glück auf, was es aufzulegen gibt, und um das Gespräch auf etwas anderes zu bringen, summe ich den ersten blödsinnigen Schlager, der mir in den Sinn kommt. ›Schau mich bitte nicht so an‹ oder ›C'est si bon‹ ... Ich spüre wohl, dass etwas nicht stimmt ... dass etwas faul ist ... »Mensch, bei dir ist ja 'ne Schraube locker.« Eine bemerkenswerte Feststellung, finde ich, denn sie zeugt von gesundem Menschenverstand. Ein positives, wirksames Wort, geeignet, die Nerven zu beruhigen. I wo, ganz und gar nicht. Denn ich sage ja nicht nur einmal: »Mensch, bei dir ist ja 'ne Schraube locker!« Vielmehr wiederhole ich den vermaledeiten Satz fünfzig-, hundert-, ja zweihundertmal. Das kann einen schon auf die Palme bringen. Wenn ich dieses »Mensch, bei dir ist ja 'ne Schraube locker!« zum zweihundertsten Mal höre, packe ich ein Stück Schenkelhaut und quetsche sie so lange, bis Blut austritt. Nach einiger Zeit sage ich übrigens nicht mehr: »Mensch, bei dir ist ja 'ne Schraube locker«, sondern: »Menne Schrau!« Eine magische Kurzformel, die ich unablässig herleiere. »Menne-Schrau Menne-Schrau Menne-Schrau Menne-Schrau Menne-Schrau ...«, wobei ich das Rattern des Zuges nachahme ... Und dann döse ich zum Glück wieder ein. Jedenfalls meistens, denn bisweilen leide ich an morgendlichen Schlafstörungen. Ist das aber nicht der Fall, dann träume ich. Nichts Besonderes: Ich befinde mich zum Beispiel im hohen Norden Kanadas und wate durch Blutschnee. Ich bin an solches Zeug gewöhnt, das macht mir weiter nichts aus. Im Allgemeinen wache ich auf, weil ich Wasser lassen muss. Wenn der Drang übermächtig wird, stehe ich auf und peile vorsichtig das Klo an, wobei ich mir alle Mühe gebe, nicht auf die Scherben im Flur und auf die rostigen Nägel, die aus dem Fußboden ragen, zu treten. Meine Schritte hallen unheimlich laut wider. Bin ich allein, oder schleicht jemand hinter mir her? Bin ich wirklich wach? Um mir Gewissheit zu verschaffen, rufe ich: »Ist da wer?« Niemand antwortet. So blöd ist der auch nicht. Ich sage mir, dass das Echo im Flur akustische Sinnestäuschungen bewirkt, und bevor ich aufs Klo gehe, räume ich ein bisschen auf. Beim Aufstehen kann ich den Anblick von vollen Aschenbechern nicht ertragen, auch nicht den von Gläsern mit abgestandenen Weinresten, in denen aufgeplatzte Zigarettenkippen schwimmen, ebenso sind mir leere Flaschen, Brotkrümel und Käserinden auf dem verdreckten Teppichboden ein Greuel. Das ist der einzige Moment des Tages, an dem ich mich zum Staubsaugen aufraffen kann. Ich säubere die Aschenbecher, werfe die leeren Flaschen weg, kurz: Wenn ich zum Pissen gehe, ist alles blitzblank. Aber beim Wasserlassen sehe ich wieder die Kippen in den Gläsern und die Käserinden vor mir, da dreht es mir den Magen um. Ich stecke mir den Finger in den Schlund, damit auch mein Körper den ganzen Dreck los wird, den er in sich hat. Manchmal klappt es, aber nicht immer. Mitunter verbringe ich zwei Stunden in der Toilette, den Kopf in der Kloschüssel, und warte, bis es endlich kommt. Im Übrigen finde ich das recht angenehm! Da ist das Rauschen des Wassers, das unaufhörlich in die Schüssel rieselt, seitdem die Spülung defekt ist … So richtig ländlich-rustikal. In Paris fehlt einem die Natur. Deshalb ruinieren sich die Leute mit Zimmerpflanzen. Aber die Natur besteht eben nicht nur aus Chlorophyll! Auch Wildbäche, Quellen und Wasserfälle gehören dazu! … Das alles besitze ich in meinem Klo, noch dazu spottbillig. Nach einiger Zeit fühle ich mich besser, so dass ich die Kraft aufbringe, mich wieder ins Bett zu legen. Sofort schlafe ich ein, und auf geht's, mit vollen Segeln ins Land der Träume. Ich muss mich der Gerichtsvollzieher erwehren, die meine Kopfkissen pfänden wollen, oder mir die Vorwürfe meiner verstorbenen Freunde anhören, die mich anklagen, sie vergessen zu haben. Es kommt auch vor, dass Küchenabfälle aller Art dem Mülleimer entweichen und um mein Bett herumkriechen. Sie umschlingen mich, würgen meine Kehle. Ich erwache mit dem Gefühl zu ersticken.

Ich hole tief Atem. Dabei entsteht ein Pfeifton, als hätte ich ein Loch im Rücken. Die Lunge, was denn sonst? Noch ein Krebs mehr, der ernährt werden will. Ich schleppe mich zur Küche, um nachzusehen, ob da noch ein Aspirin zu finden ist. Ich krame in der Schuhschachtel, wo ich meine alten Medikamente aufhebe. Wenn ich Glück habe, finde ich eine vergammelte Brausetablette. Ich liebe das zischende Geräusch, wenn sie sich im Wasser auflöst. Es erinnert mich an Sciencefiction-Filme mit fliegenden Untertassen und kleinen grünen Männchen ... Ein Boogie-Woogie der zerfallenden Materie. Bevor ich das Gebräu trinke, halte ich mein Gesicht über das Glas, so dass es besprüht wird. Mit geschlossenen Augen stelle ich mir vor, in der Bretagne zu sein, wo feiner Nieselregen fällt. Das tut gut. Selbst der Aspiringeschmack im Wasser erweckt die Vorstellung, am Meer zu sein. Wiederum lege ich mich hin, wobei ich die Hände um meinen Schädel presse, damit er mir nicht davonrollt. Aber wie ein geölter Blitz schieße ich noch einmal aus dem Bett, um die Türen zu schließen und die Vorhänge zuzuziehen. Natürlich wegen des Lichts. Dieses verdammte

Licht, das durch die kleinsten Ritzen hindurchsickert und mir in den Augen brennt. Bei Licht lohnt es sich nicht, Aspirin zu nehmen: Aspirinvergeudung nennt man das. Ich stopfe alle Löcher zu, dichte überall ab. Je dunkler es ist, desto wohler wird mir. Stockfinster will ich es haben! Das ist umso bemerkenswerter, als ich die Dunkelheit nachts nicht ertrage. Ohne Nachtlicht kann ich überhaupt nicht einschlafen. Doch sobald es Tag wird, ist es genau das Gegenteil. Ich weiß schon: Ich bin eben schwierig, aber was lässt sich schon dagegen tun? Ich werfe mich lange herum, bis ich endlich die ideale Lage gefunden habe. Ich drehe das Kopfkissen um, damit ich auf die unbenutzte Seite zu liegen komme, ziehe die Laken hoch, so dass sie nicht mehr knautschen, und auf einen Schlag geht es mir großartig. Ich bin geradezu euphorisch. Das Aspirin beginnt zu wirken. Lächelnd entschlummere ich und – bums! – schon stellt sich ein hübscher Traum ein. Doch zur gleichen Zeit flüstert der wache Teil meines Gehirns: »Du darfst diesen Traum nicht vergessen, weil du ihn für ein tolles Drehbuch verwerten kannst.« Das stimmt. Wenn das Telefon nicht vor dem Ende klingelt, habe ich beim Erwachen einen ganzen Spielfilm. Das ist aber selten. Die Leute rufen mich just in dem Moment an, wo es anfängt, interessant zu werden, und um dann den Faden der Handlung wiederaufzunehmen: Denkste! Ich räche mich, indem ich jedes Klingelzeichen mit wüsten Beschimpfungen beantworte. Ein schwacher Trost. Mein geniales Drehbuch löst sich in Wohlgefallen auf. Es bleibt mir nur eine undefinierbare Stimmung, das Gespenst einer Erinnerung.

Es klingelt ein letztes Mal, und alles ist zu Ende: Ich weiß nicht einmal mehr sicher, ob ich auch wirklich geträumt habe. Ich blicke auf den Wecker: schon achtzehn Uhr. Um fünfzehn Uhr hatte ich eine Verabredung. Sei's drum! Ich bleibe im Bett. Solange ich in den Federn liege, gebe ich kein Geld aus, rauche und trinke ich nicht und rede weniger Blech.

Das Juwel

»Wie fühlen Sie sich?«

»Müde.«

»Haben Sie immer noch solche Schnapsideen im Kopf?«

»Ja, Herr Doktor.«

»Legen Sie sich hin!«

»Autsch!«

»Ja, die Nägel sind zu Anfang immer ein wenig ungewohnt. Ich beginne mit einer Ohrfeige.«

»Aua!«

»Jetzt kommt die Nase dran!«

»Autsch!«

»So, und nun ein kräftiger Zug an den Ohren.«

»Aua!«

»Schlagen Sie nicht so um sich, das nützt nichts.«

»Hören Sie auf, Sie tun mir weh!«

»Na wunderbar. So, und jetzt kommt's ganz dick! Halten Sie sich fest!«

»Autsch! Aua! Aufhören!«

»So ist's recht, Kleines. Und peng! einen in den Magen, und bums! einen auf den Detz und platsch! in den Busen.«

»Ich kann nicht mehr. Aargg…«

»Gelt, es lässt sich schlecht reden, wenn einen jemand an der Zunge zieht?«

»...«

»Na ja, für die erste Sitzung reicht's, sie ist ohnehin in Ohnmacht gefallen. Morgen werde ich zur Elektrotherapie übergehen.«

Drei Wochen später kann die Rekonvaleszentin ihr normales Leben wieder aufnehmen. Ihr Mann und ihre Kinder veranstalten ein Freudenfest. Sie helfen ihr sogar beim Geschirrabtrocknen und erlauben ihr, die Kinderstunde am Fernsehen anzuschauen. Sie hatten solche Angst ausgestanden, als sie ausfiel.

Eine gute Ehefrau und Mutter, die die Wäsche wäscht und bügelt, das Haus putzt, einkauft und kocht, das Steuerformular ausfüllt, mit den Kindern Hausaufgaben macht und noch dazu recht anständig Belote spielt, eine solche Frau ist ein Juwel. Sie gehört einer aussterbenden Rasse an.

Bei den ersten Anzeichen von Ermüdung und Auflehnung brachte man sie in Dr. Bums' Klinik zur Schockbehandlung. Zum Glück war es keine allzu ernste Sache.

Eine ordentliche Schmerzkur, und im Nu ist sie wieder zufrieden. Nun genießt sie das stille Glück ihres ausgefüllten Daseins. Sie ist geheilt.

Ruhe bitte, hier wird geträumt!

Der Marsianer beglotzte Christine Spoc mit seinen drei grün, rot und orange blinkenden Augen. Sie schrie vor Entsetzen auf.

»Zwecklos, um Hilfe zu rufen«, knarzte er. »Hier hört Sie keiner. Ich habe meine Vorkehrungen getroffen.«

»Doch, Christophe Arno wird mich befreien. Er wird mich Ihren dreckigen Pfoten entreißen und Sie für Ihre Schandtaten bezahlen lassen, Sie herzloser Marsmensch!«

»Nun, wir haben zwar kein Herz, Erdlingin, aber wir können davon gar nicht genug kriegen. Unsere Köche kennen zehntausendfünfhundert Zubereitungsarten: Herz mit fünf Empfindungen, Bedrücktes Herz mit Spiegelei, Herz auf heißer Hand, Herz im Schlafrock und so weiter, um nur vier Beispiele zu nennen. Dein Herz ist sicher besonders zart, ich werde es also *nature* genießen.«

Er entfaltete seine Membranen, flatterte im Zimmer herum und stieß sich dabei an den Möbeln.

»Christophe Arno wird mich retten«, japste die arme Christine.

»Wird er nicht, dein…« Wie durch Zauberhand war der Marsianer auf einmal verschwunden. Den rauchenden Desintegrator noch in der Hand, kniete sich Christophe Arno neben die ohnmächtige junge Frau. Sie schlug die Augen auf.

»Christophe... mein Geliebter!«

»Christine... Liebste!«

Lange lagen sie einander in den Armen, taub für das Klingeln des Weckers.

Es war schon nach elf, als Christophe Arno vorsichtig die Augen aufschlug. Als Erstes tastete er nach der Beule auf seinem Scheitel, die allmählich zur Größe eines Maulwurfshügels anwuchs. Wenigstens war die Migräne weg. Am Vortag war ihm ein Stapel Bücher auf den Kopf gefallen, und wissenschaftliche Wälzer sind weiß Gott schwer! Christine stand auf der Leiter und brach in Tränen aus.

»Es ist meine Schuld... Ich bin der schlimmste Tolpatsch der Welt! Jetzt hassen Sie mich bestimmt und werden mich womöglich entlassen... Ich bin ja so unglücklich!«

»Nein, nein, ist doch gar nichts passiert«, protestierte er vage, etwas benommen von dem Schlag.

Dann verlor er das Bewusstsein.

Nun ja, nicht ganz, er war noch imstande, mit Christine zur Apotheke an der Ecke zu gehen, wo er untersucht und verarztet wurde.

»Also«, sagte der Apotheker schließlich, »es ist nichts, glaube ich. Vielleicht sollten Sie sich vorsichtshalber röntgen lassen. Das müssen Sie entscheiden. Gehen Sie nach Hause. Morgen werden Sie eine dicke Beule haben.«

Christine zog geräuschvoll die Nase hoch.

»Ach, Monsieur Arno, ich würde alles dafür geben, dass Sie mir verzeihen!«

»Ich verzeihe Ihnen«, murmelte er tonlos.

Unvermittelt küsste sie ihn auf die Stirn wie ein Schulmädchen und entfloh Richtung Buchhandlung.

»Das mit dem Kuss ist schlimmer«, seufzte der Apotheker. »Dagegen gibt es kein Rezept. Das einzig wirksame Mittel wäre, noch einen schweren Bücherstapel so auf den Kopf zu kriegen, dass Sie gar nicht mehr wissen, wo er Ihnen steht.«

Christophe lächelte, als er an diese pessimistischen Worte des Apothekers dachte. Da waren ihm Küsse doch lieber als Beulen! Er stand auf und streckte sich. Der armen Christine allerdings erging es während der Viertelstunde ohne ihn schlecht. Der Marsianer sah nicht so aus, als ob er scherzte mit seinem Gerede über Rezepte!

Christophe ließ sich gerade alle Einzelheiten seiner nächtlichen Abenteuer noch einmal durch den Kopf gehen, als er am Treppenaufgang die Concierge traf. Sie drückte ihm gerührt die Hand.

»Bravo, Monsieur Arno! Sie waren großartig!«

»Nicht wahr? Haben Sie keine Post für mich?«

»Nein, nichts. Auf Wiedersehen, Monsieur Arno. Wir sind hier alle auf Ihrer Seite. Nieder mit den Marsmenschen!«

»Danke. Bis heute Abend!«

Erst an der roten Ampel in der Rue des Saints-Pères wurde ihm bewusst, wie komisch die Concierge dahergeredet hatte. Was meinte sie bloß mit ihrem »Bravo, Monsieur Arno, Sie waren großartig« und »Nieder mit den Marsmenschen«? Wusste sie etwa von seinem Traum? Aber wie? Das war doch vollkommen unsinnig.

Als er seinen Wagen auf dem Parkplatz abstellte, klopfte ihm der Parkplatzwächter auf die Schulter.

»Großartig, Monsieur Arno, wirklich großartig! Als ich

zu meiner Frau sagte, dass ich Sie kenne, konnte sie es kaum glauben. Wir würden Sie gern einmal abends zu uns einladen.«

Er hielt Christophe, der ihn mit heruntergeklapptem Unterkiefer ansah, den Parkschein hin.

»Was war großartig?«

»Machen Sie Witze? Der hätte der süßen kleinen Christine doch glatt ihr Herz aufgefressen, der miese Marsmensch. Ach übrigens, bestellen Sie ihr einen schönen Gruß!«

Christophe verzichtete auf eine Diskussion, schnappte seinen Parkschein und eilte in die Buchhandlung.

»Danke, Monsieur Arno«, sagte Christine, kaum dass er die Tür hinter sich geschlossen hatte. »Das werde ich Ihnen nie vergessen!«

»Was werden Sie mir nie vergessen? Und Danke wofür?«

»Für heute Nacht! Mit dem Marsmenschen!«

»Wollen Sie behaupten, ich hätte Sie vor ihm gerettet?«

Sie begann zu lachen.

»O nein, Monsieur Arno, ich kann sehr wohl zwischen Traum und Wirklichkeit unterscheiden. Ich bin Ihnen dankbar, dass Sie mir eine Rolle in Ihrem Traum gegeben haben. Es war ein großer Erfolg, wissen Sie? Jetzt erkennt mich jeder auf der Straße. Meine Freundinnen können es gar nicht fassen. Es ist wunderbar!«

Christophe ließ sich auf einen Hocker fallen.

»Sie meinen, dass meine Träume öffentlich sind? Dass die anderen träumen, was ich träume? Wie lange geht das schon so? Und warum hat mir keiner was gesagt?«

»Erst seit heute Nacht. Aber es ist ein Triumph! Ich hoffe

sehr, dass Sie weitermachen, alle hoffen das. In Paris jedenfalls. Ich weiß nicht, bis wohin Ihre Träume reichen. Das ist bestimmt wegen… wegen…«

»… des Bücherstapels?«

Er lachte, sah aber unglücklich drein.

»Und woher weiß man, dass es sich um meinen Traum handelt und nicht um irgendeinen Traum, in dem ich auftrete?«

»Sie haben Ihre Vorkehrungen getroffen. Vor dem Traum steht: ›Copydream by C. Arno‹. Da ist kein Irrtum möglich. Und Sie haben mir eine Rolle gegeben. Alle Männer werden jetzt von mir träumen. Sie sind ein Schatz!«

Noch ganz unter dem Eindruck dieser Offenbarung überquerte Christophe die Straße, um mithilfe eines dreifachen Cognacs seine Gedanken zu ordnen. Georges, der Barbesitzer, kaufte in der Buchhandlung öfter Krimis.

»Salut, Christophe. Gratuliere zur letzten Nacht. Du musst mir sagen, wann du heute schlafen gehst. Ich möchte die Fortsetzung nicht verpassen! Es gibt doch eine Fortsetzung, oder?«

»Schon möglich. Ich sag's dir, wenn ich ausgetrunken habe.«

Der Alkohol tat ihm gut. Die Dinge erschienen nun weniger seltsam, sein Abenteuer weniger unwahrscheinlich. Ohne diese verdammte Beule…

»Monsieur Christophe Arno?«

»Ja. Was gibts?«

»Ich bin Luc Naomy von W.U.R.S.T. (Werbungs- und Reklame-Steuerung). Kann ich Sie kurz sprechen?«

»Natürlich.«

Die beiden Männer setzten sich an einen Tisch im hinteren Teil der Bar.

Luc Naomy, ein junger Mann von kleiner Statur und eher schmächtig, machte einen wild entschlossenen Eindruck. Er zog ein Päckchen Zigaretten aus der Tasche und hielt es Christophe hin.

»Ich rauche nicht.«

»Nein? Schade! Ich mache nämlich Werbung für Zigaretten der Marke Tchuss. Deshalb bin ich hier, Monsieur Arno. Die Zigaretten sind gut, aber neu auf dem Markt und müssen ihre Käufer noch finden. Vielleicht reicht es, wenn Sie sich in einem Ihrer Träume eine Tchuss anzünden. Sie werden es nicht bereuen.«

Christophe lachte. Er fand die Idee äußerst komisch.

»Mein lieber Monsieur Naomy, ich würde Sie bestimmt enttäuschen. Ich kann meine Träume nämlich nicht steuern. Selbst wenn ich wollte, könnte ich Ihren Vorschlag nicht annehmen.«

»Diesen Einwand habe ich erwartet. Lassen Sie das meine Sorge sein!«

Luc Naomy holte einen vorbereiteten Vertrag aus seiner Tasche.

»Sie müssen bloß hier unterschreiben. Damit Sie sehen, welches Vertrauen ich in Sie habe, bekommen Sie Ihr Geld sofort. Als Gegenleistung will ich von Ihnen nur eins: den Schlüssel zu Ihrer Wohnung. Wenn Sie innerhalb einer Woche nicht von Tchuss geträumt haben, gehört das Geld Ihnen, und ich bin weg von W.U.R.S.T.«

Christophe ließ seinen Blick abwechselnd auf dem gespannten Gesicht Luc Naomys und den rosa Blättern des

Vertrags ruhen, sah aber beides nicht. Er sah eine riesige, ultramoderne Buchhandlung über mehrere Etagen vor sich und so viele Verkäuferinnen, dass man gar nicht wusste, wohin mit ihnen. Auf den Etagen eine Ausstellungshalle, eine Bar, ein Schwimmbad, ein Filmklub ...«

»Einverstanden, ich unterschreibe.«

Beschwingt tauschte Luc Naomy ein riesiges Bündel Scheine gegen Christophes kleinen Schlüssel.

»Heute Abend natürlich um neun ins Bett«, rief er im Gehen.

Sofort stand ein Dicker im braunen Anzug an seiner Stelle.

»Monsieur Christophe Arno? Benjamin Score von K.R.E.N. (Kunst und Reklame einfach nutzen). Wie ich sehe, haben Sie gerade einen Vertrag mit Luc Naomy abgeschlossen, und wir verstehen uns hoffentlich genauso gut.«

Benjamin Score legte ein Bündel Banknoten auf den Tisch, neben dem das von Naomy quasi verschwand.

»Monsieur Arno, ich will nicht viele Worte machen: Waschen Sie in einem Ihrer Träume Ihr Geschirr mit Crac, und das Geld gehört Ihnen!«

»Würde ich gern machen«, erklärte Christophe geduldig, »aber ich kann Ihnen nichts versprechen. Ich bin nicht Herr dessen, was ich träume.«

Die fleischigen Lippen des Mannes im braunen Anzug verzogen sich zu einem Grinsen.

»Darum kümmere ich mich. Unterschreiben Sie hier, und geben Sie mir einen Schlüssel.«

»Einverstanden.«

Den ganzen Tag über kamen Menschen mit Taschen voller Geld und gaben einander in der Bar und in der Buchhandlung die Klinke in die Hand. Einer repräsentierte die Waschmaschinenmarke Gulf Stream (Gulf Dream = Gulf Stream), ein anderer vertrat die Automarke Wawawumm, wieder ein anderer die Fleischerei Gutspeck. Dann gab es noch Kancanne-Kandis, Schönbein-Strümpfe, Husta-Sirup, die Zeitung *Die Nacht,* Bastille-Pastillen, sogar ein junger Schriftsteller sprach in eigener Sache bei Christophe vor und bat ihn um eine Erwähnung seines letzten Buchs, *Ich kann nicht mehr, Liebste.*

Um sechs Uhr abends war die Nacht so ausgebucht, dass Christophe auf seine Mittagspause ausweichen musste. Allerdings weigerte er sich, tagsüber Schlafmittel zu nehmen, wie ihm der Typ mit den Schlafwohl-Tabletten geraten hatte.

Dann verabschiedete er sich von Christine, deren kunstvoll geschminktes Gesicht freudig erstrahlte.

»Träumen Sie was Schönes, Monsieur Arno. Bis morgen.«

»Bis morgen.«

In Christophes Schlafzimmer sah es aus wie in Disneyland. Kreuz und quer angebrachte Spruchbänder, Transparente und Inschriften aller Größen und Farben bildeten ein phantastisches kalligraphisches Ballett. Die Bettwäsche war mit Slogans übersät, die Kopfkissen flüsterten Produktnamen, an der Decke blinkten Neonschilder.

Diese Nacht träumte Christophe, dass er die Macht ergriff, die Steuern senkte, die Bautätigkeit vorantrieb, ungeheure Kredite für Bildung und wissenschaftliche Forschung bereitstellte, Kunst und Literatur förderte und die Armee auflöste …

Als er am nächsten Tag die Buchhandlung betreten wollte, nahmen ihn plötzlich zwei Männer im Trenchcoat in die Mitte und baten ihn mitzukommen. Da ihm nichts anderes übrigblieb, folgte er ihnen. Sie brachten ihn zu einem Amtsgebäude, das er nicht kannte, und führten ihn ein paar verdrießlichen Gestalten vor, die ihn unfreundlich anstarrten.

»Sie sind also der Unruhestifter!«

»Ich... es war keine Absicht!«

Ein glattrasierter alter Mann, offenbar der Vorsitzende der Kommission, ergriff das Wort.

»Sie nutzen eine unrechtmäßig erworbene Macht, um Ihren Mitbürgern subversive Ideen einzuflößen. So etwas können wir nicht hinnehmen. Von heute an haben Sie der Kommission eine genaue, detaillierte Aufstellung dessen zu übergeben, was sie während der Nacht zu träumen beabsichtigen.«

»Aber das weiß ich doch nicht! Das ist nicht von meinem Willen abhängig.«

»Pech für Sie. Wir dulden keine Verstöße gegen die Moral. Sie dürfen nicht vergessen, dass selbst Kinder Zugang zu Ihren Träumen haben! Das Beste wäre, Sie würden nachts nicht mehr schlafen, bis wir einen Weg gefunden haben, die Öffentlichkeit vor Ihren kranken Hirngespinsten zu schützen.«

»Kommt nicht in Frage«, brüllte Christophe, der mit seiner Geduld am Ende war. »Sie können mir nichts tun.«

»Überschätzen Sie sich bloß nicht! Wir werden schon etwas finden, und dann...«

»Wollen Sie nicht tun, was sie verlangen?«, fragte Christine, als er ihr von der Unterredung berichtet hatte. »Die sind zu allem fähig. Ihre Träume reichen bis nach Belgien, in die Schweiz, ja, noch weiter, nur dort verstehen die Leute die Sprache nicht mehr. Sie sind zurzeit einer der mächtigsten Männer der Welt. Die werden alles versuchen, um Sie fertigzumachen. Ich möchte nicht, dass Ihnen etwas passiert, Monsieur Arno!«

»Sagen Sie nicht immer Monsieur Arno zu mir! Man könnte glauben, ich wäre schon siebzig. Ich heiße Christophe.«

»Und ich Christine...«

»Christine...«

»Christophe...«

Ihre Lippen berührten sich.

»Rauchen Sie?«, fragte der Marsianer, der gerade an einem Stück grünlicher Seife knabberte.

»Nein, ich hasse Rauchen«, antwortete Christophe. »Außerdem schadet es der Gesundheit.«

»Ich meinte verstanden zu haben, dass Sie Crath oder Criss oder Cross rauchen, so genau kann ich mich nicht mehr erinnern.«

»Briss vielleicht? Nein, nie. Warum essen Sie Seife?«

»Weil sie zu schlecht ist, um zu etwas anderem gut zu sein«, seufzte der Marsianer traurig. »Übrigens taugen all Ihre Produkte nichts. Warum kommen Sie nicht auf den Mars einkaufen? Das ist billiger und besser.«

»Ja... das ist eine Idee.«

»Auch unsere Frauen sind viel schöner als Ihre. Diese Christine zum Beispiel ist von abstoßender Hässlichkeit.«

»Sie ist vielleicht keine Schönheit, aber hübsch ist sie...«

Der Marsianer flatterte ein wenig auf der Stelle, um seine Membranen zu lüften.

»Tutt... tutt... Neben den Marsianerinnen sieht sie ziemlich alt aus. Wenn wenigstens ihre Intelligenz nicht gar so läppisch wäre!«

»Sie übertreiben!«, protestierte Christophe schwach.

»Absolut nicht. Das wissen Sie nur zu gut. Schauen Sie!«

Eine Gruppe Marsianerinnen begann so lasziv zu tanzen, dass es dem armen jungen Mann die Schamesröte ins Gesicht trieb.

»Nein, nein, die Kommission! Das ist nicht erlaubt!«

Die Marsianerinnen hielten sein Geschrei für Anfeuerungsrufe und legten noch an Sinnlichkeit zu. Plötzlich tauchten die Mitglieder der Kommission auf. Zu Christophes größtem Schrecken waren sie vollkommen nackt. Und begannen auch zu tanzen...

Er erwachte mit schweißfeuchter Stirn.

Draußen lachte die Sonne, die kleinen Vögel sangen, doch er wusste, dass ihm ein schwieriger Tag bevorstand.

Tatsächlich war sein Traum kein Erfolg.

Christophe merkte schnell, dass seine Beliebtheit auf dem Tiefpunkt war. Das Telefon in der Buchhandlung hörte nicht auf zu klingeln. Es war Luc Naomy, der an seiner Wut fast erstickte, oder Benjamin Score, der vor Zorn stotterte, oder ein Kommissionsmitglied, das vor Empörung kreischte. Christine sagte gar nichts mehr.

Das war noch schlimmer.

Ihre Augen waren geschwollen. Sie biss sich ständig auf die Unterlippe, aber das half auch nicht. Seufzer um Seufzer entrang sich ihren zitternden Lippen. Christophe war unglücklich. Er hasste sich. Er schämte sich für sich selbst. Zu seiner Verteidigung sagte er: »Christine... Es war doch nur ein Traum... Ich liebe Sie... Ich halte nichts von dem, was darin gesagt worden ist, für wahr!«

Sie hielt sich die Ohren zu.

»Schweigen Sie! Ich will nichts mehr hören und sehen von Ihnen. Ich hasse Sie. Wie Sie mich blamiert haben! Das bringt mich um!«

Ihr ganzer Körper sackte in sich zusammen und fiel schließlich schluchzend zu Boden.

Christophe Arno ging zu dem Regal mit den wissenschaftlichen Werken und fegte mit einer entschlossenen Bewegung einen Stapel herunter, der ihm auf den Kopf fiel.

... Ein Dutzend mit Desintegratoren bewaffneter Merlane begleiteten den Marsianer.

»Ich wusste gar nicht, dass Sie mit den Marsianern kollaborieren«, sagte Christophe schneidend. »Haben Sie denn keinen Sinn für unseren Planeten?«

»Doch«, erwiderte der Älteste der Merlane, »aber die Marsianer essen kaum Fisch.«

»Desintegriert ihn«, befahl der Marsianer. »Das wird ihm eine Lehre sein.«

Die Merlane fesselten Christophe an eine Bodenklappe.

»Wenn die neunte Stunde anbricht, werden Sie desintegriert.«

Er sah eine große Uhr, die anstelle von Ziffern Eier trug. Jede Stunde schlüpfte ein Küken.

»Gnade!«, flehte Christophe.

Ein alter Mann näherte sich, er zog einen kleinen Karren mit der Aufschrift ALLEIN.

»Marsmenschen ist nicht zu trauen! Leben Sie wohl!«

Das neunte Küken schlüpfte. »Anlegen!«, kommandierte der alte Merlan...

Als Christophe die Augen öffnete, befand er sich in einem großen weißen Saal. Er lag in einem Bett inmitten vieler ähnlicher Betten. Männer und Frauen gingen schweigend umher.

»Er ist aufgewacht«, sagte eine Stimme.

Christophe wandte den Kopf. Er entdeckte Christine mit einem seltsamen Wesen an ihrer Seite und erkannte darin sofort den Marsianer.

»Wie fühlst du dich, Liebling? Hast du Schmerzen?«

Er fasste sich an den Kopf. Die Beule war verschwunden. An ihrer Stelle war eine kleine Vertiefung.

»Mir geht es gut. Wer... wer ist das?«

Lächelnd sah Christine den Marsianer an. Er watschelte.

»Na komm, Liebling, das ist doch dein Freund, der Marsmensch. Er hat dir das Leben gerettet. Erinnerst du dich nicht?«

Der Marsmensch machte ganz leise »Ouah! Ouah!«

»Das war's, jetzt bin ich übergeschnappt!«, seufzte der junge Mann.

Christine beugte sich zu ihm hinunter und küsste ihn aufs Ohr.

»Aber nein, mein Liebling, du bist geheilt! Du brauchst dich nicht mehr zu fürchten. Den schrecklichen Alptraum mit der Buchhandlung bist du jetzt endgültig los...«

Weihnachtsmärchen

»Vincent, wo ist der Kleine?«

Ihre Stimme überschlug sich, woraus ich entnahm, dass sie völlig mit den Nerven herunter war. Ich zuckte die Achseln.

»Er ist halt mit den anderen Kindern im Hof. Wo soll er schon sein?« Sie rang die Hände.

»Ich habe ihm doch verboten, die Wohnung zu verlassen. Er wird sich erkälten... Seit er diesen Victor kennt, ist er nicht mehr derselbe. Dabei war er doch immer so lieb! Jetzt scheint es ihm direkt Spass zu machen, ungehorsam zu sein! Victor ist verdorben, Vincent, durch und durch verdorben. Er macht mir Angst.«

Wenn Mathilde diesen Ton anschlug, war es verlorene Mühe, sie zur Vernunft bringen zu wollen. Trotzdem tat ich mein Bestes.

»Nur mit der Ruhe, Mathilde, du redest Unsinn. Victor ist erst sechseinhalb... Vielleicht verhätscheln ihn seine Eltern ein wenig, aber er ist doch kein Monstrum, wie du annimmst... Unser Kleiner ist ja auch nie ein Engel gewesen. Das ist doch auch ganz in Ordnung... Allzu brave Kinder finde ich schrecklich... Das Ganze ist doch recht harmlos. Mit Kindern muss man eben sehr viel Geduld haben... Du bist halt ein wenig überanstrengt...«

Sie brach in Tränen aus.

»Sag doch gleich, dass ich nicht alle Tassen...«

Ich versuchte sie zurückzuhalten, aber sie rannte ins Badezimmer.

Um mir Gewissheit zu verschaffen, ging ich im Hof nachsehen. Natürlich war der Kleine dort und spielte mit Victor und den anderen Kindern des Mietshauses auf einem weitläufigen Gelände Himmel und Hölle, aber sie waren nicht besonders bei der Sache. Ihre Gedanken kreisten sicher mehr darum, was sie am nächsten Morgen in ihren Schuhen vorfinden würden...

Wir hatten ein paar Freunde zum Heiligen Abend eingeladen. Nach dem Essen setzten wir uns ins Wohnzimmer, wo der hübsch geschmückte Christbaum stand. Der Kleine, der sich untadelig benommen hatte, schlief schon seit einigen Stunden. Wir plauderten gemütlich und tranken gerade einen Verdauungsschnaps, als plötzlich Mathilde zu mir trat. Auf ihrem Gesicht malte sich helles Entsetzen.

»Vincent... Der Kleine ist nicht in seinem Bett...«

»Wo ist er denn?«

Sie führte mich in die Küche, an die Kellertür.

»Horch...«

Man vernahm Fetzen eines seltsamen Singsangs, der wegen der Entfernung nur gedämpft zu uns drang. Ganz leise öffnete Mathilde die Tür. Mit angehaltenem Atem stiegen wir die Treppe hinunter. Je tiefer wir in den Keller kamen, desto deutlicher wurden die Worte. Zwei Zeilen jagten mir einen Schauer über den Rücken:

»...denn Schmerzen sind besser als folgsam sein
Der Tod unserer Eltern wird uns befrein...«

Unten bot sich uns im Schein der Fackeln, die in den Boden gerammt waren, ein phantastisches Schauspiel. Alle Kinder des Mietshauses hatten sich hier versammelt und bildeten einen Kreis. Auch unser Kleiner saß dabei und sang nicht weniger lautstark als die anderen. Im Mittelpunkt prangte ein umgestülpter Christbaum, daneben stand Victor.

Er war nicht das älteste Kind, andere mochten etwa drei Jahre älter sein als er, aber zweifellos war er der größte und der stärkste. Dieser hellblonde, athletisch gebaute Junge besaß eine verderbliche Kraft, ein geradezu obszönes Prestige. Wie seine Kameraden war er nur mit dem Oberteil seines Schlafanzuges bekleidet. Der Gesang endete.

Langsam hob Victor seine rechte Hand. Ich sah, dass sie mit einem Küchenmesser bewehrt war. Hinter mir ertönte ein dumpfes Geräusch. Mathilde hatte das Bewusstsein verloren. Victor senkte den Arm. Bis zum Schaft drang das Messer in die Brust einer Puppe ein. Sogleich strömte eine schwarze Flüssigkeit aus der Wunde.

Das war mehr, als ich ertragen konnte.

Mit einem Satz sprang ich unter die Kinder, versetzte ihnen Ohrfeigen und Fußtritte. Ich versuchte nicht, sie zurückzuhalten. Ohne Gegenwehr zerstreuten sie sich und ließen mich in ihrem verlassenen Tempel allein. Die Fackeln warfen grausige Schatten gegen die Wände. Ich trat zum umgestülpten Weihnachtsbaum. An den Wurzeln hingen zwei Päckchen.

Wahllos öffnete ich eines.

Darin war braunes Pulver.
Es erinnerte an…
Hatschi!
Es erinnerte an…
Hatschi!
An Niespulver!
Diese Satansbraten!

Fest- und Feiertage

Robin Dubois konnte Fest- und Feiertage nicht ausstehen, aber ganz besonders hasste er Weihnachten.

»Alle diese essenden, trinkenden, singenden und tanzenden Leute, einfach schauderhaft...«

Sobald die ersten rotbeschmierten Weihnachtsmänner an den Fenstern der Cafés und Restaurants auftauchten, wurde er griesgrämig wie ein galliger Hagestolz.

Er war jedoch noch nicht dreißig und mit keinem Leberleiden behaftet. In dem kleinen Verlagshaus, wo er unlesbare Manuskripte umschrieb, wurde gemunkelt, dass der Heilige Abend ihn an die Trennung von einer geliebten Frau erinnerte. Doch keiner wusste etwas von einer festen Freundin oder von kurzlebigen Abenteuern. Brigitte, die die Reihe ›Frauen‹ leitete, und Annette, die Pressesprecherin, ließen es sich nie nehmen, ihn ab Anfang Dezember zu bearbeiten:

»Verbringen Sie doch den Heiligen Abend bei uns, Robin. Wir sind ganz unter Freunden, völlig zwanglos...«

Doch Robin Dubois lehnte die Einladung stets ab. Brigitte und Annette seufzten (Robin hatte etwas von Cary Grant), und jedes Jahr verlebte der junge Mann den gloriosen Heiligen Abend allein zu Hause, wobei ihn noch dazu ein leises Reuegefühl piesackte, denn vielleicht hätte er doch ausgehen sollen, um sich zugleich mit den anderen zu amüsieren.

Die wenigen Male, die er es versucht hatte, waren fürchterlich gewesen. Und da sich dasselbe Problem eine Woche später an Silvester stellte, war Robin allmählich ganz schön mit den Nerven herunter. Doch dieses Jahr keimte in seinem Gehirn eine glänzende Idee. Um das schwierige Kap wie im Traum zu umschiffen, brauchte er nur in der Nacht vom 23. zum 24. so toll auf den Putz zu hauen, dass er in der folgenden Nacht einfach zu müde war, um sich mit der leidigen Frage zu befassen. Allerdings machte er den Fehler, Charles Leslie, den literarischen Direktor des Verlags, in seinen Plan einzuweihen.

»Wenn ich recht verstehe«, sagte dieser, zitternd vor Erregung, »wirst du den Heiligen Abend zu Hause verbringen?«

»Ja, weit entfernt von der lärmenden Menge, in stiller Beschaulichkeit.«

Charles Leslie machte einen Luftsprung.

»Dann kannst du ja Attila hüten ... Ich meine, Jérôme. Du bist mein rettender Engel, alter Kumpel. Josettes Eltern sind auf Reisen, die meinen auf dem Land. Wir sind bei Freunden eingeladen und dachten schon, wir müssten absagen. Kannst du den Kleinen einen Abend lang hüten? Würdest du das für uns tun?«

Robin brachte es nicht übers Herz, ihm die Bitte abzuschlagen.

Am Abend des 23. feierte er so lange, dass er den 24. fast völlig verschlief.

Er wurde von der vollzähligen Familie Leslie geweckt.

»Nie werde ich vergessen, was Sie heute für uns tun,

Monsieur Dubois«, erklärte Josette. »Jérôme hat versprochen, artig zu sein, nicht wahr, Jérôme?«

Das Kind tat den Mund nicht auf. Mit hinterhältigen Blicken musterte es Robin, um seine Lippen spielte ein grausames Lächeln.

»Nicht wahr, Jérôme?«, sagte nun Charles Leslie in so drohendem Ton, dass er ein störrisches ›Ja‹ zur Antwort bekam.

Das Ehepaar Leslie machte es kurz. Sie murmelten etwas von einem Zug und verschwanden, ohne sich noch einmal umzublicken.

Es war acht Uhr abends.

»Hast du Hunger?«, erkundigte sich Robin.

»Nein. Außerdem esse ich nicht jeden Dreck. Wenn Sie meinten, mich vergiften zu können, dann sind Sie schief gewickelt.«

»Ich finde dich reichlich erwachsen. Wie alt bist du, Jérôme?«

»Ich bin sechs, und ich gehe in die Schule, aber die Lehrerin ist fies, daher werde ich sie töten. Ich habe eine Pistole, und wenn ich wollte, könnte ich Sie auch töten. Es ist eine Pistole mit Bleikugeln, die sehr wehtun. Mein Name ist Jérôme, aber man nennt mich Attila. Der Weihnachtsmann bringt mir ein großes Gewehr mit einem Bajonett, damit kann ich alle Ihre Bücher aufschlitzen!«

»Bis es so weit ist, gehst du brav schlafen. Ich erzähle dir auch eine Geschichte.«

Nach hartem Feilschen brachten sie schließlich einen Kompromiss zustande. Attila, der das Laken bis unters Kinn gezogen hatte, diktierte seine Bedingungen:

»Ich will weder Rotkäppchen noch Dornröschen und auch nicht Aschenputtel. Sie sollen mir in der Zeitung die Unglückfälle und Verbrechen vorlesen.«

»Ich habe keine Zeitung.«

»Dann will ich einen Kriminalroman mit einem Haufen Verbrechen.«

»Ich habe keinen Kriminalroman.«

»Dann erzählen Sie mir halt die Geschichte von dem Ungeheuer, das in einer Flasche eingeschlossen war und das zugleich mit der Flasche zerbrochen wurde. Es hatte nur noch eine Hand, einen Beinstummel und...«

Der mordlustige Attila war eingeschlafen. Robin begab sich ins Wohnzimmer, um einen Lektoratsbericht über ein Manuskript abzufassen, das noch schwachsinniger war als das, was er sonst zu lesen bekam.

Mitternacht war schon vorüber, da ertönte ein schriller Schrei im Zimmer, wo Jérôme untergebracht war. Robin stürzte hinein und hätte in der Eile beinahe die Tür eingeschlagen.

Ein Männlein mit rotem Gewand, einem Sack, Stiefeln und einem schief übers Gesicht geklebten Bart, offensichtlich ein Weihnachtsmann, versuchte gerade, in Richtung Kamin zu entfliehen. Robin nahm ihn in den Schwitzkasten.

»Alles in Ordnung, Jérôme? Hat er dir auch nicht wehgetan?«

»Doch«, heulte das Kind und zog seine Schlafanzughose hoch. »Er wollte mich verhauen.«

»Das ist ja die Höhe!«, schrie der Weihnachtsmann mit sich überschlagender Stimme. »Dieser Balg ist eine öffentliche Gefahr. Er hat mich mit seinem Revolver bedroht und versucht, mich auszurauben. Er hat den Moment ausgenutzt, als ich gerade seine Schuhe mit Geschenken füllte, um mir einen Schlag auf den Kopf zu versetzen. Beinahe hätte ich dabei ein Auge verloren...«

»Was treiben Sie überhaupt bei mir? Sind Sie durch den Kamin hereingekommen?«

»Ja, nun ja, ich...«

»Der Weihnachtsmann hat angefangen, Monsieur Dubois, er hatte Geschenke für mich, aber sie sind zu scheußlich, da wollte ich sie umtauschen, aber er hat versucht, mir den Hintern zu versohlen.«

»Was! Diese Spielsachen sollen scheußlich sein? Die schönsten Stücke der Grant-Stiftung? Das geht zu weit! Was wollen Sie denn haben? Vielleicht eine Geruchsklingel? Einen Gelatinezug? Physiologischen Leim? Ein behaartes metrisches System? Eine ordentliche Tracht Prügel wäre das einzig Richtige für Sie!«

Robin Dubois kratzte sich am Kopf.

»Hm... Tja... Attila ist ein recht eigenartiges Kind, aber das scheint mir noch kein Grund, um am Weihnachtsabend bei fremden Leuten einzubrechen. Sie hätten ja auch auf einen bissigen Hund stoßen können!«

»Kein Hund, nicht einmal ein bissiger, ist so schlecht erzogen wie Ihr Sohn.«

»Erstens ist er nicht mein Sohn, zweitens haben Sie weiß Gott kein Recht, mir die Leviten zu lesen! Und drittens sollten Sie jetzt erst einmal diese lächerliche Verkleidung ausziehen!«

»Nein!«

»Doch.«

Attila packte den Weihnachtsmann am Bart, der sich sofort ablöste, dasselbe geschah mit der Mütze und der Perücke. Robin sperrte Mund und Nase auf.

Sobald die enganliegende Kappe herunter war, strömte eine herrliche blonde Mähne über die Schultern des jungen Mädchens. Geradezu herausfordernd riss sie noch die grotesken Brauen ab, die sie entstellten. Sie hatte wirklich ein bezauberndes Gesicht: eine hübsche, gewölbte Stirn, ein entzückendes Näschen, etwas aufgeworfene, aber frische und wohlgeformte Lippen, ein Kinn, das weder zu groß noch zu klein war … Robin konnte sich nicht erinnern, je ein so niedliches Kinn gesehen zu haben.

»Sie sind eine Frau«, sagte er ein wenig töricht.

»Davon war ich immer überzeugt.«

»Wissen Sie, viel gibt es bei mir nicht zu stehlen.«

»Na klar, sonst wäre ich ja nicht hergekommen.«

Robin war fasziniert. Er bot ihr einen Stuhl an und setzte sich auf die Bettkante.

»Ich verstehe nicht.«

»Das ist ganz einfach. Ich gehöre der Hoscar-Mission an. Mein Name ist Linda Cristal, unverheiratet, Kreditnummer W 2007 Y, Fahrzeug ZZ23.«

Zerstreut blickte er zu Attila hinüber, der mit Feuereifer alle Gegenstände, die der Sack enthielt, zerstörte. Er fürchtete, den Boden unter den Füßen zu verlieren.

»Was ist das, diese Hoscar-Mission?«

»Eine Hilfsorganisation für unterentwickelte Epochen. Natürlich gehört die Ihre dazu. Ich komme aus dem 25. Jahrhundert, ohne jede Zwischenlandung. Wir leben in einigem Wohlstand, ohne dass wir zu Egoisten geworden sind. Die Vorstellung, dass einige Jahrhunderte, einige Stunden von uns entfernt Menschen im Elend leben und sterben, macht uns sehr zu schaffen. Mitfühlende Herzen haben sich erbarmt. So wurde die Hoscar-Mission gegründet. Freilich sind wir nicht in der Lage, den Lauf der Geschichte zu ändern, wir können uns nur in kleinem Rahmen betätigen.«

»Rahmen? Was für ein Rahmen?«

Linda Cristal stieß einen unwilligen Seufzer aus, aber da Robin gar so verdattert dreinsah, fasste sie sich in Geduld.

»Sie wissen doch, die Kinder haben immer am meisten zu leiden, deshalb verkleiden wir uns als Weihnachtsmänner, um nicht aufzufallen, und bringen ihnen hübsche Geschenke.«

»Die Geschenke sind nicht hübsch, sie sind grässlich«, kreischte Jérôme und schwang die Überreste einer enthaupteten Puppe durch die Luft.

Linda runzelte ihre niedlichen Brauen.

»Man kann euch doch nicht dieselben Geschenke bringen wie den Kindern meiner Epoche! Und wir sind nicht reich. Wir haben uns an alle großzügigen Spender wenden müssen. Übrigens haben sich die Familien als sehr geberfreudig erwiesen, denn im Augenblick gibt es eine starke Welle der Sympathie für das 20. Jahrhundert. Und ihr findet das ungenügend? Ihr seid schlicht undankbar!«

»Ich will einen Gelatinezug«, skandierte Attila. »Sonst ziepe ich dich an den Haaren. Geschieht dir dann ganz recht!«

Die arme Linda brach in Tränen aus.

»Wir wollten Ihnen eine Freude machen, und so danken

Sie es uns! Sie wollen mich an den Haaren ziepen. Sie sind ein böser Junge!«

Robin reichte ihr sein Taschentuch. Sie dankte ihm mit einem armseligen Lächeln und tupfte sich die Augen ab, ohne im Sprechen innezuhalten.

»Ein Stück Schokolade oder einen Kaugummi nehmen Sie doch von mir?«

Attila schüttelte den Kopf.

»Das Zeug ist alt, es schmeckt nicht mehr.«

Sie verbarg das Gesicht in den Händen.

»Ihr seid bloß arme, verbitterte, unterentwickelte Menschen. Man hat mich gewarnt, aber ich wollte es nicht glauben. Dabei setzte ich so große Hoffnungen auf diese Reise!«

»Aber wir wollten gar nichts von euch«, sagte Robin leise. »Und doch bin ich sehr glücklich darüber, dass Sie gekommen sind... Wie reisen Sie eigentlich? Wo ist Ihr Fahrzeug?«

Sie holte eine Art Spritze aus einer Tasche ihres Anzugs.

»Es ist ganz einfach, man braucht sich nur...«

Attila spannte den Hahn seines Revolvers und drückte ab. Die Spritze zersprang in tausend Stücke, Tropfen einer blassblauen Flüssigkeit versickerten im Teppichboden.

»Das geschieht dir recht«, jauchzte der reizende Knabe, »du hättest mir eben den Gelatinezug schenken sollen.«

»Meine Maschine«, jammerte Linda. »Nie mehr werde ich ins 25. Jahrhundert zurückkehren können. Nie mehr werde ich meine Freunde von der Hoscar-Mission sehen, auch nicht meine Eltern und Denis...«

»Wer ist dieser Denis?«, fragte Robin erbost. Noch nie war ein wildfremder Mensch ihm so unsympathisch gewesen.

»Ein wirklich guter, feiner Mensch…« Sie wurde feuerrot und ihre Stimme erstarb.

»Eine Epoche ist nicht schlechter als eine andere«, plädierte Robin. »Mit größtem Vergnügen biete ich Ihnen die Gastfreundschaft in der meinen an. Ich finde Sie großartig!«

Sie schniefte, rieb sich die Augen, schien aufs höchste verwundert.

»Es ist unglaublich, einfach unvorstellbar«, murmelte sie.

»Was ist unvorstellbar?«

»Ich weine nicht mehr.«

»Das stimmt. Ihre Augen sind trocken.«

»Aber es gibt doch nichts Schlimmeres, Entsetzlicheres, als in eine andere Epoche verbannt, in einer anderen Zeit verlorengegangen, gestrandet zu sein. Welch schrecklicheres Unglück könnte einem Menschen überhaupt zustoßen?«

»Fassen Sie Mut! Ich werde mein Möglichstes tun, um Ihren Verlust wettzumachen, um Ihnen zu helfen.«

»Ich weine aber nicht! Ich will nicht sterben! Ganz im Gegenteil, ich habe eher Lust, zu lachen und dummes Zeug zu schwatzen! Verstehen Sie, was das bedeutet?«

»Nein«, sagte Robin mit klopfendem Herzen.

»Das bedeutet, dass ich mich nicht allein fühle, dass ich glücklich bin, mit Ihnen in derselben Epoche, in derselben Sekunde zu leben. Das bedeutet, dass ich Sie liebe.«

»Ich bin zwar nur ein verbitterter, unterentwickelter Mensch, aber ich liebe Sie auch.«

Sie küssten sich lange, nachdem sie Attila gewaltig den Hintern versohlt hatten. Seit jener Zeit glaubt dieser nicht mehr an den Weihnachtsmann, Robin aber glaubt für zwei.

Ius primae noctis

Dieses Jahr findet die Wahl der Miss World in Mexiko statt.

Bewerberinnen aus 32 Nationen landen am Flughafen und drängen sich in dem Bus, der sie zum ›Palace Excelsior‹ bringen soll, dem Ort der Veranstaltung. Unglücklicherweise kommt der Bus unterwegs von der kurvigen Bergstraße ab und stürzt in eine Schlucht. Zwölf Konkurrentinnen sind sofort tot, fünfzehn mehr oder weniger schwer verletzt.

Allgemeine Ratlosigkeit.

Soll man ein so bedeutendes Ereignis absagen, wo doch Fernsehsender aus aller Welt vor Ort schon ihre Kameras aufgebaut haben?

Die Veranstalter beschließen, so zu tun, als ob nichts wäre, und beschränken sich darauf, die Modalitäten der Zeremonie zu verändern: Das Defilé soll horizontal erfolgen, die Bewerberinnen, ob tot oder lebendig, werden – sorgfältig geschminkt und eine Banderole mit dem Namen ihres Herkunftslandes schräg über den entzückenden Badeanzug drapiert – von Herren im Abendanzug auf einer Liege getragen.

Und alles geht sehr gut, von den Gewissensproblemen der Jurymitglieder einmal abgesehen: Gibt es einen Punktabzug für ein fehlendes Bein? Kann man auf ein Gesicht verzichten? Müssen es unbedingt zwei Brüste sein?

Um nicht die einen auf Kosten der anderen zu bevorzugen, wurden die Lebenden vorsichtshalber betäubt und so den Toten gleichgestellt, außerdem konnte man auf diese Weise den zweifellos unerfreulichen Eindruck vermeiden, den Röcheln und Stöhnen hervorgerufen hätten.

Die Entscheidung ist allerdings durch den Umstand erschwert, dass die liegende Stellung, in der die prächtigen Anatomien der Jury präsentiert werden, die Begutachtung nicht gerade begünstigt. Auf Bitten der Herren wird also manchmal ein Kopf gedreht, ein Bein angehoben oder eine Wunde geschlossen. Zudem erscheint es unumgänglich, die Körper umzudrehen, um nach der Vorder- auch die Rückseite in Augenschein zu nehmen.

Schließlich wird die Leiche einer 19-jährigen Blondine mit den Maßen 90-90-0, früher Wirtschaftsstudentin an der Universität von Princeton mit den Hobbys Yoga und Reiten, zur Miss Tod gekrönt.

Ein atemberaubendes Finale voller Spannung und unerwarteter Wendungen.

Einziger Makel: Böse Zungen behaupten, der Juryvorsitzende habe vor der Ausscheidung ihre Gunst genossen.

Die Hungrigen speisen

Sie werden mich sicher für einen Lügner halten, aber ich war noch nie hungrig.

Ich habe nie erfahren, was das heißt. So lange ich mich erinnern kann, ist diese Empfindung mir unbekannt. Ich esse natürlich, aber ohne Hunger. Nicht einmal Appetit. Nichts. Auch kein Ekel. Ich esse einfach, Punkt.

Oft werde ich gefragt: »Wie essen Sie?« Ich muss gestehen, ich weiß es nicht. Meistens sitze ich am Tisch, und ein voller Teller steht vor mir. Doch da ich ziemlich zerstreut bin, habe ich ihn bald vergessen. Wenn er mir wieder einfällt, ist er leer. So geht das.

Heißt das etwa, ich esse unter Hypnose, in einer Art Ausnahmezustand? Keineswegs.

Ich habe gesagt, meistens esse ich so, aber nicht immer. Manchmal vergesse ich den vollen Teller vor mir die ganze Zeit nicht. Das hindert mich natürlich trotzdem nicht, ihn leerzuessen.

Ich habe auch schon versucht zu fasten, bis der Hunger kommt. Er kam aber nie. Ich wurde nur dünner und dünner. Und habe gerade noch rechtzeitig damit aufgehört. Ein bisschen länger, und ich wäre verhungert, ohne es zu wissen. Diese Erfahrung hat mir einen solchen Schreck eingejagt, dass ich jetzt ständig esse. Das beruhigt mich. Ich bin groß und kräftig, die Maschine braucht Stoff. Anderen dient der Hunger als Alarmsignal. Da er mir fehlt, muss ich doppelt aufpassen. Ich bin, wie ich schon sagte, zerstreut. Das Essen zu vergessen wäre für mich fatal. Da esse ich lieber ständig. Die Gefahr ist dann nicht so groß.

Außerdem, fällt mir dabei ein, werde ich nervös und reizbar, wenn ich nicht esse. Dann kann ich mich nicht mehr beherrschen. Rauche zu viel, trinke zu viel, und das ist schlecht.

Auf der Straße sprechen mich bleiche, zerlumpte Männer an. Stammeln mit fiebrigem Blick: »Ich habe Hunger.«

Ich sehe sie hasserfüllt an.

Sie essen nur ein Stück trockenes Brot im Monat, höchstens, aber sie genießen es!

»Ihr habt Hunger? Seid froh!«, sage ich boshaft.

Ein Schluchzen gurgelt in ihrem Hals. Sie frösteln. Dann entfernen sie sich mit kleinen, zögernden Schritten.

Ich dagegen gehe ins erstbeste Restaurant. Wird das Wunder geschehen? Mit klopfendem Herzen schlucke ich den ersten Bissen. Und werde von furchtbarer Verzweiflung überwältigt.

Nichts, wieder nichts.

Kein Appetit.

Ich räche mich. Schlucke wütend alles runter wie ein Ertrinkender, wie ein Säufer.

Schwer von Speise und Hass verlasse ich das Restaurant. Ich werde verbittert. Allmählich verabscheue ich sie, die andern, die Hungrigen. Ich hasse sie.

Ach, sie haben Hunger?

Sollen sie doch krepieren!

Mir tun sie nicht leid! Ich habe schließlich nur noch diese eine Freude: beim Essen an die zu denken, die Hunger haben!

Ein Haufen Fragen

Kann man zu einem kläglichen, ungenießbaren Essen eigentlich Diner sagen? Woran erkennen Sie Ihre Mutter? Litt Ihre Familie an Maßen und Gewichten? Wie schmeckt Rache? Gibt's die auch tiefgekühlt? Hätten Sie sich gern von Pasteur beißen lassen? Ist morgen zu spät? Wird aus einer rosigen Zukunft später ein Bett aus Rosen? Soll man Fußabtreter lieber mit oder gegen den Strich benutzen? Sind Sie für oder gegen die Todesstrafe, Angeklagter? Wenn nur einer übrigbleibt, wie pflanzt der sich dann fort? Macht Sie die erhabene Geste des Sämanns nicht seekrank? Hilft rennen, wenn man zu spät kommt? Wo treten Sie öfter in die Scheiße, daheim oder draußen? Kennen Sie Leute, die stinken? Nennen Sie laut deren Namen. Sind Kinder im Allgemeinen mehr oder weniger jung als Erwachsene? Konnte man vom Sonnenkönig einen Stich bekommen? Wann haben Sie keinen Ärger? Finden Sie Haare auch immer so haarig? Sagen Sie lieber »Grüß Gott« oder »Auf Wiedersehen«? Finden Sie das Wort »Kerzenschlucker« ketzerisch? War die Schöpfung eine schwere Geburt? Wer hätte das in einem Tag geschafft? Wie heißt das Weibchen von Gott? Ist Gott ein Selfmademan? Wie lange hat er dafür gebraucht? An wen glaubt der Papst? Warum sterben Päpste so früh? Hatte Jesus Christus normale Eltern? Blieb nicht sein Ende im Dunkeln? War diese Lehre einen Käse wert? Ist die Hölle für Erwachsene oder für Kinder gepflastert? Ist's nicht schon elf? Sollten wir uns nicht trennen?

Gewitter

Heute Morgen kam mir die Concierge irgendwie merkwürdig vor. Etwas in ihrem »Guten Morgen, Monsieur« ließ es mir kalt den Rücken hinunterlaufen.

»Wahrscheinlich mit dem linken Fuß aufgestanden«, sagte ich mir und beeilte mich, um den Bus an der Haltestelle noch zu erwischen. Als ich dem Schaffner meine Wochenkarte hinhielt, sah er mich mit großen Augen an.

»Was ist los?«, fragte ich voller Unbehagen. »Irgendwas nicht in Ordnung?«

Er setzte ein höhnisches Grinsen auf.

»Ungläubiger, wer hat dir erlaubt, in einem solchen Ton mit mir zu sprechen?«

»Hä?«

»Hinaus mit dir, du Hund!«

»Aber…«

»Wachen, werft diesen Mann ins Meer!«

Zwei Fahrgäste, die auf der Plattform standen, näherten sich und stießen mich auf die Straße.

Der Autobus fuhr ziemlich schnell; ich stürzte unglücklich. Ich muss ziemlich benommen gewesen sein, weil ich erst in der Apotheke wieder zu mir kam. Mein ganzer Körper tat weh. Und meine seelische Verfassung können Sie sich ja vorstellen.

»Armer Kerl!«, seufzte der Apotheker. »Schon wieder ein Opfer dieses verfluchten Montbard, genannt der Vernichter. Gott sei Dank ist es nichts Ernstes.«

Ich war komplett von den Socken. Der Apotheker war irre! Dann begann ich nachzudenken. Der Autobusschaffner hatte sich ja auch wie ein Wahnsinniger aufgeführt. Und die anderen Passagiere! Und meine Concierge! Ich ächzte.

»Ah, er kommt wieder zu sich«, rief einer.

Ich griff mir mit beiden Händen an den Kopf und fragte: »Wer ist Montbard, der Vernichter?«

Der Apotheker blickte wild.

»Der schändlichste aller Piraten, die unsere Meere durchpflügen. Doch ich habe vor ihm keine Angst. Der Mann, der Scipio den Afrikaner einschüchtern kann, ist noch nicht geboren.«

Ich hielt es nicht mehr aus und stürzte zum Ausgang. Nur weg, fort von hier, egal wohin, nur diesem Alptraum entkommen! Keine hundert Meter weiter packte mich ein Polizist am Arm.

»Ha, Bürschchen! Wer wird denn so schnell laufen, wenn er ein reines Gewissen hat? Wollen wir der Polizei Ihrer Majestät entwischen?«

»Welcher Majestät?«

Der Uniformierte wurde dunkelrot im Gesicht.

»Welcher Majestät?« Er zog seinen Schlagstock und verpasste mir einen furchtbaren Hieb auf den Schädel. Ich brach zusammen.

Ein Clochard weckte mich.

»Na los, komm, Toto, hier kannst du nicht bleiben, die

Wache dreht gleich ihre Runde, und Ramses mag es gar nicht, wenn ihm einer in den Weg kommt.«

Mein Kopf, mein armer Kopf! Ramses, Scipio, Montbard? Sind die alle übergeschnappt, alle wahnsinnig? Oder womöglich nur ich...? Hat mein armes krankes Hirn den Geist aufgegeben und bringt jetzt alles durcheinander? Bin ich etwa durchgeknallt? Mal schauen: Acht mal acht? Vierundsechzig.

Dass ich noch rechnen kann, heißt aber nicht, dass ich nicht verrückt bin! Wie erkennt man, ob man verrückt ist? Gibt es eine Möglichkeit, sich Gewissheit zu verschaffen?

Ich lasse den Clochard stehen. Bei der ersten Tür mit einem Praxisschild trete ich ein. Glück gehabt, keiner im Wartezimmer. Eine junge Frau fragt mich, was ich will.

»Ich möchte den Doktor sprechen«, antworte ich. »Sofort.«

Der Arzt selbst kommt mich holen.

»Wieder einer! Also, was fehlt Ihnen denn?«

»Ich glaube, ich bin auf dem besten Weg, verrückt zu werden.«

Er bricht in ein furchterregendes Gelächter aus. Er also auch! Nein, nein, das muss ich sein, der alles verdreht, ich bin das Opfer meiner verworrenen Sinne. Des Zerrspiegels meiner Sinne.

»Doktor, ich habe das Gefühl, dass alle verrückt geworden sind.«

Der Arzt biegt sich vor lachen. Und das ist bestimmt keine Einbildung. Ich sehe und höre ja, wie er fast zerplatzt, wie es ihn vor lachen schüttelt. Also bin nicht ich es, der die Wirklichkeit entstellt.

»Mein armer Freund«, grinst er schließlich, »Sie sind nicht der Einzige, der mich aus diesem Grunde aufsucht. Und Sie irren sich nicht. Ihr seid tatsächlich alle verrückt.«

Etwas in mir lehnt sich dagegen auf. Wenn alle glauben, dass alle verrückt sind, und alle Recht haben, dann ist keiner verrückt... Und ich halte mich nicht für Scipio!

Das sage ich auch – mit einem gewissen Stolz.

»Sie halten sich also nicht für Scipio. Na gut, und für wen dann?«

»Na, für niemand!«

»Aha, Depersonalisierung.«

»Nein, ich halte mich einfach für mich, Louis Faloux.«

Ich nehme meinen Personalausweis heraus, meinen Führerschein, meine Wahlkarte und werfe sie auf seinen Schreibtisch.

Da regt er sich auf.

»Sie sind verrückt«, sagt er in einer Art Singsang ohne Melodie, einfach so, mit undurchdringlicher Miene. »Sie sind verrückt, Sie sind verrückt, ich bin Louis Faloux.«

Ich springe auf.

»Dann zeigen Sie mir Ihre Papiere!«

Er brüllt sich halbtot.

»Er wagt es, meine Papiere von mir zu verlangen! Das ist ja unfassbar! Du Dieb! Du dreckiger Dieb! Da liegen sie doch, meine Papiere, und du hast sie mir gestohlen, du Dieb!«

Er stürzt sich auf meine Papiere, aber ich verteidige mein Hab und Gut. Schließlich kann ich sie zurückerobern und fliehen. Als ich die Praxis verlasse, höre ich, wie er die Polizei anruft.

Jetzt weiß ich Bescheid. Alle sind verrückt außer mir. Und alle haben den gleichen Knall: Sie halten sich alle für jemand anders.

Draußen ein großer amtlicher Anschlag, Schwarz auf Weiß mit blau-weiß-rotem Band. Ein Aufruf an die Nation: Allgemeine Mobilmachung. Dschingis Khan bedroht uns, wir werden kämpfen bis zum Tod. Gezeichnet Montezuma. Mein Kopf, mein armer Kopf! Aber er tut gar nicht weh!

Ich setze mich auf eine Bank, um nachzudenken. Was tun? Gibt es eine vernünftige Methode, eine aus den Fugen geratene Welt zu betrachten?

In dem Moment, da ich mich geschlagen gab, riss mich ein grauenhaftes Gebrüll aus meiner Benommenheit. Trauben von Menschen rannten in wahnsinniger Panik an mir vorbei. Ein Schrei, ein Name schwoll an bis zur Unerträglichkeit: »Dschingis, Dschingis Khan!«

Dschingis Khan! Unglaublich, aber wahr, Dschingis Khan war auferstanden. Und in welcher Gestalt? Mit dieser Frage musste ich mich nicht lange quälen. Er kam. Männer saßen anderen Männern auf den Schultern wie kleine Jungs, die während der Pause auf dem Schulhof Ross und Reiter spielen. Aber es waren keine kleinen Jungs. Mit großen Messern hieben sie in die entsetzte Menge. Tobende Irre. Da kam ich nicht mehr durch. Also machte ich kehrt, um zu fliehen, doch was ich dann sah, ließ mich auf der Stelle anhalten.

An einer Straßenkrümmung stand ein Hüne mit ein paar Federn auf seiner Melone, umgeben von Kriegern, die ebenfalls Federn auf dem Kopf trugen, nur nicht so leuchtende. Montezuma!

Ich drückte mich in einen Seiteneingang. Von diesem Posten aus konnte ich den Kampf verfolgen. Es war grauenhaft. Einer verrückter als der andere, fielen diese Männer mit unglaublicher Besessenheit übereinander her. Sie zerrissen einander wie wilde Tiere, warfen sogar ihre Messer weg, um besser zubeißen zu können. Kein Einziger dachte an Rückzug. Sie kämpften bis zum bitteren Ende, bis zum Tod. Ein wahres Massaker. Montezuma siegte. Aber er war kaum besser dran als Dschingis, der mit durchgebissener Kehle im Todeskampf lag. Ich näherte mich dem Pseudo-Inka-Chef. Ich hatte bemerkt, dass er mir etwas sagen wollte. Das Sprechen strengte ihn schrecklich an. Die Laute drängten sich in seinem Hals, ohne dass er etwas herausbrachte.

»Sei nach mir König«, sagte er endlich. »Sei gut und gerecht…«

Dann hauchte er sein Leben aus.

Ich war perplex. Ich war nicht verrückt! Ich wusste, was los war. Aber als das ganze Fußvolk ankam, einer nach dem anderen, um mir Gehorsam und Treue zu schwören, geriet mein Geist ins Wanken.

»Moment mal, heute ist nicht der 1. April!«, bäumte ich mich ein letztes Mal auf.

Ein kleiner, schwarz gekleideter Mann näherte sich.

»Sire, Eure Untertanen erwarten Eure Befehle.«

Ich explodierte.

»Sie können sich ihre Befehle…«

»Sire, Ihr müsst verstehen, sie haben nur noch Euch!«

Ich sah den Mann in Schwarz an. Da kam mir eine Idee.

»Ihr Name?«

»Sully, Sire.«

»Wir haben das zwanzigste Jahrhundert«, schrie ich. »1962!«

Er schaute mich an, als ob ich verrückt wäre.

»Und?«

»Und?« Ich war fassungslos. »Und...«

Ich beschloss ihn zu überrumpeln.

»Dann entlasse ich Sie. Peter der Große regiert jetzt allein.«

Der kleine Mann verneigte sich, zog ein Küchenmesser aus der Tasche und stieß es sich einfach in den Bauch. Und sackte in einer Blutlache zusammen.

Seither herrsche ich über Frankreich. Im Jahr des Herrn 198... regiere ich, Louis Faloux, an Leib und Seele gesund, unter dem Pseudonym Peter der Große. Jeder glaubt daran. Mein erster offizieller Besuch galt den Irrenanstalten. Wenn es noch jemanden gab, der nicht verrückt war, dachte ich mir, müsste er dort zu finden sein. Nun ja, ich habe keinen Einzigen getroffen, der normal war. Lauter Irre.

Natürlich ist großes Fingerspitzengefühl dafür vonnöten. Respekt vor jeder Persönlichkeit, keine Anachronismen, das ist mein Los. Ich muss mich auch vor Verschwörungen hüten, Umstürze und Intrigen verhindern. Aber dazu habe ich eine wunderbare Polizei unter der brillanten Führung eines gewissen Fouché.

Nach außen schlage ich mich nicht schlecht. Ich habe gerade einen Nichtangriffspakt mit den Vereinigten Staaten vom Großen Krokodil abgeschlossen (ja, bei denen hat der Wahnsinn eine andere Form angenommen, sie halten sich alle für Tiere!) und einen Beistandspakt mit dem China Salomos. Mein armer Kopf! Alles läuft sehr gut. Abends lese ich heimlich zum Trost die letzte, wunderbar alltägliche Zeitung von dem Tag, bevor… vom Vortag meiner Thronbesteigung. Hingebungsvoll und unermüdlich studiere ich die Kleinanzeigen, die aus einer anderen Welt zu stammen scheinen, die Comicstrips, die Wettervorhersage: Wechselhaftes Wetter mit örtlichen Gewittern.

Ohne Komplexe

Edward Hipe war fast sicher: Er hatte Mäuse in der Wohnung. Ed war Junggeselle, sonst hätte seine Frau ihm das längst gesagt. Vorräte verschwanden auf mysteriöse Weise, kaum dass etwas herumlag, die Nacht war voll verstohlenen Getrappels, und beim Kehren erwischte er allzu oft schwarze Kügelchen, die wie Zwergziegenkötel aussahen. Es hatte eine Weile gedauert, doch nun war er entschlossen zu handeln. Ed war ein energischer junger Mann, ein Mann der Tat.

Er hatte immer allein gelebt. Nach seiner Heimkehr aus dem Krieg – welchem, wusste er nicht mehr so genau – hatte er diese kleine Wohnung in einem ruhigen Viertel gefunden und sich darin eingerichtet. Seither lebte er dort in Frieden. Er teilte seine Zeit zwischen zwei, drei Bars, wo er einen trinken und mit ein paar Freunden reden konnte, und seinem Zimmer auf, wo er wie ein Besessener auf die Schreibmaschine einhackte. Ed war nämlich Schriftsteller. Er hatte schon über dreißig Bücher zu allen möglichen Themen verfasst. Manche hatte er gern geschrieben, aber hauptsächlich verdiente er damit seine Brötchen. Sein Verleger, mit dem er auch befreundet war, schlug ihm von Zeit zu Zeit Themen vor: »Sag mal, Ed, warum machst du nicht mal was übers römische Reich, das würde laufen wie geschmiert.«

Er werde darüber nachdenken, sagte Ed dann. Doch wenn er sein neuestes Buch aufschlug, sah er gleich die Anzeige auf dem Vorsatzblatt:

»Demnächst in diesem Verlag: *Das römische Reich* von Edward Hipe.«

Dann blieb ihm nichts anderes übrig, als zu schreiben.

Die Schreibmaschine war für Ed mehr als ein Arbeitsgerät. Wenn er einen Roman beendet hatte, empfand er für sie ähnlich wie ein Autofahrer nach einer langen, pannenfreien Reise für seinen Wagen. Er behandelte sie auch tatsächlich so: Er hatte sie mit allem möglichen Schnickschnack ausgestattet. Sie hatte einen eingebauten Aschenbecher, einen Rückspiegel und ein Minitransistorradio mit versenkbarer Antenne. Als Nächstes hatte Ed eine Minibar, Scheinwerfer und eine Windschutzscheibe eingeplant. Das war vielleicht albern, aber es machte ihm Spaß, und Ed hatte wenig Gelegenheit zur Zerstreuung. Um auf die Geschichte mit den Mäusen zurückzukommen: Immer vier Stufen auf einmal nehmend, stürzte Ed die Treppe hinunter und stieß die Tür zur Drogerie auf. Das Geschäft befand sich in seinem Haus und gehörte auch einem seiner Freunde. Dieser hieß Marc und war ständig in die Lektüre irgendwelcher Sportblätter vertieft, obwohl er fett war wie russische Grütze und faul wie ein Ai. Marc gähnte, bevor er fragte:

»Hast du den Stabhochspringer gesehen? Drei Rekorde auf einen Schlag pulverisiert!«

»Toll... Hast du was für Mäuse?«

»Für oder gegen?«

»Gegen. Prinzipiell hab ich ja nichts gegen sie, aber ich möchte nicht, dass sie meine Manuskripte anfressen.«

»Okay. Was ist dir lieber: Falle oder Giftkörner?«

»Die Falle.«

»Hier. Du wirst damit zufrieden sein.«

Ed zahlte und ging wieder nach oben. Er nahm ein Stück Gruyère als Köder und stellte das Gerät an einem strategischen Punkt auf. Dann setzte er sich an seine Maschine, und auf dem weißen Blatt reihte sich regelmäßig Wort an Wort. Als er sie kurz verließ, um sich von der Wirksamkeit seiner Einrichtung zu überzeugen, stellte er fest, dass der Gruyère verschwunden war. Die Falle hatte gut funktioniert, aber ohne Ergebnis.

»Schlaue Biester«, murmelte Ed.

Er ließ sich nicht entmutigen und wiederholte den Versuch noch mehrere Male. Doch bald hatte er begriffen, dass es ein reines Verlustgeschäft war. Auf diese Weise war kein Erfolg zu erzielen. Er ging noch einmal zu Marc hinunter, der ihn mit einem Gähnen und der Frage empfing:

»Hast du den siamesischen Hundertmeterläufer gesehen? Tolle Leistung!«

»Und sein Bruder hat ihn nicht behindert?«

Marc lachte sich halbtot.

»Was brauchst du noch?«

»Deine famosen Giftkörner. Die Falle hat's nicht gebracht.«

»Du wirst damit zufrieden sein«, versicherte Marc.

Es gab keinen Grund zur Zufriedenheit. Ed selbst entging nur knapp dem Beginn einer Vergiftung, aber nicht die kleinste Mäuseleiche lag auf den Dielen.

»In dem Fall«, riet Marc, »hilft nur noch eine Katze.«

Diese Lösung gefiel Ed am besten.

»Hast du welche zu verkaufen?«

»Ich nicht, aber heute Morgen hat mir ein junges Mädchen eine angeboten. Sie wohnt genau gegenüber, heißt Carol Brent und ist Studentin. Vielleicht hat sie ja noch keinen Abnehmer gefunden.«

Carol Brent war sehr angenehm anzusehen. Das war das erste Detail, das Ed in die Augen sprang.

Das zweite: Sie war hübsch. Das dritte: Sie war sympathisch.

»Marc hat mir gesagt, dass Sie Katzen verkaufen ... der Drogist«, fügte er hinzu, als sie ihn verblüfft ansah.

Sie fing an zu lachen.

»Ich verkaufe doch keine Katzen! Ich habe nur einen Kater, den ich weggeben will.«

»Sie wollen ihn weggeben?«

»Ja. Ich mache eine Reise nach Südamerika. Kolumbien, Argentinien, Peru und so. Ich bleibe vielleicht ein Jahr dort. Und da ich niemanden kenne, der während der Zeit auf ihn aufpasst, will ich ihn weggeben.«

Ed war ein wenig enttäuscht, von ihr zu erfahren, dass sie so bald verreisen wollte, er kannte sie kaum, und schon entzog sie sich!

»Kann er denn Mäuse fangen?«

»Klar kann Mitchum das.«

»Mitchum?«

»So heißt mein Kater ...«

Sie errötete.

»Ich mag Robert Mitchum«, erklärte sie dann mit einem Hauch Herausforderung im Blick.

»Ich mag ihn auch. Wenn Sie ihn mir anvertrauen wollen,

könnten Sie ihn in einem Jahr, wenn Sie zurück sind, wieder haben.«

Sie holte den Kater, der einigermaßen verdutzt wirkte, weil sie ihn vermutlich aus einem Nickerchen gerissen hatte. Sie streichelte und küsste ihn ein paarmal. Dann hielt sie ihn Ed schniefend hin.

»Seien Sie nett zu ihm.«

Er versprach es.

»Ich wohne über der Drogerie gegenüber. Wann geht's los?«

»Morgen.«

»Gute Reise.«

»Danke.«

Eine Woche später gab es immer noch Mäuse, und der Kater verhielt sich höchst eigenartig. Er wirkte nachdenklich, nicht traurig, sondern nachdenklich. Als ob er versuchte, ein Problem zu lösen. Wahrscheinlich fühlt er sich fremd, dachte Ed. Aber die Zeit verging, der Kater blieb so, und Mäuse gab's immer noch.

»Dann muss ich mich eben selbst drum kümmern.«

Zentimeter für Zentimeter untersuchte Ed seine Wohnung. Am Ende fand er das Loch. Ein kleines Mauseloch unten in einer Wand.

»Jetzt hab ich sie, diese Luder! Vielleicht ist es ja auch nur eins.«

Er legte sich flach auf den Bauch und sah hinein. Verwundert rieb er sich die Augen. Das war keine Maus in dem Loch, sondern eine kleine, winzige Sphinx!

Ein Irrtum war ausgeschlossen. Ein winziges Köpfchen mit ägyptischem Kopfputz auf einem Miniatur-Löwenkörper. Das konnte nichts anderes sein! Die Sphinx wirkte gar nicht erstaunt.

»Ich habe auf dich gewartet, Ed Hipe«, sagte sie. »Ich will dir drei Fragen stellen.«

»Drei Fragen?«

»Keine Angst, wenn du sie beantworten kannst, bist du von mir befreit. Dann bin ich sofort raus hier. Wenn nicht, wirst du die Wohnung verlassen müssen.«

»Keinesfalls! Das ist meine Wohnung! Ich habe nicht vor, sie zu verlassen.«

»Dir wird nichts anderes übrigbleiben. Hier meine erste Frage. Hör genau zu: Was ist fett wie russische Grütze und faul wie ein Ai? Du hast bis morgen Zeit mit der Antwort.«

»Nicht nötig«, lächelte Ed, »ich weiß es: Marc.«

Die Sphinx schien verärgert. Sie versuchte, sich nichts anmerken zu lassen, aber ihr Lachen klang falsch.

»Stimmt. Ich sehe schon, dass du schlau bist. Jetzt beantworte mir meine zweite Frage: Was ist so leer wie ein Loch, so grau wie nachts alle Katzen und so blöd wie eine Fernsehsendung?«

Ed überlegte mit gerunzelter Stirn.

»Du hast bis morgen Zeit«, wiederholte die Sphinx in wichtigem Ton.

»Brauch ich nicht. Ich kenne die Antwort: mein Leben.«

Die Sphinx war keine gute Verliererin. Sie warf Ed Betrug vor und beschuldigte ihn, er hätte sich die Lösungen von einer anderen Sphinx besorgt, um sie zu demütigen: »Als Sphinx bin ich erledigt«, jammerte sie, »alle anderen werden über mich spotten!« Aber sie fasste sich wieder.

»Hier meine dritte Frage: Kannst du mir fünfhundert

Dollar leihen? Wenn deine Antwort Nein ist, heißt das für mich, du weißt es nicht.«

»Ja«, sagte Ed.

»Dann gib sie mir.«

»Nein.«

»Warum?«

»Das ist deine vierte Frage«, gab Ed zu bedenken, »und ich sollte nur drei beantworten. Das habe ich getan. Also raus hier.«

Die Sphinx war in Tränen aufgelöst.

»Behalte mich! Woanders finde ich doch keine Arbeit, so wie du dich aus der Affäre gezogen hast, dabei hab ich dir meine besten Rätsel vorgesetzt.«

»Es geht nicht.«

»Hör mal, ich könnte dir Romanideen liefern!«

»Die, die ich habe, reichen mir vollkommen.«

»Ich beantworte dir auch eine Frage, egal welche!«

Ed ließ sich erweichen.

»Okay. Sehe ich Robert Mitchum ähnlich?«

Die Sphinx schloss kennerisch die Augen.

»Ja. Es ist mir gar nicht aufgefallen, aber wenn ich darüber nachdenke, ist die Ähnlichkeit frappant!«

Es klingelte an der Tür. Ed sprang auf und putzte sich mehr schlecht als recht die Knie seiner Hose ab. Er öffnete. Es war Carol Brent.

»Bitte entschuldigen Sie! Ich bin zurück und komme den Kater holen.«

Sie war ganz rot im Gesicht.

»Wollen Sie mich heiraten?«, fragte Ed.

»Wenn Sie es wünschen, gern.«

Sie warf sich in seine Arme. Er küsste sie und drückte sie ganz fest an sich. Doch ein Gedanke ging ihm durch den Kopf. Er stieß sie weg.

»Sie sind doch nicht etwa meine Mutter, oder?«, fragte er und sah ihr direkt in die Augen.

Auf allen Schlachtfeldern

»Grauenhaft!«, brüllte Jean-Marc. »Einfach widerwärtig!«

Bénédicte sah ihn verächtlich an.

»Monsieur hat mal wieder seine Nervenkrise?«

Jean-Marc zerknüllte die Zeitung und warf sie wütend in eine Ecke.

»Diese Kerle in Beirut sind einfach Primaten, die reinsten Tiere. Noch dazu geben sie vor, für die gute Sache zu kämpfen. Sie setzen sich so sehr ins Unrecht, dass man es keinem verübelt, sie abzuschießen. Sie ermangeln jeglicher politischer Reife, sie haben überhaupt keinen Begriff von Menschenwürde. Es geht eben nicht an, durch Verbrechen gegen die Menschheit, und das sind Geiselnahmen nun einmal, seine Forderungen durchsetzen zu wollen, wobei man sich noch auf die Menschenrechte beruft.«

Bénédicte griente giftig.

»Monsieur spielt den Verteidiger der Menschenrechte, während er selbst in einem warmen Nest des 7. Arrondissements sitzt. Einfach zum Totlachen. In Paris ist Lächerlichkeit vernichtend, weit mehr als in Beirut!«

»Was willst du damit sagen? Lächerlichkeit? Welche Lächerlichkeit?«

»Du bist lächerlich, mein Freundchen, wenn du beim

Zeitunglesen große Reden schwingst, während anderswo die Leute einander massakrieren, sich für die gute Sache opfern.«

»Na, was soll das schon für eine gute Sache sein? Die gute Sache der nationalistischen Fanatiker, der religiösen Fanatiker und der manipulierten Fanatiker!«

»Du hast gut reden! Wenn du an Ort und Stelle wärest, würdest du den Mund nicht so vollnehmen.«

»Man braucht die Nase nicht in die Scheiße zu stecken, um zu wissen, dass sie stinkt.«

»Ach was, du bist eben zu feig!«

Vor Verblüffung bekam Jean-Marc einen Schluckauf.

»Feig? Feig hast du gesagt?«

»Ja, ich habe feig gesagt«, erwiderte Bénédicte, jede Silbe betonend. »Sonst würdest du anders reden, und du säßest auch nicht hier.«

»Wo wäre ich denn dann?«, fragte Jean-Marc, plötzlich ernüchtert.

»In Beirut«, antwortete Bénédicte mit unerbittlicher Logik.

Schweigen.

Silver, die Katze, sprang vom Tisch auf Jean-Marcs Schoß, der sie ärgerlich verjagte. Sie floh mit eingekniffenem Schwanz in die Küche.

»Ich bin also feig, weil ich nicht nach Beirut fahre«, wetterte Jean-Marc. »Wie steht's denn mit dir, Bénédicte? Du hättest wohl keine Angst, was?«

»Nein.«

»Topp.«

»Topp.«

»In einer Woche beginnen die Osterferien, ich kaufe zwei Tickets nach Beirut, und wir fliegen los«, sagte Jean-Marc kurzentschlossen.

»Du Würstchen!«, fiel Bénédicte ein. »Wetten, dass wir wieder zu deinen Eltern in die Vaucluse fahren.«

Langsam zählte Jean-Marc bis zwanzig, um nicht aus der Haut zu fahren, dann atmete er alle in seinen Lungen gestaute Luft aus und ging schlafen.

Eine Woche darauf landeten Jean-Marc und Bénédicte in Beirut. Die Stadt wirkte recht ruhig, denn eben war der soundsovielte Waffenstillstand zwischen den Drusen und den Integristen geschlossen worden. Sporadische Maschinengewehrsalven verliehen der Taxifahrt vom Flughafen zur berühmten Museumspassage aber doch einen Hauch Lokalkolorit. An der ersten Absperrung durch Milizen unbestimmter Zugehörigkeit hob Bénédicte, die sehr aufgeregt war, die Hand zum phalangistischen Gruß. Sogleich ertönten Schüsse, und das Taxi raste davon.

»Tun Sie das nie wieder, Frauchen«, sagte der Chauffeur und wischte sich den Schweiß von der Stirn. »Sie haben uns alle an den Rand des Grabs gebracht.«

»Aber es waren doch Phalangisten«, erwiderte Bénédicte bockig.

»Kurdische Phalangisten, nicht zu verwechseln mit den anderen«, korrigierte der Fahrer.

»Und Sie? Was sind denn Sie?«, erkundigte sich Jean-Marc in vertraulichem Ton.

»Ich? Ich bin Taxifahrer. Warum?«

»Ich meine, welcher Richtung, welcher Religion, welcher Partei Sie angehören.«

Ganz plötzlich kreischten die Bremsen, und der Wagen kam zum Stehen.

»Aussteigen«, befahl der Fahrer barsch. »Gehen Sie zu Fuß weiter!«

»Aber das können Sie uns doch nicht antun«, flehte Bénédicte.

»Sie dürfen uns das nicht übelnehmen. Wir sind Ausländer.«

»Ich habe keine Lust, an einem Herzschlag zu sterben«, entgegnete der Chauffeur. Er warf das Gepäck auf die Fahrbahn und raste davon, ohne sich noch einmal umzublicken.

»Mit deiner Manie, den Mund voll zu nehmen, hast du uns ja schön reingeritten«, schimpfte Bénédicte.

»Du wolltest ja herkommen«, spöttelte Jean-Marc.

Sie wurden von einer Gruppe bewaffneter Jugendlicher umzingelt.

»Allah ist groß«, bellte ein zwölfjähriges Bübchen, das der Chef der Bande zu sein schien. »Seid ihr Franzosen?«

Jean-Marc kniff Bénédicte kräftig in den Hintern, damit sie den Mund hielt.

»Belgier«, verkündete er mit leutseligem Lächeln und ziemlich schlecht imitiertem wallonischen Akzent.

Der Junge biss sich auf die Lippen.

»Wo ist denn das?«

»Zwischen Holland und Russland«, erklärte Bénédicte, tapfer in den fahrenden Zug einsteigend.

Unter den Kriegern kam es zu einem schnellen Wortwechsel, der sich wie ein Streit anhörte.

»Haben Sie Ausweise?«, begann wieder der Anführer des Trupps.

»Sie befinden sich in der sowjetischen Botschaft«, entgegnete Jean-Marc. »Wenn Sie die Freundlichkeit hätten, uns dorthin zu begleiten, wäre es uns ein Vergnügen, sie Ihnen vorzulegen. Die Koffer sind recht schwer. Könnten Sie uns nicht helfen, sie bis dorthin zu tragen?«

Die Kinder beratschlagten von neuem. Sie waren sichtlich nicht darauf erpicht, sich das Gepäck aufzuhalsen.

»In Ordnung, Sie können weitergehen, aber seien Sie vorsichtig, in diesem Sektor halten sich undisziplinierte Elemente auf.«

»Du bist der größte Feigling, der mir je untergekommen ist«, schimpfte Bénédicte, als sie wieder allein waren.

»Flach auf den Bauch!«, schrie Jean-Marc und versetzte ihr einen Stoß, so dass sie in ein Dornengestrüpp flog.

Ein paar Meter von ihnen entfernt explodierte eine Granate, gefolgt von einem Hagel anderer pfeifender und brummender Geschosse.

»Du bist wirklich ein Rohling«, wimmerte Bénédicte. »Ich hasse dich! Du bildest dir vielleicht ein, dass du mich im Namen der blödsinnigen Menschenrechte foltern darfst. Sieh nur, ich blute am ganzen Leib!«

»Immerhin bist du noch am Leben.«

»Du hast das mit Fleiß getan! Ich weiß genau, dass du's mit Fleiß getan hast. Du bist genau wie die anderen: ein kriegslüsterner Rohling, ein Macho, ein Fanatiker!«

»Dein kleiner Anfall ist ganz normal, es ist ja schließlich auch deine Feuertaufe.«

»Du bist das natürlich gewohnt!«

»Nein, aber beim Barras bin ich gewesen. Ich hab schon mal Artillerieschüsse gehört.«

»Du hast mir erzählt, dass du in einer Schreibstube bei den ›Invaliden‹ eingesetzt wurdest.«

»Ja, aber die Grundausbildung habe ich doch mitgemacht.«

»War das nun vor oder nach deiner Furunkulose?«

Jean-Marc räusperte sich ein wenig verlegen.

»Ich glaube, es ist vorbei. Wir sollten lieber zusehen, dass wir in ein anderes Viertel kommen. Hier scheint's mir nicht ganz geheuer.«

»Ich gehe keinen Schritt weiter«, erklärte Bénédicte, »außerdem habe ich nichts mehr anzuziehen, seit mein Koffer in die Luft geflogen ist.«

»Da haben wir's! Du bist mir in den Ohren gelegen, dass wir nach Beirut fahren, aber schon nach zehn Metern willst du nach Paris zurück, weil du keine Garderobe mehr hast. Und der Feigling bin natürlich ich! Bravo!«

Bénédicte strafte Jean-Marc mit abgrundtiefer Verachtung.

»Ich habe mehr Mut als du. Nie habe ich gesagt, dass ich nach Paris zurück möchte.«

»Das ist ja der Gipfel! Wo willst du denn hin?«

»Nach Afghanistan.«

»Nach Afghanistan? Bist du wahnsinnig? Weißt du denn nicht, dass es ganz unmöglich ist, ohne Visum in Afghanistan einzureisen?«

»Wir können ja über Pakistan fliegen.«

»Aber dazu hab ich nicht die geringste Lust. Willst du denn unbedingt, dass wir erschossen werden?«

»Du armes Wrack! Ich hab wirklich einen Feigling geheiratet!«

»Ah! Jetzt reicht's mir aber, ich bin nur auf deinen Wunsch nach Beirut gekommen, aber ich gedenke weder nach Afghanistan noch nach Pakistan zu reisen.«

»Dir liegt eben allzuviel an deinem bisschen Komfort, an deiner armseligen Pariser Rattenexistenz.«

»Halt den Mund, sonst bekomme ich einen Tobsuchtsanfall.«

»Ja, tob nur, das gibt dir vielleicht ein wenig Schneid! Du Drückeberger!«

Jean-Marc beging einen Fehler, als er ihr die erste Ohrfeige versetzte. Der Teufelskreis der Gewalt war nun nicht mehr zu durchbrechen. Es kam zu Fußtritten und Faustschlägen, die von einer Gruppe fassungsloser Schiiten durch den Feldstecher verfolgt wurden.

»Die Westmächte tragen jetzt bei uns ihre Konflikte aus«, seufzte ein Offizier. »Wenn wir die beiden entführen?«

»Nein«, mischte sich ein Herr in Zivil ein, eine Art politischer Kommissar, der offenbar hohes Ansehen genoss. »Das sind Jean-Marc und Bénédicte.«

»Sie kennen die beiden?«, wunderte sich der Offizier.

»Ja, als ich noch an der Sorbonne war, habe ich oft bei ihnen zu Abend gegessen. Sie bereitet einen vorzüglichen Hasenbraten mit Senfsoße.«

»Wir können nicht zulassen, dass sie sich so vor aller Augen prügeln. Sie geben ein schlechtes Beispiel. Immerhin haben wir einen Waffenstillstand geschlossen. Für dessen Einhaltung muss gesorgt werden.«

»Sie haben recht«, stimmte der Herr in Zivil zu. »Bringen Sie die beiden zum Flughafen und verfrachten Sie sie in die erstbeste startbereite Maschine.«

»Aber das ist ja Ali!«, rief Bénédicte. »Wie geht's dir denn, Ali?«

»So einigermaßen, Bénédicte. Geht's dir gut, Jean-Marc?«

»Heirate nie, Ali, Bruderherz. Sieh nur, wie sie mein Jackett zugerichtet hat!«

»Du Knilch! Es macht dir wohl Spaß, eine Frau zu schlagen! Erschieß ihn, Ali! Er ist ein Faschist! Ein Imperialist!«

»Du verlumptes, verkommenes Weibsbild! Du spielst dich auf, weil du glaubst, einen Beschützer gefunden zu haben! Wart's nur ab, bis wir wieder allein sind!«

»Schnell zum Flughafen«, seufzte Ali, »die zwei können wir hier wirklich nicht gebrauchen.«

»Wohin fliegt dieses Flugzeug?«, brüllte Bénédicte, um vom Piloten gehört zu werden.

»Libyen.«

Jean-Marc konnte sich vor Lachen nicht mehr halten, aber es wurde vom Dröhnen der Düsentriebwerke übertönt. Doch schon verging ihm das Lachen, denn Bénédicte richtete einen Revolver auf den Nacken des Mannes.

»Was ist in dich gefahren, Bénédicte? Wo hast du dieses Ding da geklaut?«

»Aus Alis Tasche. Und Sie, mein lieber Kommandant, fliegen jetzt in Richtung Osten und bringen uns schön brav nach Afghanistan. Sonst...«

Jean-Marc fiel auf die Knie.

»Ich flehe dich an, Bénédicte, sei doch vernünftig! Was willst du bloß beweisen?«

»Dass du ein Feigling bist.«

»Gut, einverstanden, ich bin ein Feigling, aber das ist noch kein Grund, uns alle in den Tod zu schicken.«

»Das stimmt«, fiel der Pilot ein, »das ist gefährlich, kleine Frau.«

»Nach Afghanistan, ihr Würstchen! Und dann fliegen wir an die irakisch-iranische Front, dann nach Vietnam und überallhin, wo's knallt...«

»B, Liebling«, schluchzte Jean-Marc, »lass uns heimfahren, es reicht.«

»Nein«, begehrte Bénédicte auf, »immer ist es das alte Lied, nie willst du mir eine Freude machen, und dabei weißt du ganz genau, dass ich nur eine Woche Ferien habe. Und diesmal will ich das Dollste vom Dollen!«

»Das sind die MiGs«, verkündete der Pilot.

»Jetzt ist es wohl zu spät zum Umkehren?«, wimmerte Bénédicte mit versagender Stimme.

»Nein«, antwortete der Pilot, »eben noch ging's aufwärts, jetzt geht's abwärts.«

Mieser Charakter

Delmer war kein schlechter Kerl. Obwohl er dem Beruf des Einbrechers nachging, hatte er sich einen gewissen Sinn für Anstand bewahrt. Das sah man daran, dass er mit dem Einbruch bei den Gogsons bis nach den Feiertagen wartete. Er wollte ihnen nicht die Freude verderben.

In der Nacht zum 2. Januar also drang Delmer in den Park der Villa ein, einen detaillierten Lageplan in der rechten Hand, den Werkzeugsack auf dem Rücken. Es war ungefähr drei Uhr früh, und aus dem Haus war nichts zu hören. Nur etwas beunruhigte ihn: der Hund. Mit Buletten aus vergiftetem Fleisch bewaffnet, ging er jetzt vorsichtig auf die Hundehütte zu. Genau über dem Eingang warnte ein Schild, das wie eine Visitenkarte aussah: »Achtung, böser Hund.« Delmer schauderte. Er hatte schon immer Angst vor Hunden gehabt.

Als er feststellte, dass die Hütte leer und der Hund nicht da war, fiel ihm ein Stein vom Herzen. Er stieß einen Seufzer der Erleichterung aus und wandte sich dem Haus zu. Mithilfe eines Diamanten schnitt er ein Stück aus der Fensterscheibe heraus, griff nach innen, öffnete das Fenster, stieg ein und machte sich an die Arbeit.

Er raffte sämtliche kleineren Gegenstände an sich, sofern

sie mehr wert waren als ein Kilo Äpfel. Methodisch stopfte er sie in seinen Sack, der rasch anschwoll.

Im zweiten Zimmer fand er die Leichen.

Er hatte sie nicht gleich bemerkt, aber als der Strahl der Taschenlampe auf das grauenhafte Gemetzel fiel, krampfte sich sein Magen zusammen. Die verstümmelten Körper schwammen im Blut wie Steaks in der Soße.

»Raus hier, aber schnell!«, dachte Delmer.

Doch dazu kam er nicht mehr. Der Hund, der WIRKLICH SEHR BÖSE war, erschlug ihn mit einer Axt.

Die Wahrheit über Ludwig XVII.

»Gib mir Taschengeld!«, forderte der Prinz immer wieder von seinem Vater, dem König, und seiner Mutter, der Königin.

Seine Eltern aber, die sehr knauserig waren, gaben ihm nichts. Ihnen reichte es, ihm einen Finger ins Aug zu stecken und sich scheckig zu lachen. Klar war der Prinz deprimiert.

»Was hab ich davon, ein Prinz zu sein«, fragte er sich, »wenn ich mir nicht einmal eine Tüte Pistazieneis leisten kann?«

Und eigentlich hatte er damit nicht Unrecht.

Eines Tages hielt er es nicht mehr aus.

»Wenn das so ist, haue ich eben ab«, dachte er und machte sich über die Mauer davon.

Seine erste Stunde in Freiheit nutzte er für einen Stadtspaziergang. Anschließend half er einem Lastwagenfahrer beim Entladen, was ihm so viel einbrachte, dass er sich eine grandiose Doppelportion Pistazieneis kaufen konnte. Danach kehrte der Prinz glücklich und satt ins Schloss zurück, um dort die Nacht zu verbringen. Seine Eltern hatten natürlich Besseres zu tun gehabt, als seine Abwesenheit zu bemerken.

Allmählich wurde es dem Prinzen zur Gewohnheit, tagsüber Geld für ein Eis zu verdienen und nachts, wie alle anderen, unter dem heimischen Dach zu schlafen. Nun erfreuten sich König und Königin, die, was jeder leicht zugeben wird, eher unsympathisch waren, bei ihren Untertanen keiner allzu großen Beliebtheit. Also haben die eine schöne kleine Revolution ausgekungelt, um die ganze Bagage ein für allemal loszuwerden.

Der Premierminister wusste selbstverständlich Bescheid, konnte aber nicht sehr viel tun. Er versuchte einfach, den Schaden in Grenzen zu halten. Als Erstes engagierte er Doubles für den König, die Königin und den Prinzen.

Die Doppelgänger des Königs und der Königin waren kein großer Erfolg. Sie hatten zwar ungefähr die gleiche Größe, die gleiche Figur und die gleiche Haarfarbe, aber mit der Ähnlichkeit war es trotzdem nicht weit her. Das war beim Prinzen-Double anders, denn wie der gewitzte Leser sicher gleich erraten hat, übernahm der Prinz selbst die Rolle, weil er dafür eindeutig mehr bekam als fürs Lastwagenentladen. Und von seinem neuen Einkommen konnte er sich geradezu unanständig viel Pistazieneis kaufen.

Doch ach, die Geschichte geht leider, leider nicht so gut aus, wie man vielleicht glauben möchte!

Als die Revolution ausbrach, wurden zuerst die Doppelgänger des Königs und der Königin geköpft, doch da die Revolutionäre schließlich nicht blind waren, sahen sie, dass sie sich geirrt hatten. Also schnappten sie sich die echten Herrscher und hauten sie in die Pfanne.

Den Prinzen ließ man laufen. Da sein Double so perfekt war, wurde zur allgemeinen Genugtuung *dem* der Hals umgedreht.

›Café Panik‹

In jüngeren Jahren kehrte ich oft in einer Kneipe ein, um mir Geschichten anzuhören – na gut, auch um mir einen hinter die Binde zu gießen –, und diese Kneipe hatten wir ›Café Panik‹ getauft. Dort verbrachte ich zusammen mit Saufaus, Glasinderhand und anderen so manches fröhliche Stündchen. Da ich gestern zufällig in diese Gegend kam, wandelte mich die Lust an, mal schnell hinzupilgern. So ein Pech! Wo einst die Kneipe stand, befindet sich nun die Bank von Angoulême. Ich war richtig belämmert. Daher ging ich in das Café gegenüber, um mir schnell einen zu genehmigen. Und wen treffe ich dort an? Glasinderhand persönlich, pumperlgesund und kregel, trotz eines Gichtanfalls und den ersten Anzeichen einer Grippe, aber schließlich ist ja Winter.

Wir haben einander zugeprostet, wobei wir Angoulême zum Teufel wünschten. Wie in guten alten Zeiten begann Glasinderhand zu erzählen:

»Da war mal ein sehr reicher Typ, ein uralter Millionär, der so knickrig war wie alle diese Brüder. Mit seinem Faktotum, einem ebenso alten Tattergreis namens Rattenschwanz, lebte er auf seinem prächtigen Landsitz. Gutetat, so hieß der Millionär, und Rattenschwanz hatten ein merkwürdiges Verhältnis zueinander. Erst duzten sie sich. Dann warfen sie sich Schimpfworte an den Kopf. Außerdem hatten sie die Manie, bei jedem Anlass zu wetten. Wenn Gutetat verlor, musste er den Diener spielen, während Rattenschwanz die Rolle des Millionärs übernahm. Dann rächte er sich natürlich, denn sie waren beide rechte Giftzwerge. Schließlich brüllten sie sich an und wurden handgemein. Wenn es mal so weit war, lief das Ganze nach einem bestimmten Schema ab. Sie hatten komplizierte, unumstößliche und nicht eben alltägliche Regeln ausgeklügelt. Rattenschwanz und Gutetat mussten eine regelrechte Kriegserklärung abfassen und sie in einen versiegelten Umschlag stecken. Dann bezog jeder seine Stellung an dem Ort, den sie nach dem letzten Konflikt vertraglich festgelegt hatten. Sie telefonierten mit dem Waffenhändler. Ja, mit einem goldechten Waffenhändler, bei dem sie ihre Bestellungen aufgaben: soundsoviele Maschinengewehre, Kanonen, Panzer usw. Der Millionär zahlte. Dann begab sich Rattenschwanz ins Dorf, wo er Freiwillige anwarb, das heißt alle wehrfähigen Männer, denn diese armen Bauern waren heilfroh, dass sie mit einem Male mehr verdienten als belgische Söldner. Die Auseinandersetzungen zwischen Gutetat und Rattenschwanz waren die beste Einnahmequelle des Dorfes. Selbstredend blieb es nicht aus, dass in jedem Krieg – das haben Kriege nun mal so an sich – Menschen getötet und Häuser zerstört wurden, aber Menschen müssen ohnehin eines Tages sterben, und was die Häuser betrifft, so ließ Gutetat sie wieder aufbauen, schöner und geräumiger als die alten. Zum Schutz der Zivilbevölkerung gab es Unterstände, wohin sich die Dorfeinwohner beim ersten Sirenengeheul, das den Beginn der Kampfhandlungen anzeigte, begeben mussten. Dort hatten sie bis zur Unterzeichnung des Waffenstillstandes zu bleiben, wobei sie natürlich hofften, dass er nicht allzu lange auf sich warten ließ. Sie sehen, alles lief wie am Schnürchen, und keiner hatte etwas dagegen einzuwenden. Man hob die Kinder bis an die Schießscharten, so dass sie die Explosionen der Raketen, das Artilleriefeuer und die Panzereinsätze mitansehen konnten, genau wie auf dem Jahrmarkt oder bei einem Feuerwerk. So ging das immer weiter, bis eines Tages Gutetats Sprösslinge, ein fünfzigjähriger Tunichtgut und eine hochnäsige Gans von siebenundvierzig mit Schrecken feststellten, dass Papas Vermögen dahinschmolz. Als sein militärischer Wahnsinn ausgebrochen war, hatten sie gehofft, dass der Alte unter einem Trümmerhaufen begraben oder von einer explodierenden Granate zerrissen würde, aber nichts dergleichen geschah. Gutetat hatte immer Schwein, und die Eskalation der Waffen schien kein Ende zu nehmen. Da taten sich Liegestuhl und Vuittontasche zusammen. Sehr bald fanden auch sie die Adresse eines Waffenhändlers heraus. Sie heuerten eine kleine Söldnertruppe an, natürlich für einen Hungerlohn, und mischten sich in die Kampfhandlungen ein. Welch ein Krieg, Freunde, welch ein Krieg! Ein richtiges kleines Vietnam! Beim ersten Ansturm der Streitkräfte von Liegestuhl und Vuittontasche erkennt Gutetat, der es sich auf dem Sitz seines Geschützes bequem gemacht hat, dass sich ein neues Element eingeschaltet hat. Er setzt seinen Sturzhelm auf, der zwei Nummern zu groß ist, und schwingt ein zerfleddertes Kleenex. Rattenschwanz, der ihn genau in seiner Visierlinie hat, brummt verärgert, aber Regeln sind Regeln, und er darf einen Feind, der die weiße Fahne schwenkt, nicht abschießen. Die Besprechung findet in Nummer 57 statt, das heißt, in der kleinen Bretterbude, die früher dem Gärtner als Toilettenhäuschen diente.

›Na, du alter Trottel, ergibst du dich?‹, fragt Rattenschwanz herablassend.

›Halt's Maul, Saukerl‹, entgegnet Gutetat. ›Ich habe nur deshalb um eine Konferenz nachgesucht, weil ich vor einem Rätsel stehe.‹

›Nämlich?‹

›Ich möchte wissen, wo die Truppen mit tschechischen Maschinenpistolen herkommen. Sie waren auf dem Katalog, den man mir vorgelegt hat, nicht aufgeführt.‹

›Tschechische Maschinenpistolen?‹, fragt Rattenschwanz zurück. ›Ich erinnere mich wirklich nicht, welche bestellt zu haben. Im Übrigen taugen sie nichts.‹

›Dann hat sich eine dritte Kriegsmacht eingeschaltet. Es würde mich gar nicht wundern, wenn es Liegestuhl und Vuittontasche wären.‹

›Weiß Gott, deine grässlichen Bälger wären durchaus imstande, so einen Quatsch zu machen‹, pflichtet Rattenschwanz bei.

›Ich schlage dir ein Bündnis auf Zeit vor‹, fährt Gutetat fort, ›zu zweit werden wir mit ihnen schon fertig. Wir kennen das Gelände, und sie haben von Tuten und Blasen keine Ahnung.‹

›Einverstanden. Aber wer übernimmt das Kommando? Du oder ich?‹

›Ich.‹

›Kommt nicht in Frage. Ich!‹

Sie können sich gerade noch flach auf den Boden werfen, denn pfeifend kommt ein Geschoss angesaust und explodiert fünf Meter von ihnen entfernt. Die Bretterbude fliegt in die Luft, so dass die beiden ohne Deckung mitten auf dem Schlachtfeld liegen.

›Wetten wir?‹, ruft Rattenschwanz und rennt, was das Zeug hält, auf einen ausgebrannten Panzer zu, um sich in Sicherheit zu bringen.

›Einverstanden, wetten wir!‹, keucht Gutetat, der ebenfalls losgeprescht ist.

›Wetten, dass ich es fertigkriege, innerhalb von weniger als einer Stunde meine Fahne auf der Kirchturmspitze aufzupflanzen!‹

›Wetten, dass in einer Stunde meine Fahne an der Kirchturmspitze wehen wird!‹, setzt Gutetat dagegen.

›Aber wir haben keine Fahnen.‹ Diese sinnige Bemerkung stammt von Rattenschwanz.

›Dann nehmen wir halt unsere Jacken‹, entgegnet Gutetat und schiebt somit das Hindernis kurzerhand beiseite. ›Topp?‹

›Topp!‹

Da veranstalten also die beiden Irren einen Hindernislauf in Richtung Dorfkirche, während die Schlacht auf dem Gutsgelände mit verdoppelter Feuerkraft tobt. Doch Liegestuhl und Vuittontasche hatten ausgerechnet den Kirchturm zu ihrem Hauptquartier erkoren, von wo aus sie, nicht ohne Sorge, mit dem Feldstecher den Fortgang des Kampfes verfolgten.

›Wir hätten Boden-Boden-Raketen nehmen sollen‹, greinte Vuittontasche. ›Deine Knausrigkeit wird uns jetzt teuer zu stehen kommen.‹

›Ich wollte doch den Bomber mieten, damit wäre das

Ganze in zehn Sekunden zu Ende gewesen. Aber Madame musste natürlich ihren Senf dazugeben! Wenn wir jetzt einen auf den Deckel kriegen, bist du schuld.‹

Genau in diesem Augenblick wurden sie von Rattenschwanz und Gutetat überrascht, die jeder einen Revolver in der Hand hielten und völlig humorlos dreinblickten.«

»Wie ging dann die Sache aus?«

»Oh, ein Sieg auf der ganzen Linie. Im Dorf nannte man diesen Krieg den ›Sechs-Stunden-Krieg‹. Gutetat und Rattenschwanz haben sämtliche tschechischen Maschinenpistolen, die feindliche Artillerie und die Panzer erobert. Sie haben von den Besiegten die Wiedergutmachung aller im Dorf angerichteten Schäden verlangt und sie für unbegrenzte Dauer als unbesoldete Dienstboten angestellt. Auf die Art kann sich Rattenschwanz voll und ganz dem Bau von neuen Festungswerken für den nächsten Konflikt widmen, während sich Gutetat einen supermodernen Atombunker anlegt.«

»Einen Atombunker?«

»Ja. Im Dorf heißt es, dass der nächste Krieg der letzte sein wird.«

Mafia

Sonntag spätabends oder auch schon Montagmorgen. Ich gehe zügig durch die Rue du Four Richtung Rue de Rennes. Ich will noch auf ein letztes Bier ins ›Montana‹ in der Rue Benoît. Ein herumkurvendes Taxi wird neben mir langsamer.

»Wo wollen Sie denn hin?«

»Ich hab's nicht weit, danke.«

»Steigen Sie ein, ich nehm Sie mit.«

»Nicht nötig, bin schon fast da.«

»›Montana‹? Los, steigen Sie ein, da will ich auch hin.«

Kluges Kerlchen. Na gut, steige ich eben in seine Kiste. So ein Pech, das ›Montana‹ hat zu. Wie jeden Sonntag übrigens, Sonntag ist nämlich Ruhetag.

»Wohin jetzt?«, fragt der Fahrer.

»Sonntagabend gibt's nichts Gescheites, ich geh nach Hause.«

»Ich kenn eine nette Bar.«

»Wo? Bei den Halles?«

»Nein, woanders.«

»Eine richtige Bar? Oder was mit Nutten?«

»Nein, nein, eine kleine Bar in der Nähe der Oper.«

»Okay.«

Als wir eintreten, wird mir klar, dass er mich verarscht

hat. Goldene Wände, blutrotes Neonlicht, Sinatra-Platte. Noch nuttiger, und man fällt tot um.

»Eine Nuttenbar«, sage ich verärgert.

»Nein, hier sind zwar Nutten, aber das hat nichts zu bedeuten. Was wollen Sie?«

»Ein Bier.«

Er bestellt zwei Bier.

Die Zigarettenverkäuferin, eine hässliche Blonde mit Netzstrümpfen, die sich um ihre mageren Haxen ringeln, kommt an und gibt ihm ein Küsschen. Er stellt mich vor:

»Ein Freund.«

Ungebeten bringt der Kellner ein Glas Champagner für sie. Wir prosten uns zu.

Sie erzählt mir, dass sie diesen jämmerlichen Job nur so lange macht, bis sie beim Film groß rauskommt. Das ist nicht neu. Ich sehe mich um. Der Taxifahrer ist verschwunden.

»Gut, ich geh auch. Salut.«

»Wollen Sie nicht noch ein bisschen bleiben?»

»Nein, danke.«

An der Tür fängt mich der Kellner ab.

»He, Monsieur, die Rechnung ist noch offen.«

»Der Typ, mit dem ich gekommen bin, hat mich eingeladen.«

»Nein, der hat nichts bezahlt.«

»Wie viel macht das?«

»Zweihundertfünfzig.«

Fluchend hole ich die Knete raus. Ein Typ am Tresen schüttelt mitfühlend den Kopf.

»Da haben Sie sich ja schön reinlegen lassen.«

Ich ahne schon, was jetzt kommt.

»Den Fahrer, mit dem Sie da waren, kenn ich. Wir sind bei derselben Firma.«

Der Typ beginnt mich zu interessieren.

»Sie wollten in Ruhe noch einen trinken, und er hat sie in diesen Schuppen geschleppt, stimmt's?«

»Ja.«

»Hören Sie, ich kenn da einen guten Laden, ehrlich. Haben Sie nicht Lust, sich noch einen zu genehmigen? Mein Wagen steht draußen.«

»Warum nicht?«

Wir steigen in sein Taxi.

»Und das ist kein Nuttenlokal?«

»Nein, nein, Ehrenwort. Eine nette kleine Kneipe.«

Von wegen! Noch nuttiger als der vorige Laden. Rot-grünes Neonlicht diesmal. Die Mädels sitzen mit bloßen Schenkeln auf Barhockern, bei jedem Lachen hüpfen ihre Brüste.

»Ein Bier.«

»Lädtst du mich ein?«, säuselt die Frau, die mir am nächsten sitzt.

»Nein.«

»Nur ein Glas!«

»Nein.«

»Und mich?«, fragt ihre Freundin gähnend.

»Nein.«

»Du solltest ihnen was spendieren«, flüstert mein Chauffeur mir zu, »gehört sich so.«

»Ich will aber nicht!«

»Der is ja doof drauf, dein Freund!«, protestieren die Mädchen.

Er zuckt die Schultern und geht, ohne sein Bier angerührt zu haben. Ich schütte mein Halbes hinunter und verlange die Rechnung. Sechshundert Eier.

»Für zwei Bier?«

»Zwei Bier plus der Schampus.«

»Ich hab aber keinen bestellt.«

»Doch, doch, er hat uns eingeladen«, kreischen die Nutten.

»Ich ruf die Polizei an!«, verkünde ich.

Ein Typ taucht vor mir auf. Ein Bär.

»Du rufst nicht die Polizei an. Du wirst hier brav bezahlen.«

»Nein, ich will einen Freund einladen, der ist Bulle.«

»So'n Pech, das Telefon geht nicht. Ruf ihn von woanders an.«

»Okay.«

Ich steuere zum Ausgang. Ein anderer Schlägertyp schneidet mir den Weg ab.

»Du kommst hier nicht raus, bevor du bezahlt hast.«

»Und was ist, wenn ich mich weigere?«

»Dann gibt's Ärger.«

Ich grinse.

»Wie in amerikanischen Serien?«

»Wenn du das willst.«

»Wegen sechshundert Eiern würdet ihr mich massakrieren? Aber mein Freund, der Bulle, weiß, wo ich bin. Und dann habe ich noch einen Brief in meinem Bankschließfach hinterlegt.«

»Sehr witzig!«, wirft mir der Typ vom Tresen zu und stiert mich an wie einen geplatzten Müllsack. »Zahl und hau ab.«

»Und wenn ich einfach so abhaue?«

Ich mache Anstalten zu gehen, umrunde den Schläger, bleibe aber, weil ich trotz allem Bammel habe.

»Hör auf, den Clown zu spielen. Rück die Kohle raus.«

Ich rücke sie raus.

»Widerlich ist das«, flüstert mir ein großer Dünner mit braunen Locken und dunklem Teint zu.

»Sie sind Taxifahrer?«, erkundige ich mich.

»Wie haben Sie das erraten?«

»Und Sie kennen eine nette kleine Bar, wo man noch in Ruhe einen Absacker trinken kann, ohne Nepp und Nutten?«

»Kenn ich.«

»Dann gehen wir.«

»Okay, die Karre steht vor der Tür.«

Ich setze mich neben ihn auf den Beifahrersitz.

»Nicht zu weit?«

»Gleich um die Ecke.«

Also das hier ist Nuttenbarstil hoch drei.

Rot-grün-blaues Neonlicht. Mädchen tanzen im Höschen Cha-Cha-Cha. Die Typen hinter der Theke: Narbengesichter. Die auf den Bänken: zugedröhnt. Die auf dem Teppich: fertig. Die Muskelmänner vom Ordnungsdienst durchmessen den Raum mit grimmigem Blick, den Unterkiefer vorgeschoben, als hätte der es eilig und wollte vor ihnen dasein. Ich kneife die Arschbacken zusammen.

»Was wollen Sie?«

»Ein Bier.«

»Für mich auch ein Bier.«

Ich zwinkere meinem Chauffeur zu.

»Kennen Sie die Leute da?«

»Ein paar. Warum?«

»Sie sehen nicht so aus, als würden sie sich amüsieren.«

»Sie amüsieren sich vielleicht auf ihre Weise.«

»Sie haben Recht. Paris ist schon der Norden. Ach, wie ich Italien vermisse!«

»Warum? Sind Sie Italiener?«

»Nein, aber ich war noch letzte Woche in Italien, bei Freunden in Rom. Die Menschen sind dort viel lustiger, herzlicher. Singen. Reden miteinander. Natürlich gibt's auch Nutten, Diebe, Taxifahrer, aber es geht viel zivilisierter zu. Man hat den Eindruck, dass Spielregeln noch etwas gelten...«

Ich rede mühelos noch eine Weile so weiter, weil ich betrunken genug bin, um an meinen Italien-Wahn zu glauben. Wild durcheinander nenne ich Michelangelo, Ornella Muti, Stendhal, Fellini, Vittorio de Sica, Pavese, Dino Risi, Dante, Alberto Sordi, Leonardo...

Mein Begleiter hat Tränen in den Augen.

»Sie lieben Italien wirklich, das sieht man!«

»Und ob ich Italien liebe! Die Gnocchi! Tortellini! Vitello tonnato ... Die italienische Küche ist die beste der Welt... Und erst die Oper! Verdi, Rossini...«

»Aber stößt Sie das gar nicht ab, was man hier von der Mafia hört?«

»Ausländer verstehen nichts von der Mafia. Für sie ist das nur ein Haufen Gangster und basta. Ich weiß aber, dass die Mafia einfach eine Art Nachbarschaftshilfe unter armen Leuten ist. Eine Familie. Vielleicht schockiert Sie das jetzt, aber ich habe in Italien anständige Typen kennengelernt, die zur Mafia gehören und zu meinen Freunden geworden sind. Empfindsame, humane, großherzige Menschen.«

Er nickte.

»Wollen Sie noch was?«

»Nein, es ist spät. Ich muss nach Hause. Herr Ober, was macht das?«

Er hält meine Hand fest, aus der ein 500-Franc-Schein lugt.

»Lassen Sie nur, das geht auf mich.«

»Wirklich?«, frage ich eindringlich und sehe ihm direkt in die Augen.

»Ja, diesmal sind Sie eingeladen. Aber Sie sollten besser nicht mehr in solche Lokale gehen, das passt nicht zu Ihnen.«

Wir haben uns lange die Hand gedrückt.

»Ciao!«

»Ciao!«

Draußen, im Tageslicht, winke ich einem Taxi. Während der Heimfahrt erzähle ich von meinen nächtlichen Abenteuern.

»Das sind keine richtigen Taxen«, erklärt mir mein Fahrer. »Das sind Zuhälter, die den Wagen zur Tarnung brauchen. Sie haben ein, zwei Mädchen in jeder Bar und machen die Runde, um zu schauen, wie die Geschäfte laufen. Klar bringen sie auch mal einen Kunden mit, wenn es sich so ergibt, aber das ist für sie nicht das Wichtigste. In Wahrheit langweilen sie sich von abends bis morgens. Sie würden sonst was tun, um die Zeit totzuschlagen.«

›Panik-Bar‹

Um drei Uhr morgens stand mir immer noch nicht der Sinn danach, schlafen zu gehen. Ein letztes Glas in der ›Panik-Bar‹ konnte ich mir einfach nicht versagen. Wer weiß, vielleicht würde ich dort gar eine alte Bekannte treffen. Unglaublich, wie optimistisch ich bin, wenn ich ein bisschen über den Durst getrunken habe! Doch zu meinem Leidwesen stieß ich auf Jumbo, einen abgetakelten Schauspieler, der an einem klebt wie ein weiches Bonbon.

Er schien mit sich verdammt zufrieden.

»Ich steckte in einer argen Sackgasse«, erklärte er mir, »aber jetzt zeichnet sich das Ende des Tunnels ab. Es sieht so aus, als hätte sich das Blatt gewendet, vor allem seit meinem Triumph in ›Behalten Sie mich in Erinnerung‹.«

»›Behalten Sie mich in Erinnerung?‹ Was ist denn das?«

»Wie? Du weißt nichts davon? Es handelt sich um eine neue Fernsehsendung zur Förderung junger Schauspieler. Dabei treten fünfzig Leute gleichzeitig auf und improvisieren, jeder für sich. Dann nennen die Fernsehteilnehmer in ihren Zeitschriften denjenigen, an den sie sich am besten erinnern. Verstehst du, wir tragen keine Nummer, haben keinen Namen, überhaupt kein besonderes Erkennungszeichen. Die Zuschauer müssen Einzelheiten beschreiben, so dass man die männliche oder weibliche Person, die ihnen am besten im Gedächtnis haftengeblieben ist, erkennen kann. Ich habe gewonnen.«

Bescheiden lächelnd leerte er sein Glas Bier. Der Kerl widerte mich an.

»Wie hast du es fertiggebracht zu gewinnen? Ich meine, abgesehen von deinem Talent natürlich.«

»So einfach ging das gar nicht. Die Konkurrenten sind unglaublich raffiniert. Sie kommen mit den ausgefallensten Klamotten an, und die Mädchen entblößen bereitwillig ihren Busen oder ihren Hintern. Das macht übrigens den Erfolg dieser Sendung aus. Manche simulieren auch einen Herzinfarkt oder kriegen hysterische Anfälle. Man kommt sich vor wie im Zoo von Vincennes.«

»Jetzt sag bloß, was dir eingefallen ist!«

»Oh! Nichts Besonderes«, lispelte Jumbo. »Ich hab die anderen einfach mit meinen Ohren verdeckt.«

Rückblende

Es war zu dem verhassten Zeitpunkt, an dem die Steuererklärungen fällig werden. Da ich am frühen Vormittag im Finanzamt vorgeladen war, hatte ich mir die Nacht um die Ohren geschlagen, um ja nicht zu spät zu kommen. Zehn Minuten lang hatte ich mir den Mund fusselig geredet, um Inspektor Mokant meinen Standpunkt klarzumachen, und nun stand ich mit tränenden Augen und belegter Zunge, schlimmer als nach einer wüsten Zecherei, auf dem Gehsteig. Vormittage liegen mir gar nicht. Ich kriege davon Fieberpusteln, einen richtigen Katzenjammer. Was tun? Sollte ich schlafen gehen oder mein ramponiertes Gestell von Bar zu Bar schleppen? Ich beschloss, im Hotel ›Panik‹ ein Frühstück einzunehmen. Unterwegs begegnete ich Rotekarte, der mich in die erstbeste Kneipe schleifte. Dass ich so früh auf war, beeindruckte ihn sehr.

»Nicht die Möglichkeit! Bist du aus dem Bett gefallen?«

Ich erklärte ihm meine Misere, und zum Trost gab er eine Runde aus.

»Ich weiß nicht, ob du diesen merkwürdigen Typen namens Affenmünze gekannt hast«, sagte er träumerisch. »Er war Romancier, aber nicht einer von der Sorte, die Bestseller produziert. Wenn er von einem Buch zweitausend Exemplare verkaufte, hielt er das schon für einen Bombenerfolg. Natürlich war er immer abgebrannt, und so suchte er in seinen Mußestunden nach einem Mittel, reich zu werden, ohne sich ein Bein auszureißen. So einfach ist das gar nicht. Doch nachdem er die Konjunktur studiert hatte, war er zu der Überzeugung gekommen, eine wirklich einträgliche Geldquelle gefunden zu haben: die Religion. ›Je mysteriöser eine Idee ist, desto größere Summen bringt sie in Bewegung‹, hatte ihm ein Jesuit anvertraut. Affenmünze war von der Beweiskraft dieses Argumentes hingerissen. Da kam er auf die glorreiche Idee, seine eigene Religion in die Welt zu setzen, was nicht so beschwerlich ist, wie man immer meint, vor allem nicht für einen Romancier. Die Hauptschwierigkeit besteht darin, dass man seine Phantasie in Zaum halten muss, sonst springen die Gläubigen ab. Es genügt, zum Beispiel auf das Neue Testament zurückzugreifen und es um zwei oder drei eigene Ideen zu erweitern. ›Das ist eine Binsenweisheit‹, tönte Affenmünze, nachdem er eine Flasche Morgon, sein Lieblingsgetränk, geleert hatte. ›Alle Welt leidet. Wenn man einem Leidenden ein Allheilmittel vorschlägt, sei es noch so närrisch, und wenn man ihm dann sagt: Versuch es doch, schaden kann es auf keinen Fall, so schenkt er dir Glauben. Ja, mein Freundchen, so ist das mit dem Glauben! Selbst wenn der Typ weiterhin skeptisch dreinschaut, so hört er auf dich, er hat also den Glauben. Das einzige Handikap für meine Religion ist die Tatsache, dass ich allein bin. Ich bräuchte einen guten Graphiker, der ein Emblem entwirft, Plakate und Flugblätter zeichnet, das schöne Märchen ein bisschen aufpoliert, den Traum sinnfällig macht. Ohne das geht es nicht. Sieh mal das Kreuz an! Was für ein großartiges Emblem!‹

Er brachte es fertig, Schwarzweiß, einen verkrachten Graphiker, der Wodka statt Wasser in seinen Pastis goss, für sein Unternehmen zu gewinnen. Nach mehreren missglückten Versuchen brütete Schwarzweiß endlich das Emblem aus, das die neue Religion versinnbildlichen sollte.«

Rotekarte tunkte seinen Zeigefinger in sein Rotweinglas und malte das Zeichen auf die Theke. Es sah so aus: xxxxx. Ich gestand meine Enttäuschung. Doch nun machte sich Rotekarte daran, mir alle verborgenen Feinheiten dieses kleinen Meisterwerkes auseinanderzusetzen.

»Erstens ist die Auswahl begrenzt, weil alle einfachen Embleme schon von den anderen Religionen und den politischen Parteien in Beschlag genommen wurden. Das Zeichen muss aber überaus schlicht sein, damit jeder Idiot es wiedererkennen und malen kann. Zweitens hat dieses Zeichen etwas Arabisches oder etwas Orientalisches, wenn dir das lieber ist, und das kommt der Mystik sehr zustatten. Letztlich passt es hervorragend zur Religion, die Affenmünze schließlich ausgeklügelt hatte. Sie nannte sich ›Der große Rückblick zurück‹ oder ›Die große Rückblende‹ in der Version für leitende Angestellte. Affenmünze predigte hinreißend: ›Ihr alle leidet, und doch habt ihr zu Gott gebetet. Warum nur lässt Gott euer Leiden zu? Aus Sadismus? Aus Gleichgültigkeit? Dann wäre euer Gott ja ein sehr merkwürdiger Gott! Nein, Gott kann weder sadistisch noch gleichgültig sein. Warum aber verlängert er euer Leiden? Ich werde euch den wahren Grund sagen: Er weiß eben nicht, dass ihr leidet. Wie ist das denn möglich? Es kommt daher, dass ihr bis daher zwar glaubtet, euch an Gott zu wenden, in Wirklichkeit aber habt ihr nur zu Gottes Schatten gebetet. Ihr habt eure Gebete in die falsche Richtung geschickt. Ihr habt eine falsche Nummer gewählt. Ich aber habe gute Nachricht für euch. Ich weiß, wo sich der wahre Gott befindet. Der Gott, der euch die schönsten Augenblicke eures Lebens in einer ewigen Rückblende wieder erleben lässt. Ich weiß, wo sich dieser Gott befindet, der das vermag. Er ist da...‹ Doch in diesem Augenblick hielt Affenmünze immer inne, denn es fehlte ihm der Schlussstein zu seinem geistlichen Gebäude, nämlich der Lebendige Gott, den er nicht auftreiben konnte. Affenmünze und Schwarzweiß suchten in allen Pariser Kneipen fieberhaft nach ihm. Sie brauchten einen nicht allzu ramponierten Saufbold, der noch gut aussah und fähig war, ihre Anordnungen aufs Wort zu befolgen. Schließlich entdeckten sie den seltenen Vogel im Weinlokal ›Vignes d'Auteuil‹. Er war ein harmloser Schwachkopf ohne Arbeit und Familie, der sich von den Kunden an der Theke aushalten ließ und mitunter dem Wirt beim Flaschenabfüllen zur Hand ging. Ding-Dong war ein braver Kerl, überaus gutartig, dafür aber sehr gefräßig, was die Investitionen erhöhte. Affenmünze und Schwarzweiß sahen großzügig über dieses Detail hinweg. Die ersten öffentlichen Versammlungen fanden ganz in der Nähe, in einem Café am Place des Vosges statt. Ein Riesenerfolg! Wenn Affenmünze rief: ›Er ist da!‹, erhob sich Ding-Dong, noch sein Grieben-Sandwich im Mund, verdrehte die Augen, wobei er ein ungefähres Einmaleins brummelte, und jeder im Saal wusste nun klipp und klar, dass er dieses Rückblicks zurück bedurfte. Ich kann das bezeugen, denn ich habe keine einzige Versammlung versäumt. Aber der schönste Moment war der, wenn die drei Schelme mit der Kollekte begannen. Sie erleichterten das Publikum um alle Wertgegenstände, was sie mit der Theorie begründeten, dass man, um nach rückwärts zurückzukehren, so wenig wie möglich wiegen muss, um Gottes Kräfte zu schonen. Man muss einfach gesehen haben, wie Uhren, Schmuckstücke, Münzen, Geldscheine, Schecks und sogar Schlüssel in ihre Baskenmützen wanderten. Nach sechs Monaten fuhr Affenmünze einen Mercedes, und Schwarzweiß konnte die Hypothek auf seinem Häuschen in der Vorstadt zurückzahlen. Ding-Dong aber schlug sich in allen Restaurants mit Michelin-Sternen den Ranzen voll. Er sah mehr und mehr wie ein Buddha aus, was seinem Beruf nur zuträglich war. Und dann brach alles zusammen.«

»Warum? Ist Ding-Dong krank geworden? Ist er gestorben? Sind die beiden anderen miteinander in Streit geraten?«

»Nein. Der Fiskus. Auch er hat einen großen Rückblick zurück vorgenommen. Alle wurden mit Steuernachzahlungen bombardiert. Und die waren verdammt gesalzen. Eine teuflische Rückblende! Affenmünze ist unter dem Schock zusammengebrochen, er wurde kindisch. Schwarzweiß steckte sein Häuschen in Brand, weil er nicht ertragen konnte, wieder eine Hypothek aufzunehmen.«

»Und Ding-Dong?«

»Der Fiskus war so beeindruckt von seiner geradezu übernatürlichen Fähigkeit, den Leuten das Geld aus der Tasche zu ziehen, dass er dort eine Anstellung bekam. Er arbeitete in diesem Viertel. Ich muss übrigens gehen. Ich bin zu ihm ins Finanzamt bestellt.«

Blind Date

Ich weiß nicht, ob sie viele Filmproduzenten kennen. Es gibt hervorragende und widerwärtige, aber ihre größte Untugend besteht darin, dass sie die Leute miteinander verkuppeln. »Sie sollten L. kennenlernen. Sie werden sich ausgezeichnet verstehen«, sagen sie gern, oder »Warum arbeiten sie nicht mit N. zusammen? Er hat genau das, was ihnen fehlt, und sie haben das, was ihm fehlt…«

Sie bedenken nicht, dass die Folgen mitunter verheerend sein können.

Marlène Baker gehörte der Kategorie guter Filmproduzentinnen an. Sie hatte unlängst zwei durchschlagende Erfolge mit *Verrat* und *Liebe auf die Schnelle* eingeheimst. Es ging sogar das Gerücht, dass sie nicht mehr wusste, wohin mit dem vielen Geld, das sie daran verdient hatte, so dass ich angenehm überrascht war, als ich ihre Stimme am Telefon erkannte.

»Haben Sie gerade etwas in Arbeit?«

Ich antwortete aufs Geratewohl:

»Ja, ich befasse mich eben mit dem Bankett des Zöllners Rousseau.«

»Was ist denn das?«

»Ein Bankett, das Picasso zu Ehren des Zöllners Rousseau in seinem Atelier auf dem Bateau-Lavoir gegeben hat.

Geladen waren Braque, Apollinaire, Gertrude Stein und eine Menge anderer Leute, die alle weltberühmt werden sollten, aber der Traiteur brachte das Menü nicht. Es ist eine Art Fabel über den Erfolg, die Bohème, die verlorene Zeit.«

»Das interessiert mich sehr, kommen Sie morgen in mein Büro. Ist Ihre Arbeit schon sehr weit gediehen?«

»Nein, ich habe erst an die fünfzig Seiten geschrieben.«

»Bringen Sie sie mit, wir werden uns darüber unterhalten.«

In Wirklichkeit hatte ich gerade ein Buch von Fernande Olivier gelesen, die Erinnerungen der Großen Fernande, wie man sie nannte, und die Episode des Banketts hatte mir sehr gefallen. Aber ich hatte keine einzige Zeile zu diesem Thema geschrieben. Freilich war ich sehr knapp bei Kasse, und so schien mir ein kleiner Scheck ein Geschenk des Himmels. Ich wusste nicht einmal, wie ich meine Miete bezahlen sollte. Ich blätterte eben in meinem Adressbuch, um einen Menschen zu finden, den ich anhauen konnte, als das Telefon klingelte.

Ich spannte also einen leeren Bogen in meine Schreibmaschine, und dann arbeitete ich die ganze Nacht hindurch.

Als ich in Marlène Bakers Büro trat, war ich nicht unzufrieden mit mir. Selbstredend hatte ich keine fünfzig Seiten geschafft, nicht einmal ganze dreißig, aber ich konnte mich ja immer noch damit herausreden, dass sie sich am Telefon verhört hatte.

»Kennen Sie Ernst Tomas?«, fragte sie ganz unvermittelt.

»Hm, nein. Natürlich habe ich von ihm gehört, aber ich kenne ihn nicht persönlich.«

»Haben Sie *Blaue Mission* gesehen?«

»Nein. Hat er das Drehbuch dazu geschrieben?«

»Ja. Der Film ist nicht umwerfend, aber das Skript ist toll. Was halten Sie davon, mit ihm zusammenzuarbeiten?«

»Ich weiß nicht. Geht es in dieser *Blauen Mission* um Maler?«

»Nein, ganz und gar nicht. Aber er hat einen tollen Instinkt für Handlungs- und Persönlichkeitsstrukturen, und wenn Sie Ihre phantastischen Einfälle beisteuern, könnte einiges dabei herauskommen. Hätten Sie etwas dagegen, wenn ich Sie miteinander bekannt machte?«

Ich zuckte die Achseln.

»Du lieber Gott! Nein! Warum auch?«

Sie reichte mir einen Scheck herüber. Er lautete auf eine klitzekleine Summe, dennoch steckte ich ihn gerne ein.

»Zum Zeichen meines Interesses an Ihrem Projekt. Ich werde ein Diner organisieren und Ihnen Bescheid geben.«

Das Essen fand in einer Wirtschaft ganz in der Nähe der Alma Mater statt, wo die Filmleute sich gerne treffen. Wir waren nur zu dritt. Ich fand Ernst Tomas nicht sonderlich sympathisch. Er redete zu lautstark, quasselte über Gott und die Welt, hatte fertige Meinungen über alles. Ansonsten sah er recht gut aus, er war groß und blond, in seinem Nacken baumelte so etwas wie ein kümmerlicher Pferdeschwanz ganz im Stil der sechziger Jahre. Er rauchte kleine, stinkende italienische Zigarren und fraß wie ein Scheunendrescher.

Marlène Baker ließ uns bis zum Nachtisch nicht eine Sekunde aus den Augen. Sie war hell begeistert.

»Ich glaube, ich hatte da einen glänzenden Einfall«, flüsterte sie mir zu, bevor sie sich verabschiedete. »Sie sind füreinander geschaffen, das ist eindeutig.«

»Aber über den Film haben wir überhaupt nicht geredet.«

»Das bespreche ich lieber unter vier Augen mit ihm, um ihn nicht vor den Kopf zu stoßen. Er ist sehr empfindlich, und ich möchte auf keinen Fall, dass er sich überrumpelt fühlt.«

»Sie haben sicher recht.«

»Lassen Sie mich nur machen, ich halte Sie auf dem Laufenden.«

Sie rief mich am nächsten Tag an, um mir die freudige Nachricht mitzuteilen. Welch ein Wunder! – Ernst Tomas war bereit, mit mir zusammenzuarbeiten.

»Wir haben uns darauf geeinigt, etappenweise vorzugehen. Sie schreiben so an die fünfzig Seiten, und wenn sie mir zusagen, gebe ich Ihnen grünes Licht für die dialogisierte Fassung. Die Einzelheiten dann schriftlich, außerdem erhalten Sie einen kleinen Scheck.«

»O.K.«

»Im Übrigen wird Ernst Sie gleich anrufen, um das Arbeitsprogramm mit Ihnen durchzusprechen.«

»Großartig! Es klingelt an der Tür. Auf Wiederhören.«

Der Besucher war kein anderer als Ernst Tomas, der es nicht für notwendig erachtet hatte, sich telefonisch anzukündigen. Er hatte zwei Flaschen Scotch unterm Arm und wirkte schon reichlich angeheitert.

»Mensch, Sie wohnen aber hoch oben! Haben Sie keinen Aufzug?«

»Nein, tut mir leid.«

»Haben Sie Gläser in Ihrer Bude?«

»Ich denke schon.«

Er ging mit mir in die Küche und schüttelte mitleidig den Kopf angesichts der Unordnung, die allenthalben herrschte.

»Du armes Schwein, ist sie denn abgehauen?«

»Wer?«

»Deine Frau. Ich duze dich, denn wenn wir zusammen arbeiten, ist es am besten, wir fangen gleich damit an.«

»In Ordnung.«

»Ist sie mit einem Macker verduftet?«

»Nein, wir haben uns scheiden lassen. Seit drei Jahren lebe ich allein.«

»Es sind alles Luder!«, erklärte er, dann brach er in wieherndes Gelächter aus: »Außer Mama Baker natürlich!«

Wir kehrten in den Raum zurück, den ich als Salon bezeichnete, und machten es uns bequem.

»Mama Baker steht auf die Bankett-Geschichte. Meines Erachtens nicht kommerziell genug. Aber ich habe da eine Idee.«

»Ja?«, fragte ich höflich.

»Das Ganze muss aus Picassos Perspektive gezeigt werden und einen Tag seines Lebens erzählen. Vierundzwanzig Stunden aus dem Leben eines Genies.«

»Wie soll das aussehen?«

»Wir beginnen mit Picassos Affen, der in der Morgendämmerung auf den Dächern des Montmartre herumklettert. Er steigt in eine Mansardenwohnung, entwendet Brot und Butter, die er ins Atelier trägt, damit der Künstler etwas zum Frühstücken hat. Damit machen wir den Vorspann.«

»Das ließe sich machen, aber ist es nicht noch ein bisschen früh, schon über den Vorspann zu reden?«

»So arbeite ich eben, mein lieber Freund. Ich sehe ganze Sequenzen, Bildfolgen vor mir und fange sie ein, als wären es Fliegen, kapiert?«

Das Telefon klingelte. Er hob ab.

»Wer ist am Apparat?«

Die Antwort muss wohl sehr komisch gewesen sein, denn er brach in Gelächter aus und begann unverständliches Zeug über die Emanzipation der Frauen zu reden.

»Da ist eine gewisse Velma«, mit diesen Worten hielt er mir den Hörer hin. »Doll emanzipiert. Witzige Person.«

Ich war kurz angebunden. Velma war die Pressesprecherin meines Verlags. Ich war wütend auf sie, weil sie mich versetzt hatte. Bevor sie auflegte, erteilte sie mir noch einen Rüffel:

»Damit Sie's nur wissen, Ihr Kumpel ist mir lieber!«

»Du hättest sie zum Essen einladen sollen«, warf Ernst Tomas mir vor. »Das Weib ist verdammt scharf.«

Er leerte ein Glas Scotch nach dem anderen und streute die Asche seiner grässlichen Zigarren auf meinen Teppichboden. Endlich konnte ich ihn hinauskomplimentieren, aber das Bankett des Zöllners erschien mir nunmehr in einem recht düsteren Licht.

Ich verschaffte mir alle Bücher von Ernst Tomas, die ich auftreiben konnte: zwei Romane, einen Essay über die Symbolsprache der Beatgeneration und einen Gedichtband, der einer gewissen Evelyn zugeeignet war. Die Lektüre gab mir keine Aufschlüsse über die Persönlichkeit des Autors. Er ermangelte weder der Virtuosität noch der Intelligenz, aber er passte sich der Mode an und gab sich keine Blöße. Bemerkenswert schien mir an seinen Schriften nur ihr hohler Klang. Alles daran war oberflächlich, verlogen, durchschnittlich. Eine Literatur, die auf Schau angelegt war. Die Gedichte, in denen jeder zweite Vers auf Englisch geschrieben war, fand ich wegen ihrer Kürze besser.

Wir beschlossen, nachmittags von 15 bis 20 Uhr zu arbeiten, was den Vorteil hatte, dass wir so zu den Essenszeiten frei waren. Bei seinem Eintreffen war Ernst Tomas meist schon ziemlich beduselt. Er lallte ein paar vage Vorschläge, legte sich auf den Diwan und schloss die Augen. Ich tippte zwei oder drei Zeilen, und wenn ich sicher war, dass er schlief, ging ich meinen normalen Beschäftigungen nach. Bei diesem Arbeitstempo kam das Exposé des *Banketts* natürlich kaum voran, aber das war mir gleichgültig, da ich das ganze Projekt ohnehin abgeschrieben hatte. Der Scheck von Marlène Baker belief sich auf eine zu kleine Summe, als dass in mir ein wirkliches Schuldbewusstsein hätte aufkommen können. Die seltenen Male, an denen Ernst Tomas nüchtern war, besprachen wir ein Detail, dann ließ er einen Schwall von Betrachtungen über die Liebe, die Freundschaft, die Kunst und die Musik los. Er war ein verbitterter Dogmatiker. Er nahm es der ganzen Welt übel, dass sie nicht dem wunderbaren Bild glich, das er sich in seiner Kindheit von ihr gemacht hatte. Er erging sich in ausführlichen Beschreibungen des prächtigen Säuglings, der er einst gewesen war, rühmte seine schulischen Leistungen, seine überdurchschnittliche sportliche Gewandtheit, seine sexuelle Frühreife. Ich machte es mir bequem, stützte die Ellbogen auf die Schreibmaschine und ließ, hingeflegelt wie einst während der Mathematikstunden am Gymnasium, seine Suada über mich ergehen. Zum Trost strich ich in Gedanken die Tage durch, die ich seine Gegenwart noch zu ertragen hatte. Ich hasste ihn.

»Ich mache mir Sorgen um Ernst«, vertraute mir Marlène Baker etwa fünf Monate später an. »Er gefällt mir gar nicht.«

Sie hatte mich in die Bar des Hotels ›Pont-Royal‹ bestellt. Sie wolle mich unter vier Augen sprechen, hatte sie hinzugefügt.

»Warum?«

»Im Moment ist er nicht in Form. Er trinkt zu viel, er geht nicht unter Leute, man könnte meinen, dass ihn nichts mehr interessiert.«

Ich schlürfte meinen Campari und hielt es nicht für nötig, diesem treffenden Porträt noch etwas hinzuzufügen.

»Wissen Sie, er hängt sehr an Ihnen. Ich weiß nicht, was Sie mit ihm angestellt haben, aber er hält große Stücke auf Sie.«

»So, so!«

»Wie steht's mit dem Skript?«

»Oh!… Es kommt langsam voran.«

»Ich glaube, ich habe es falsch angefangen.«

Ich bekundete meine energische Zustimmung.

Aber auf das Folgende war ich nicht gefasst:

»In Paris können Sie sich nicht richtig konzentrieren. Sie werden dauernd durch Anrufe, Freunde und sonstige Verpflichtungen abgelenkt. Ich hätte Sie ins Grüne schicken sollen, aufs Land!«

»Nein, nicht aufs Land!«

»Hören Sie mal zu! Ich habe ein Haus in der Normandie. Ihr beide werdet euch dort wohlfühlen. Und für Ernst ist es die beste Lösung. Sie sind doch sein Freund, oder?«

»Ich kenne ihn kaum…«

»Wie dem auch sei, er jedenfalls betrachtet Sie als seinen Freund. Tun Sie es aus Kameradschaftlichkeit. Um ihn zu retten. Denn ich rede völlig im Ernst, man muss ihn vor sich selbst beschützen. Er hat so einen gefährlichen Hang zur Selbstzerstörung.«

Ich geriet in Panik und suchte verzweifelt nach einem Vorwand, um mich da herauszuwinden. Aber schon zückte Marlène Baker ihr Scheckbuch. Die Augen gingen mir über, als ich die Summe las, die sie mir bestimmte.

»Wissen Sie, Marlène«, sagte ich eingeschüchtert. »Ich bin gar nicht mehr so sicher, dass das Sujet was taugt. Übrigens hat Ernst Tomas auch einiges daran auszusetzen.«

»Wie können Sie so etwas behaupten? Er schwört Stein und Bein, dass Sie genial sind, dass es das beste Skript seines Lebens wird! Aus diesem Grund hat er sogar die Ablieferung seines nächsten Romans hinausgeschoben, der in der Saison der Literaturpreise hätte erscheinen sollen. Sie hegen Zweifel, das ist für einen schöpferischen Menschen das Natürlichste von der Welt. Aber ich setze so großes Vertrauen in Sie, dass ich Ihnen völlig freie Hand lasse. Das Exposé brauchen Sie gar nicht zu machen, fangen Sie lieber gleich mit der Dialogfassung an. Mein Instinkt trügt mich bestimmt nicht.«

Wir richteten uns also in Marlènes Villa ein. Ein weitläufiges, komfortables Haus mit einem Schwimmbecken und gut bestücktem Keller. Wir brauchten uns um nichts zu kümmern, denn eine Nachbarin versorgte den Haushalt und kochte für uns. Sie brutzelte uns köstliche Mahlzeiten, bei denen weder an Butter noch an Sahne gespart wurde. Ernst war wie ausgewechselt.

Er erbot sich sogar, mich an der Maschine abzulösen. Wir einigten uns über die Handlungsstruktur und vermochten endlich mit der Abfassung des Dialogs zu beginnen. Innerhalb von zwei Monaten war der erste Wurf beendet, der hundertfünfzig Seiten umfasste. Natürlich war er noch nicht restlos ausgefeilt, aber doch schon weit genug gediehen, um die Vorarbeiten in Angriff zu nehmen und ihn den Schauspielern vorzulegen, die wir ködern wollten.

Marlène, die wir telefonisch benachrichtigt hatten, kündigte uns fürs nächste Wochenende ihren Besuch an. Sie frohlockte:

»Ich habe zu den Agenten von Dustin Hoffman und Robert de Niro Kontakt aufgenommen. Sie sind daran interessiert, und vielleicht wird Polanski die Regie übernehmen. Die Sache lässt sich gut an, Kinder!«

Ich war bereit, Abbitte zu leisten. Vielleicht hatte Marlène doch recht. Ernst Tomas und ich waren gar kein so schlechtes Gespann!

Einen Tag vor dem Eintreffen unserer Produzentin erhielt ich einen Brief von Philippe Jean. Er teilte mir mit, dass er endlich die Mittel zur Finanzierung von *Zutritt verboten* beschafft habe. Das Projekt, bei dessen Ausarbeitung wir Blut und Wasser geschwitzt hatten, lag schon seit vier Jahren auf Eis. Er hoffte, im nächsten Sommer mit den Dreharbeiten beginnen zu können.

Ich machte den großen Fehler, Ernst Tomas von der guten Nachricht in Kenntnis zu setzen. Er beglückwünschte mich überschwenglich. Doch nachdem er sich einige Gläser Calvados hinter die Binde gegossen hatte, änderte sich sein Ton.

»Sag mal, das war wohl ein Scherz. Du wirst dich doch nicht mit dieser Niete einlassen?«

»Philippe ist ein Freund von mir, und ich halte ihn für einen begabten Regisseur.«

»Was, der soll ein Regisseur sein? Er ist eine Null! Seine Produktionen sind der Inbegriff des miesesten, aufgeblasensten französischen Spießerfilms.«

»Hör auf, darüber brauchen wir kein Wort zu verlieren, wir haben eben verschiedene Ansichten, und damit Punktum.«

»Natürlich ist dir das wurst, du kriegst einfach mehr Kröten. Aber ich muss die Suppe auslöffeln!«

»Was hast du denn damit zu tun?«

»Wir arbeiten immerhin zusammen! Mein Name wird automatisch mit dem deinen in Verbindung gebracht. Es könnte dann so aussehen, als wäre ich an Philippe Jeans Filmen beteiligt. Das kannst du mir einfach nicht antun!«

»Du bist übergeschnappt! *Zutritt verboten* und *Das Bankett* haben überhaupt nichts miteinander zu tun. Das sind zwei ganz verschiedene Filme.«

Er verließ den Raum und schlug die Tür hinter sich zu. Ich rief Philippe an, um ihm zu sagen, wie sehr ich mich freute, dann machte ich einen Kopfsprung ins Schwimmbecken, um auf andere Gedanken zu kommen.

Am späten Nachmittag fiel mir eine mögliche Lösung zur Gestaltung der Beziehung zwischen Picasso und seiner

Freundin ein. Von Anfang an waren wir bei dieser Liebesgeschichte auf ein Problem gestoßen, denn wir vermochten Fernandes Charakter nicht zu definieren.

Ich machte mich auf die Suche nach Ernst und fand ihn schließlich in seinem Zimmer, wo er auf dem Bett schmökerte. Er ließ mir nicht die Zeit, um ihm die Vorzüge meiner neuen Idee auseinanderzusetzen.

»Du kannst dir die Mühe sparen. Mach nur deinen Film mit Philippe Jean, und kümmere dich nicht mehr um *Das Bankett.*«

»Jetzt versteif dich mal nicht auf Philippe Jean und höre mir zwei Minuten lang zu! Ich weiß nicht, was zwischen euch vorgefallen ist, und es ist mir auch schnurzegal. Kommen wir lieber auf unser Problem zurück! Ich glaube, dass Picasso allen Grund hat, eifersüchtig zu sein. Fernande...«

Er schleuderte mir sein Buch ins Gesicht und sprang mit einem Satz aus dem Bett. Sein Mund war vor Hass verzerrt.

»Du brauchst dich überhaupt nicht mehr mit dem *Bankett* zu befassen, und auch nicht mit Picasso oder Fernande. Ich werde das Drehbuch schreiben, so wie ich es für richtig halte, und du wirst mir keine Steine mehr in den Weg legen. In diesem Leben gibt es Ficker und Gefickte, und ich will nicht zu den letzteren gehören.«

Vor Verblüffung vermochte ich nur noch zu stammeln.

»Du willst doch nicht etwa behaupten, dass die Idee zum *Bankett* von dir stammt? Immerhin haben wir die hundertfünfzig Seiten gemeinsam verfasst, oder etwa nicht?«

Er grinste mit unverschämter Seelenruhe.

»Welche hundertfünfzig Seiten? Ach so! Du meinst wohl die da?«

Er deutete auf einen großen Haufen Asche im Kamin.

»Das taugte nichts, da habe ich sie lieber vernichtet.«

Verzweifelt klammerte ich mich an die Hoffnung, dass er mich auf den Arm nehmen wollte.

»Wenn es deine Absicht war, mir Angst einzujagen, dann ist dir das weiß Gott gelungen!«

Er stocherte in der Asche und zog ein angesengtes Blatt Papier aus dem Haufen.

»Da, schau selbst, ob ich lüge. Dein Gequatsche kümmert mich einen Dreck.«

Sein Gesicht war ganz nah an meinem. Er weidete sich an meinem Entsetzen und schwenkte das Papier vor meinen Augen. Ich versetzte ihm mit aller Kraft einen Kinnhaken. Er brachte mich durch einen Fußtritt zu Fall, und dann wälzten wir uns am Boden wie zwei Buben, die während der Pause im Schulhof raufen, nur dass wir eben keine Buben mehr waren und es sich um Arbeit handelte, um eine sechsmonatige Arbeit!

Er kroch zum Kamin, packte den Schürhaken und versuchte, damit auf mich einzuschlagen. Zum Glück war er zu betrunken, um richtig zielen zu können. Ich benutzte die dicke Wolldecke, die vom Bett geglitten war, als Schild. Schließlich gelang es mir, sie ihm über den Kopf zu werfen. Ich legte mich mit meinem ganzen Gewicht auf ihn, um ihn zu bändigen. Er wehrte sich wie eine Katze, kratzte und schlug wild um sich. Doch auf einmal rührte er sich nicht mehr.

Als ich die Decke wegzog, stellte ich fest, dass er tot war. Ich hatte ihn umgebracht. Erstickt.

Ich warf die Leiche in den stillgelegten Brunnen im Hof.

Der Brunnenrand war so niedrig, dass er eine Gefahr darstellte, vor der uns die Nachbarin mehr als einmal gewarnt hatte. Ich machte Ordnung im Haus, dann rief ich die Polizei an.

Während der Ermittlungen wurde in keinem Augenblick der Verdacht laut, ich könne es gewesen sein. Dass Ernst Tomas an einer Depression litt, war ein öffentliches Geheimnis, und der Alkoholgehalt in seinem Blut ließ sich leicht nachweisen. Marlène Baker weinte sehr, doch mir gegenüber verhielt sie sich überaus korrekt. Sie beklagte nur, dass Ernst das Manuskript, sein letztes Werk, wie sie sagte, vernichtet habe. Sie stellte mir also einen weiteren Scheck aus, damit ich es aus dem Gedächtnis neu schriebe. Aus Respekt oder auch aus Ekel vor der ganzen Sache weigerte ich mich, auch meinen Namen darunterzusetzen. Der Film kam zustande, ohne de Niro, ohne Dustin Hoffman und Polanski; aber er hatte einen ganz netten Publikumserfolg. Wenn die Journalisten mich nach dem verstorbenen Schriftsteller fragten, sagte ich nur Gutes über ihn.

Ich brauche mich nicht dazu zu zwingen.

Merkwürdig, wie erträglich die Leute werden, sobald sie gestorben sind.

Very select old product

Also, ist es nun welche?«, fragt die Baronin und deutete mit dem Zeigefinger auf ein Kissen.

Der Baron zuckte die Achseln. Er weiß es nicht. Um sich Gewissheit zu verschaffen, lässt man einen Sachverständigen aus Paris kommen. Er tippt mit dem Finger daran, führt ihn zum Mund. Endlich gibt er sein Urteil ab.

»Kein Zweifel. Es ist wirklich Scheiße, und zwar sehr alte. Ich bin durchaus Interessent.«

Der Baron hätte gern verkauft, aber die Baronin will sich um keinen Preis dazu verstehen!

Dr. Jekyll und Mrs. Hyde

Nachdem dieser Film allenthalben in den Himmel gehoben wurde, musste ich ihn mir wohl oder übel ansehen. Das Schlimmste an meinem Beruf als Filmkritiker ist ja dies: Dann und wann muss ich ins Kino.

Die Grundidee war amüsant, ja geistreich. Wenn Dr. Jekyll sein berühmtes Gebräu trinkt, verwandelt er sich nicht etwa in ein Monstrum, sondern in eine bezaubernde junge Frau, die so pervers, so teuflisch ist, dass der grässliche Mr. Hyde sich neben ihr wie ein Erstkommunikant ausnimmt. Um dem Ganzen die Krone aufzusetzen, ist die Verlobte des Doktors furchtbar eifersüchtig und bildet sich ein, dass er ein Techtelmechtel mit Mrs. Hyde hat. Sie folgt der abscheulichen Kreatur auf ihren nächtlichen Streifzügen durch London, zuerst voller Entsetzen, doch bald erliegt auch sie den Verführungskünsten des Teufelsweibs. In einem übervollen Bett findet sie schließlich heraus, dass Dr. Jekyll und Mrs. Hyde ein und dieselbe Person sind.

Diese dürftige Fabel nahmen der Regisseur und der Drehbuchautor zum Vorwand, um ihren Phantasmen freien Lauf zu lassen. Ergebnis: ein abstoßendes Schauspiel, dessen Geschmacklosigkeit oft die Grenzen des Zumutbaren überschreitet. Unter anderem sei die Szene genannt, wo Mrs. Hyde vor ihrer Periode wieder zu Dr. Jekyll wird, der

Nasenbluten hat. Man ist am Boden zerstört. War es wirklich nötig, uns in aller Ausführlichkeit zu zeigen, wie Mrs. Hyde eine kleine Wolfsfalle in ihre Vagina einführt. War es unerlässlich, das Zuschnappen dieser Falle über dem Penis eines armen Kerls zu filmen? Warum vögelt Mrs. Hyde mit allen Hunden, denen sie begegnet? Wie bringt sie es fertig, mit einem Biss so viele Ruten abzutrennen? Was die Oberhand behält, das Unglaubwürdige oder das Widerliche, bleibt dahingestellt.

Besonders anstößig schien mir die Episode, wo Dr. Jekyll, der seine an akuter Blinddarmentzündung erkrankte Verlobte operiert, plötzlich seine Instrumente wegwirft, auf den Operationstisch klettert und sich in der Wunde verlustiert. Ebenso erging es mir mit der, wo Mrs. Hyde, wie Gene Kelly, in Sperma-Pfützen Stepptänze aufführt, während an den Fenstern im ersten Stock über ein Dutzend Matrosen im Takt masturbieren. Ein wahres Monument an Vulgarität.

Ansonsten besticht der Film durch eine hervorragende Regie, eine ausgezeichnete Besetzung, eine bemerkenswerte Spielleitung und die gekonnte Kameraführung, doch das alles reicht nicht aus, um den vagen Eindruck eines Déjà-Vu-Erlebnisses zu zerstreuen. Wäre es nicht tunlich, dem Publikum über dreizehn diese Art von Filmen zu verbieten?

P.S. Offensichtlich rasiert Mrs. Hyde sich die Beine, während Dr. Jekyll behaart wie ein Bock ist. Ein weiteres unglaubwürdiges Element.

›Das Wachs und die Lohe‹

Pfeiferauchend stand ich am Fenster und sah zu den Zwillingen hinüber, die friedlich unter der großen Eiche spielten. Da hatte ich plötzlich die rettende Idee! Ich stieß einen Schrei aus und rührte mich nicht von der Stelle, das Mundstück der Pfeife nur zwei Zentimeter von meinen Lippen entfernt, aber es kam mir nicht einmal in den Sinn, den Abstand zu vergrößern oder zu verringern.

Ich hatte die Lösung für alle unsere Probleme gefunden.

»Woran denkst du?«, fragte Mary, den Kopf über ihr Horoskop geneigt. »Du ahnst ja nicht, welchen Blödsinn sie über den Steinbock verzapfen. Ich sollte denen mal energisch meine Meinung sagen…«

»Ich dachte gerade… Hast du die Telefonrechnung bezahlt?«

»Nein, noch nicht. Sie können es jeden Tag sperren.«

»Und den Strom?«

»Auch nicht.«

»Wie viel benötigen wir, um das Auto aus der Werkstatt zu holen?«

»Mehr als wir besitzen. Hör mal, Philippe, was ist mit dir los? Jetzt ist wirklich nicht der Moment, um Bilanz zu ziehen. Es ist doch Sonntag!«

Mary ist die einzige humorvolle Frau, der ich je begegnet

bin. Zum Glück ist sie meine Frau. Nach siebenjähriger Ehe habe ich schließlich den Grund für diese eigenartige Begabung gefunden. Mary ist so schön, so klug, so glücklich, dass sie sich dessen geradezu schämt. Um das alles wettzumachen, nimmt sie sich einfach nicht ernst. Humor ist ein Sport, den wir schon deshalb gern betreiben, weil er nicht viel kostet.

»Du hast noch alles Mögliche vergessen: die Steuern, die Feuerversicherung, die Kleidung...«

»Mary, ich hatte eben eine Idee. Wir brauchen doch Geld, oder?«

»Das ist eine beschönigende Umschreibung.«

»Schau mich an! Was siehst du?«

Sie sah mich mit ihren großen veilchenblauen Augen an.

»Ich sehe den Mann, den ich liebe, ein Genie.«

Ich hüstelte. Die Antwort war mir keineswegs unangenehm, aber sie ermangelte der Präzision.

»Ich weiß nicht, ob ich ein Genie bin. Aber Schriftsteller bin ich in jedem Fall. O.K.?«

»O.K.«

»Wie leben Schriftsteller?«

»Schlecht.«

»Auf welche Weise gelingt es einem Schriftsteller, eine Menge Geld zu verdienen?«

»Indem er viele Bücher verkauft.«

Ich steckte mir die Pfeife wieder an. Das traf den Nagel auf den Kopf!

»Mary«, verkündete ich feierlich, »ich werde einen Bestseller schreiben.«

Sie schüttelte den Kopf.

»In deinem Horoskop steht nichts davon.«

»Ich fühle mich durchaus imstande, einen Bestseller zu schreiben. Bisher habe ich es noch nie versucht. Mir ging es eher darum, eine andere Literatur zu schaffen, die sämtliche herkömmlichen Kriterien über Bord wirft, keine Rücksicht auf die Nachfrage nimmt. Wenn ein Wissenschaftler ein neues Gas entdeckt, kaufen sich die Hausfrauen auch nicht gleich einen neuen Herd. Der Bestseller ist ein Fertigprodukt, für das ein Bedürfnis besteht. Man kauft ihn genauso wie ein Kilo Kartoffeln. In erster Linie verlangt man von ihm, dass er einen nicht aus den gewohnten Bahnen wirft. Er muss für die große Mehrheit geschaffen sein, und die große Mehrheit, das ist...«

»Bertrand.«

»Ja, Bertrand...«

Ich vermochte nicht weiterzusprechen, sah sie nur mit offenem Mund an. Mary konnte meine Gedanken lesen! Ich musste sie einfach in die Arme schließen.

»Nun, was meinst du?«

»Vielleicht wirst du es später bedauern.«

»Ich bedaure vor allem, dass wir uns in einer so misslichen Lage befinden. Es ist keine Schande, ein Bestsellerautor zu sein. Und außerdem habe ich von meinen zweitausend Lesern die Nase voll.«

Unsere Lippen fanden sich.

»Meinst du... meinst du, dass du es bald geschafft hast? Ich brauche einen neuen Wintermantel, und die Zwillinge haben nichts mehr anzuziehen...«

»Mal rechnen ... etwa zwanzig Seiten täglich, hm ... was Ansehnliches... auch nicht übertrieben dick... sagen wir mal dreihundertzwanzig Seiten à fünfzehnhundert Anschläge … sechzehn Tage … dann noch die Korrekturen … Ich sollte es eigentlich gegen Monatsende dem Verleger aushändigen können.«

Schrille Schreie riefen uns wieder in die Gegenwart zurück. Die Zwillinge lieferten sich mit Plastikäxten eine unerbittliche Schlacht.

Sobald wieder Ruhe herrschte, rief ich Bertrand an, um ihn noch für denselben Abend zum Essen einzuladen. Zum Glück war er frei.

Bertrand war ein Vetter ersten Grades von Mary. Dieser biedere Mensch übte den Beruf eines Spirituosenvertreters aus, was an sich nicht bemerkenswert war, doch er besaß eine überaus seltene Eigenschaft: Bertrand dachte wie alle Welt. Er hatte zahlreiche Wettbewerbe gewonnen, indem er Fragen beantwortete, die etwa folgendermaßen lauteten: ›Welches sind Ihres Erachtens die drei Schlager, die unter den zwanzig hier aufgeführten von den Hörern preisgekrönt werden?‹ Es ging nicht darum, die Chansons nach ihrer Qualität oder ihrer Originalität zu bewerten. Dazu hätte sich Bertrand nie verstiegen. Er sollte nur den Geschmack der Mehrheit erraten. Bertrand gab seine ehrliche Meinung dazu, und er traf ins Schwarze.

Es braucht nicht eigens erwähnt zu werden, dass der Kandidat, für den er stimmte, immer Sieger wurde. Bei der Dreierwette gewann er immer nur unansehnliche Summen, denn allzu viele Leute hatten auf dieselben Pferde gesetzt. Bertrand verkörperte die französische öffentliche Meinung wie kein anderer.

Von Natur aus, nicht aus Opportunismus, war er das Sprachrohr der französischen Mehrheit. Man brauchte ihn nur bei Tisch zu sehen: Er aß wie ein Scheunendrescher.

Nach der Mahlzeit brachte Mary die Zwillinge zu Bett. Ich blieb also mit meinem kostbaren Vetter allein. Er entkorkte eine Flasche Weinbrand, die er mitgebracht hatte, und schenkte ein.

»Probier mal diesen Nektar. So etwas Feines hast du noch nie getrunken. Er ist nur für den Export bestimmt.«

Ich schnalzte mit der Zunge, um ihn bei Laune zu halten.

»Wahrhaftig… er ist großartig.«

Er strahlte vor Befriedigung.

»Nicht wahr? Das ist kein Waschwasser! Soll ich dir einen nachschenken?«

Ich ließ ihn gewähren. Er zündete sich eine Zigarette an, ich stopfte meine Pfeife, kurz, es war ein idealer Augenblick für eine ungezwungene Plauderei über Gott und die Welt. Er legte als erster los:

»Was treibst du gerade? Arbeitest du an einem neuen Roman?«

»Ja, ich habe eben damit angefangen… er hat noch keine feste Form.«

»Weißt du, von deinem letzten habe ich nicht viel mitgekriegt. An manchen Stellen habe ich den Eindruck, dass du dich über die Leute lustig machst. Das ist natürlich dein gutes Recht, wenn du Esel findest, die das mögen…«

»Eben darum, Bertrand, hätte ich gern deine Meinung zu meinem nächsten Buch. Die Ansichten des Lesers sind wichtig, vor allem, wenn dieser Leser ein guter Freund ist.

Mitunter habe ich das Gefühl, mich auf dem Holzweg zu befinden.«

Bertrand war selig. Zum ersten Mal diskutierten wir über meine literarische Arbeit. Da ich ihm zuzuhören schien, wollte er mich nicht enttäuschen. Er ließ eine lange Tirade vom Stapel, in der er die heutigen Schriftsteller der Unfähigkeit anklagte, mit dem Anfang anzufangen und mit dem Ende aufzuhören.

Ich gab ihm mit ernsthafter Miene recht.

»Was du sagst, ist sehr interessant. Ja, ich gedenke, deine Ratschläge zu befolgen. Die Geschichte handelt von einem noch jungen Mann, der eben aus dem Gefängnis entlassen wurde...«

Er verzog das Gesicht.

»Weißt du, die Vorbestraften... Ein Sportler wäre mir lieber...«

»Richtig. Ein Skiweltmeister, so Mitte der Dreißig, der keine Rennen mehr fährt...«

Bertrand schien interessiert.

»Er hat sozusagen umgesattelt?«

»Ja. Er wird zu einem versierten Geschäftsmann, denkt nur ans Geld, hat Erfolg...«

»Glaub bloß nicht, dass das so einfach ist...«, brummte Bertrand.

»... nach anfänglichen Schwierigkeiten. Aber immerhin, er bringt es zu etwas. Er heiratet eine tüchtige junge Frau, die einen Bombenposten in einer Firma innehat.«

»Eine Schwimmerin der Spitzenklasse wäre mir lieber, weißt du, so ein gutgebautes Weib.«

»Einverstanden. Er heiratet also eine berühmte Schwimmerin. Sie haben ein Kind. Ein bezauberndes kleines Mädchen…«

»Einen Jungen fände ich besser.«

»Einen reizenden kleinen Jungen. Sie will das Schwimmen aufgeben, aber ihr Mann lässt das nicht zu…«

»Der ist ja wahnsinnig! Wenn die sich nicht einmal um ihren Balg kümmert…«

»Sie würde gern weiter trainieren, doch schließlich erreicht der Ehemann, dass sie den Sport aufgibt und sich nur noch ihren Mutterpflichten widmet. Es kommt zu einer Krise, zu immer heftigeren Auseinandersetzungen zwischen den beiden. Das Kind wächst heran. Es ist nun drei Jahre alt. Zufällig trifft die Mutter einen Sportkameraden, der sie immer schon geliebt hat. Die beiden gehen heimlich in einem Freibad schwimmen. Während einer dieser Eskapaden fällt das Kind aus einem Fenster des vierten Stocks und stirbt.« Ich hatte meinen Bertrand an der Angel. Mit halboffenem Mund und glasigen Augen hing er an meinen Lippen. Jedes Wort traf ihn wie ein Faustschlag.

»Und dann?«, fragte er wie ein Kind. »Lassen sie sich scheiden?«

»Die Mutter macht sich entsetzliche Vorwürfe. Der Schrei, den sie beim Verlassen des Autos gehört hat, gellt ihr andauernd in den Ohren. Sie kann ihren Mann, ihre Wohnung nicht mehr ertragen. Es kommt zur Trennung, dann zur Scheidung. Sie heiratet ihren früheren Kameraden, ohne ihn wirklich zu lieben. Der Skiweltmeister aber muss feststellen, dass das Glück in der Welt, in der er lebt, nur eine Fassade ist. Um seinen Kummer zu vergessen, kehrt er in die Berge zurück.«

»Fährt er wieder Ski?«

»Nein, er wird Bergführer. Er lebt in einem Chalet. Es vergehen mehrere Jahre. Er weiß nicht, was aus seiner Frau geworden ist. Eines Tages kommt ihm zu Ohren, dass ein Bergsteigerehepaar auf einem abgelegenen Felsvorsprung vom Schneesturm überrascht wurde. Er versucht die beiden zu retten und findet dabei seine Frau wieder. Der Mann liegt im Sterben. In der großen weißen Stille gesteht sie ihm, dass sie ihn noch liebt, und bittet ihn um Verzeihung…«

»Nein«, sagt Bertrand grimmig. »Er verzeiht ihr nicht.«

»Er verzeiht ihr nicht, aber dennoch rettet er sie. Später erfährt er, dass sie von ihrem zweiten Mann ein Kind hat, das eben drei Jahre alt geworden ist. Er sucht es heimlich auf. Die Unschuld des kleinen Wesens hat es ihm angetan. Er heiratet seine Frau zum zweitenmal und vertritt so Vaterstelle an dem Kind. Was hältst du davon?«

»Großartig«, murmelte Bertrand. »Das verstehe ich wenigstens… Aber ich finde die Geschichte ein wenig traurig…«

Er füllte die Gläser.

»Also, wenn dich das stört…«

»Nein, nein, ich mag traurige Geschichten ganz gern, wenn sie nur gut ausgehen. Ein Roman, der schlecht endet, taugt nichts… Habe ich nicht recht?«, sagte er zu Mary gewandt, die eben aus dem Kinderzimmer kam.

»Ich habe keine Ahnung, worum es geht«, entgegnete sie und zwinkerte mir zu. »Aber eines weiß ich genau: Philippe ist mit dir einverstanden.«

Ich gähnte ungeniert. Bertrand verabschiedete sich, nachdem er die üblichen Dankesfloskeln aufgesagt hatte. Kaum hatte sich die Tür hinter ihm geschlossen, da raste ich an meine Schreibmaschine, deren Geklapper die Scheiben meiner Bürofenster zum Erzittern brachte.

Am nächsten Morgen, als ich gerade die Seite 25 tippte, klingelte das Telefon. Es war Bertrand.

»Du, übrigens, ich habe über die Sache nachgedacht ... Du weißt schon, dein Roman.«

»Ja, natürlich. Und ...«

»Warum fährt der Skiweltmeister keine Rennen mehr?«

»Ich weiß nicht ... Überdruss ... das Alter ... so ein bisschen wie Killy ...«

»Meinst du nicht, dass ein Unfall dramatischer wäre?«

Ich rieb mir die Nasenspitze.

»Hm ... hm ... Tja, das ist eine gute Idee. Nach seinem Unfall ist er behindert ... Heilgymnastik, Eifersucht auf seine Frau ...«

Bertrand schien quirlig wie ein Floh. Ich hörte ihn keuchen.

»Genau so ist es! Du hast ins Schwarze getroffen! Das ist menschlich, pathetisch ... Er versinkt in Selbstmitleid, er könnte auch anfangen zu trinken, und das Mädchen hilft ihm über die schlimme Zeit hinweg.«

Ich sagte zu allem ja und amen.

»Ich werde es in dieser Richtung machen. Danke.«

»Nichts zu danken, ruf mich nur an, wenn du etwas brauchst. Es ist mir ein Vergnügen.«

Ich arbeitete bis zum Abend durch, vergaß darüber das Mittagessen. Ich hatte sogar einen Vorsprung, denn eben war Seite 42 fertiggeworden. Ich strich mir gerade Brote, als

Mary hereintrat, um sich nach dem neuesten Stand der Dinge zu erkundigen.

»Haben die Zwillinge dich auch nicht zu sehr gestört? Wegen ihres Geburtstags sind sie zur Zeit unausstehlich. Was können wir ihnen nur schenken?«

»Unser Budget ist total erschöpft. Versuch, sie auf später zu vertrösten.«

»Mach so schnell wie möglich!«

»Ich halte meinen Zeitplan ein. Schreibt man Bö mit ö oder oe?«

»Ein Buchstabe ist schon teuer genug. Du siehst müde aus, willst du nicht Quartett mit mir spielen, um dich ein wenig zu entspannen?«

»Mit Vergnügen. Was gibt es heute Abend im Fernsehen?«

»Eine Hommage für Mauriac.«

»Ich glaube, ich gehe lieber schlafen…«

Mitten in der Nacht weckte mich das Klingeln des Telefons. Es war Bertrand, der vor Aufregung ganz heiser war.

»Philippe, ich habe mir die Geschichte noch einmal durch den Kopf gehen lassen. Wir haben etwas vergessen.«

»Na so was! Was denn?«

Es war vier Uhr morgens.

»Den Hund. Es fehlt ein Hund. Ein zärtlicher, anhänglicher Hund, genau das Gegenteil von der treulosen Schwimmerin. Wäre es nicht überhaupt besser, er lernte in der Klinik eine Krankenschwester kennen?«

Ich wehrte ab.

»Ich habe nämlich schon…«

»Na gut, wenn du nicht willst…«

»Wir reden morgen darüber. Gute Nacht.«

»Gute Nacht.«

Bertrand, der kein Auge zugetan hatte, jagte mich am nächsten Morgen aus dem Bett.

»Welche Verantwortung«, seufzte er. »Hör mal, da muss viel abgeändert werden. Er ist kein Skiweltmeister, sondern ein Rennfahrer. Dann versteht man den Unfall besser. Und schließlich wird er kein Bergführer, sondern jagt wilde Tiere in Afrika. Der Ehemann der Moderatorin...«

»Der Moderatorin?«

»Ach Gott, davon habe ich dir noch gar nichts gesagt. Schwimmen ist nicht modern genug. Sie ist Moderatorin, und ihr zweiter Mann arbeitet als Fotograf. Er soll in Afrika eine Reportage machen und...«

Ich brachte ihn mit einer Bewegung zum Schweigen. Wut stieg in mir hoch.

»Du machst dich doch nicht etwa über mich lustig?«

»Ich?«

Sein Erstaunen war nicht gespielt.

»Ich will dir nur helfen, dir Ratschläge geben, damit das, was du schreibst, auch Hand und Fuß hat. Das ist kein *Nouveau Roman.* Die Sache muss richtig durchkonstruiert werden.«

»Und was die Kinder betrifft, so bleibt alles beim Alten?«

Er wich meinem Blick aus.

»Ja, so ungefähr. Diese Geschichte mit dem Kind, das aus dem Fenster fällt... Ich habe das nie so recht gemocht. Ich dachte schon mal an Leukämie, aber das ist auch nicht das Richtige...«

»Danke.«

»Aber schließlich habe ich doch gefunden, was wir brauchen. Eine Entführung, das wäre ideal.«

»In Afrika?«

»I wo! Die Entführung findet noch vor der Cholera-Epidemie statt.«

»Eine Cholera-Epidemie?«

»Ja, das ist zur Zeit große Mode. Ich lese alles über Cholera. Du etwa nicht?«

»Doch doch … Red nur weiter …«

Das würde eine verdammt harte Woche werden!

Zu meinem Erstaunen hörte ich drei Tage lang nichts mehr von ihm. Am Morgen des vierten Tages (Seite 102) besuchte mich ein Bertrand, der kaum wiederzuerkennen war. Sein fahles Gesicht, seine wie im Fieber glänzenden Augen flößten mir Besorgnis ein.

»Hast du Ärger? Ist etwas Schlimmes passiert?«

Ein Lächeln spielte um seine bleichen Lippen.

»Ich habe mir gesagt, dass ich mich, da du meine Kritik ernstzunehmen scheinst, nicht mit ein paar Hinweisen begnügen dürfe. Ich musste einfach selbst mit Hand anlegen. Daher habe ich diese Seiten da verfasst … Hier hast du sie …«

Er reichte mir ein dickes Bündel.

»Ich möchte, dass du sie erst liest, wenn ich schon gegangen bin. Das Ganze ist sicher ein bisschen unbeholfen, aber ich habe keine Übung in solchen Dingen.«

»Möchtest du ein Gläschen Branntwein, bevor du dich auf den Weg machst?«

Er schüttelte den Kopf und stürmte davon.

Ich begann also auf der Seite 1 und las das ganze Manuskript bis Seite 320. Ja, Bertrand hatte in drei Tagen dreihundertzwanzig Seiten zu Papier gebracht. Ich hatte mich immer für einen Schnellschreiber gehalten, aber Bertrand brach alle meine Rekorde. Sein Roman, denn er hatte tatsächlich einen Roman geschrieben, war fürchterlich. Alberne Figuren, ein unglaubwürdiger Handlungsverlauf, ganz zu schweigen von den zahlreichen Grammatikfehlern. Ich gab *Das Wachs und die Lohe,* so lautete der Titel dieses Machwerks, Mary zu lesen, und als sie damit fertig war, unterhielten wir uns lange.

»Mein armer Schatz, du tätest besser daran, die Sache aufzustecken. Bertrands Geschreibsel ist für deine Zwecke völlig untauglich.«

»Die Schuld trage ich allein. Der Gedanke war absurd. Ich bin ein avantgardistischer Schriftsteller. Ich habe ein kleines, aber erlesenes Publikum. Nie mehr will ich versuchen, einen Bestseller zu fabrizieren!«

Mary tröstete mich mit einem Kuss.

»Was wirst du Bertrand sagen?«

»Dass er ein Meisterwerk geschrieben hat und dass ich es nicht mit ihm aufnehmen kann, dass ich kapituliere.«

Genau mit diesen Worten gab ich *Das Wachs und die Lohe* ihrem Verfasser zurück, der sich kaum über meine geradezu beleidigende Lobhudelei wunderte.

»Glaubst du, ich soll das Manuskript einem Verleger zur Veröffentlichung vorlegen?«

»Unbedingt. Willst du Adressen?«

»Nein, lieber nicht. Ich möchte dich nicht kränken, aber zu deinen kleinen, avantgardistischen Betrieben habe ich kein rechtes Vertrauen. Ich will mich mal mit Laffont oder Hachette in Verbindung setzen.«

»Vielleicht hast du recht. Nun, dann wünsche ich dir alles Gute!«

»Danke. Weißt du, ich werde es dir nie vergessen, dass du mich zum Schreiben ermutigt hast. Ich bin dir sehr zu Dank verpflichtet. Übrigens werde ich dir das Buch zueignen.«

»Das verdiene ich nicht.«

»Doch, doch! Ich bestehe darauf.«

Selbstredend wurde *Das Wachs und die Lohe* zu einem Triumph. Er hörte auf, Herr Irgendwer zu sein, und zählte nun zur Prominenz. Er schwang große Reden am Fernsehen, gab in modischen Magazinen eine Meinung zu allem ab und übernahm sogar die Schirmherrschaft über eine Werbekampagne für ein Medikament, das die intellektuellen Leistungen steigert. Wie es der natürliche Lauf der Dinge mit sich bringt, wurde er mir spinnefeind und ließ sich nie mehr bei uns blicken.

Was mich betrifft, so habe ich nun genug Geld, um mir den Luxus zu leisten, unverständliche Dinge zu schreiben. Die Zahl meiner Leser ist noch mehr geschrumpft, aber ich beklage mich nicht. Den Zwillingen habe ich herrliche Spielsachen und Mary einen Pelzmantel geschenkt, ja sogar alle meine Rechnungen sind bezahlt.

Wie denn das?

Ganz einfach: Ich habe mein Köpfchen benutzt.

Also: Bertrand hatte in 3 Tagen 320 Seiten geschrieben. Er war 38 Jahre alt. Am 17. 6. hatten die Zwillinge Geburtstag. Ich habe in der Lotterie das große Los gezogen.

Vielleicht ist Bertrand deshalb verschnupft.

Kulturkrise

Tournecourt hat die grässliche Angewohnheit, im Bett zu rauchen. Das Unausbleibliche ist eingetreten: Glühende Asche ist auf die Buchseiten gefallen, die Feuer gefangen haben. Trotzdem liest Tournecourt unbeirrt weiter.

MADAME TOURNECOURT *(neben ihrem Mann liegend, der ihr den Rücken zukehrt)* Findest du es nicht ein bisschen heiß? Du solltest das Deckbett abnehmen.

TOURNECOURT *(liest weiter)* Hab ich eben getan.

MADAME TOURNECOURT Und das Licht ist auch zu grell, ich kann dabei nicht schlafen.

TOURNECOURT *(betätigt den Schalter)* Na siehst du, jetzt ist es abgedreht.

MADAME TOURNECOURT Was du nicht sagst? Ich sehe doch einen Lichtschein. *(Sie wendet sich um und stößt einen Schrei aus.)* Tournecourt, dein Buch brennt!

TOURNECOURT *(zerstreut)* Papperlapapp ... Du entbrennst, du entbrennst...

MADAME TOURNECOURT Aber Tournecourt, es brennt!

TOURNECOURT Reg dich doch nicht gleich so auf.

MADAME TOURNECOURT Jetzt bin natürlich ich schuld! Wir verbrennen, und ich soll das ruhig mitansehen!

Tournecourt Dauernd übertreibst du. Das Buch brennt doch, nicht wir!

Madame Tournecourt Willst du nichts unternehmen, um den Brand zu löschen? *(Sie weint)* Lieber Gott, beschütze uns!

Tournecourt *(lenkt ein)* Lass mich nur das Kapitel zu Ende lesen, dann tu ich schon was.

Madame Tournecourt Das Buch muss ja ungeheuer spannend sein...

Tournecourt *(gähnt)* Nein, es ist fad. Aber du kennst mich ja: Was ich angefangen habe, führe ich auch zu Ende.

Madame Tournecourt Ist es ein Roman?

Tournecourt Nein, ein Essay.

Madame Tournecourt Wovon handelt er denn?

Tournecourt Von der Kulturkrise.

Madame Tournecourt Lauter Lügenmärchen. Du solltest lieber die Feuerwehr anrufen, als dir die Finger verbrennen.

Tournecourt Bei meiner Handprothese besteht da keine Gefahr.

Madame Tournecourt Richtig, ich habe deine Handprothese vergessen. Wenn du nur beim Autofahren nicht mehr lesen würdest!

Tournecourt *(aus dem Häuschen)* Beim Autofahren soll ich nicht lesen, nicht beim Essen und auch nicht beim Rauchen... Überhaupt nie sollte ich lesen, was?

Madame Tournecourt *(verschüchtert)* Du könntest auf dem Klo lesen... wie alle Welt.

Tournecourt Wenn ich auf dem Klo lese, schlägst du die Tür ein, um mich herauszuholen.

Madame Tournecourt *(weinerlich)* Ich darf doch auch mal aufs Klo.

Tournecourt Jetzt hör mal gut zu, geh aufs Klo, wenn du unbedingt willst, aber lass mich in Frieden. Wenn ich wegen dir den Faden verliere, brauche ich doppelt so lang für dieses lumpige Kapitel.

Madame Tournecourt *(wehrlos)* Einverstanden, Tournecourt, aber verbrenn die Bettdecke nicht!

Tournecourt Du meine Güte! Jetzt ist da nur noch ein Haufen Asche! *(Wütend schleudert er den Überrest des Buches in eine Zimmerecke)* Jetzt bist du wohl zufrieden, nie werde ich den Namen des Mörders wissen!

Madame Tournecourt Es wäre besser, du schliefest jetzt, als die Asche im Bett zu verstreuen!

Tournecourt Mir bleibt ja wohl nichts anderes übrig. *(Er schließt die Augen und schläft ein. Sogleich versinkt er in einen erotischen Traum und fängt dabei Feuer. Vorhang.)*

›Ein Kampf auf Leben und Tod‹

Wie stehen die Verkaufszahlen vom *Heißen Atem*, Mickey?«

»Nicht schlecht, Georges, bald an die vierhunderttausend Exemplare! Eigentlich glaubte ich gar nicht so sehr an diesen Atem… Aber du hast weiß Gott die Gabe, das Sujet zu finden, das beim Publikum ankommt…«

Georges setzte sein undurchdringliches Lächeln auf. Genüsslich schlürfte er seinen Whisky und beobachtete den Verleger aus den Augenwinkeln.

Mickey Rapp war kein gewöhnlicher Verleger. Bevor er Bücher verkaufte, war er in der Autobranche und vorher im Holzgeschäft tätig gewesen. Schon in der Schule hatte Mickey, wie Georges sich erinnerte, ein besonderes Talent bewiesen, um sein Taschengeld aufzubessern, indem er Tauschhandel mit Bonbons und Murmeln trieb. Inzwischen hatte er es weit gebracht. Die Aktien des Rapp Verlags waren Gold wert. Diesen Erfolg verdankte er vor allem Georges Trom, dem Publikumsliebling, von dessen fünfzehn Romanen keiner weniger als eine Auflage von zweihundertfünfzigtausend Exemplaren erreicht hatte. Jedes Buch war in etwa zwanzig Sprachen übersetzt und verfilmt worden.

Nein, Mickey konnte sich nicht über seinen Hausautor beklagen, dennoch blickte er sorgenvoll drein.

Schon aus der Art, wie er sich den Schweiß von der Stirn wischte, wie er die Flasche in die Hand nahm, wenn er sich zu trinken einschenkte, war zu ersehen, dass ihn etwas quälte. Etwas überaus Peinliches!

Es war ein milder Frühlingsabend, im nahen Ozean spiegelten sich die Lichter der Bucht, doch Mickey fühlte sich immer weniger wohl in seiner Haut. Selbst der köstliche Bratenduft, der aus der Küche drang, wo die beiden Damen des Hauses, seine Frau Elisabeth und seine Tochter Florence, wirtschafteten, vermochte ihn nicht auf andere Gedanken zu bringen. Immer noch klangen ihm die Worte von Paul Sentis, dem Leiter seiner exklusiven Reihe ›Pensum‹, in den Ohren:

»Eben habe ich den *Heißen Atem* gelesen. Das Ganze ist klug ausgedacht, die Handlung geschickt gesponnen, aber die Sprache ist unter aller Kanone. Eine wahre Schande, Mister Rapp! Alle Welt zerreißt sich das Maul darüber. Georges Trom hat keine blasse Ahnung von der Zeitenfolge, er verwechselt Adjektive mit Adverbien, er fängt seine Sätze aufs Geratewohl an, dann führt er sie nicht zu Ende, kurz, er hat einen schweinischen Stil! Das geht einfach nicht an! Wenn man nur ein klein bisschen Respekt für sein Publikum hat, bietet man ihm keine verrottete Ware an! Lassen Sie seine Manuskripte umschreiben!«

Mickey erinnerte sich genau an seine Antwort:

»Georges wird das nie zulassen. Wie sein Buch geschrieben ist, ist ihm schnurzegal. Für ihn zählen nur die verkauften Exemplare. Außerdem hält er mit pedantischem Starrsinn an seinen Formulierungen fest. So ist er immer schon gewesen. Wenn der Lehrer in der Volksschule seine

Aufsätze vorlas und er versehentlich ein Wort veränderte, wurde Georges fuchsteufelswild. Es liegt in seinem Charakter! Er sagt, dass die Literatur nichts damit zu tun habe.«

»Eben«, hatte Paul Sentis geantwortet. »Er braucht einen literarischen Berater ... Ich kenne jemanden ... Laden Sie ihn übers Wochenende ein, und versuchen Sie, Georges für die Idee zu gewinnen.«

Noch gestern schien die Sache ein Kinderspiel, doch jetzt, ein paar Minuten vor dem Abendessen, war alles viel komplizierter!

»Was hast du nur?«, fragte Georges befremdet. »Du bewegst die Lippen, als ob du mit dir selbst sprechen würdest.«

Mickey fuhr zusammen.

»Aber nein, Georges ... ich genieße einfach diesen Whisky ... Er ist ausgezeichnet ... ja ... hm ... wirklich ausgezeichnet.«

Misstrauisch schüttelte Georges den Kopf.

»Also komm, erzähl mir keine Märchen. Ich kenne dich lange genug, um zu sehen, dass du etwas auf dem Herzen hast. Geht es um Geld?«

Mickey schwitzte Blut und Wasser. Es riss ihn beinahe aus dem Sessel, als Elisabeth ankündigte, dass man zu Tisch gehen könne. Nach der Suppe fragte sie in aller Unschuld:

»Na, Mickey, hast du mit ihm über den literarischen Berater gesprochen?«

Der unglückselige Verleger verschluckte sich, krümmte sich unter einem Hustenanfall und verschüttete den Inhalt des Tellers auf seine Hose. Georges saß starr wie ein Stock, den Löffel in der Hand. Scharf musterte er seine drei Tischgenossen und fragte mit eisiger Stimme:

»Was versteht ihr eigentlich genau unter meinem ›literarischen Berater‹?«

Elisabeth wurde über und über rot. Sie stammelte:

»Ich weiß nicht... Hm... Erklär es ihm, Schatz, du kannst das besser als ich...«

»Also, ich... es ist ganz einfach... hm...«

Georges, den jetzt auch die Unruhe packte, wandte sich an die einzige Person, die kaltes Blut bewahrt hatte, an die vierzehnjährige Florence.

»Sag bloß, Flo, worum geht es hier eigentlich?«

Sie zuckte die Achseln.

»Seitdem man meinem Vater gesagt hat, dass die Grammatik in Ihren Büchern krank und der Wortschatz siech ist, fühlt er sich elend. Sicher wegen der Ansteckung... Da hat er halt beschlossen, Ihnen einen literarischen Berater zu verpassen.«

»Was?«, brüllte Georges.

Georges war etwa vierzig Jahre alt. Seine roten Haare ließen seine irische Herkunft erkennen. Er war sehr groß, sehr athletisch gebaut und körperlich in Hochform. Als er »was?« schrie, zitterten die Wände. Mit einem Satz sprang er auf und rief in einer wilden Anwandlung von Hoffnung:

»Das kann doch nicht stimmen, Mickey! Nicht wahr, Mickey! Das ist bloß ein Scherz?«

»Nein... hm... tut mir furchtbar leid, Georges... Aber du bist so berühmt... so talentiert... hm... genial... deine Romane sollten besser geschrieben sein.«

»Was redest du? *Der heiße Atem* verkauft sich ausgezeichnet, stimmt's oder nicht? Ich verstehe überhaupt nicht, was die Sprache damit zu tun hat!«

»Ja, natürlich... aber eben, Paul Sentis hat mir gesagt...«
Georges brüllte wie ein verwundetes Tier.

»Paul Sentis! Das hätte ich mir denken können. Das ›Pensum‹!! Nie hat er mehr als zweihundert Exemplare verkauft. Diese widerliche Hyäne ist grün vor Neid. Aber diesmal ist er zu weit gegangen... Ich schlage ihm die Schnauze platt, dann werden wir ja sehen, ob er seine dreckige Nase noch in meine Bücher zu stecken wagt!«

»Hör doch«, flehte Mickey, »was Paul gesagt hat, habe ich schon tausendmal aufgetischt bekommen. Alle finden deine Geschichten ungeheuer spannend, einfallsreich und phantasievoll, aber alle bedauern ihren miserablen Stil! Man kann eben nicht alles haben. Paul einen Berater in puncto Ideen zu geben, wäre sinnlos, während ein literarischer Berater dir mit ein bisschen gutem Willen sehr nützlich sein könnte.«

Georges ließ sich auf einen Stuhl fallen.

»Kommt nicht in Frage. Wenn du meine Bücher nicht mehr magst, bringe ich sie anderswo heraus.«

»Red keinen Unsinn! Natürlich liebe ich deine Bücher, wie Millionen von Menschen. Aber du verdienst Besseres. Du bist ein großer Schriftsteller! Das darfst du nicht vergessen.«

»Wir werden ja sehen«, brummte Georges. »Im Augenblick ist mir der Appetit vergangen.«

Mickey atmete erleichtert auf. Das Ganze war nicht so schlimm verlaufen, wie er befürchtet hatte.

Georges verbrachte eine unruhige Nacht. Durch seine Träume geisterte Paul Sentis im Gewand eines Eunuchen und Haremswächters und verfolgte ihn mit einer stählernen

Gänsefeder, die scharf geschliffen wie ein Krummsäbel war. Er erwachte schweißgebadet.

Es war acht Uhr morgens, alle schliefen noch. Der Himmel war blau, die Vögel sangen, und Paul Sentis schien ihm in weiter Ferne. Schließlich raffte sich Georges auf und stieg aus dem Bett. Nach einer kräftigen Dusche und einem ausgiebigen Frühstück fühlte er sich besser, so dass er sich zum Liegestuhl schleppte, der auf der Terrasse in der Sonne stand. Er zündete sich eine Mentholzigarette an und ließ sich seinen nächsten Roman durch den Kopf gehen. Er sollte den Titel tragen: *Ein Kampf auf Leben und Tod.* Die Handlung stand bereits fest, eine Liebesgeschichte in Afrika. Die Frau eines Tierbändigers, der von einem Löwen getötet wurde, hegt einen unversöhnlichen Hass gegen alle Wildkatzen. Ohne Unterlass macht sie Jagd auf sie, aber nichts vermag ihren Rachedurst zu stillen. Doch dank einem heruntergekommenen, versoffenen, impotenten Schriftsteller, den sie wieder zu einem Mann macht, findet sie ihre Seelenruhe wieder.

Der erste Teil der Arbeit war beendet. Jetzt braucht er nur noch jede Situation zu träumen, darin bestand nämlich seine Methode. Sobald er die Handlung in allen Einzelheiten vor sich sah, begab er sich an Ort und Stelle, dann träumte er die ganze Geschichte, Zeile um Zeile, wie einen großen Film, in dem jedes Wort eine ganze Filmrolle beansprucht hätte.

Nach kurzer Zeit verspürte er das Bedürfnis, ein paar Sätze zu Papier zu bringen, und er nahm seine Maschine aus ihrer Hülle. Sie war seine ständige Begleiterin. Er mochte sie nicht missen, denn mit der Hand konnte er überhaupt nicht schreiben. Er wusste nicht einmal mehr, wie man sich eines Kugelschreibers bedient, und er hatte sogar vergessen, wie man zum Beispiel ein großes Z macht.

Gerade hatte er den Satz: »Warum wollte sie sich seit drei Jahren weiterhin an den Gedanken klammern, dass er tot war?« mit einem Fragezeichen versehen, als eine sanfte Stimme hinter ihm ertönte:

»Meinen Sie nicht, dass es genügen würde: ›Warum klammerte sie sich seit drei Jahren an den Gedanken, dass er tot war?‹«

»Ja, natürlich«, entgegnete er, ohne nachzudenken.

Ein Schauer lief ihm über den ganzen Leib. Er wandte sich um und sah sie.

Abgesehen von der Tatsache, dass ihr Haarschnitt wirkte, als hätte man ihr einen Nachttopf übergestülpt, dass sie wie ein Clown geschminkt und ihr Gesicht durch eine verschnörkelte Brille entstellt war, dass ihre Kleidung mit der Eleganz einer Vogelscheuche wetteiferte, war sie schön. Er war völlig verdattert. Ihre Gesichtszüge, ihre wohlproportionierten Rundungen, ihre schlanken, gutgeformten Beine, alles zusammen strahlte warme, sinnliche Weiblichkeit aus. Sie gehörte zu der Sorte Frauen, die von weiblichen Geschworenen zum Tode verurteilt werden, auch wenn sie nur einen Apfelbutzen entwendet haben.

Ihre grauen Augen blitzten hinter der unförmigen Brille.

»Warum starren Sie mich so an?«

»Weil ich nicht zu den Weiberfeinden gehöre. Wer sind Sie denn?«

»Hat Mickey Rapp Ihnen nichts gesagt? Ich bin Ihre literarische Beraterin!«

Er warf ihr einen bewundernden Blick zu, dann brach er in Gelächter aus. Sie wurde feuerrot.

»Ich verstehe nicht, was daran so komisch sein soll...«

Er wischte sich die Tränen ab, die ihm vor Lachen übers Gesicht kullerten.

»Oh! Allerdings, es ist einfach zu drollig... komisch... meine Muse!!! Ich möchte nur wissen, wo Mickey Sie aufgetrieben hat...«

»Er hat mich im sechsten Stock des Rapp Verlags, Büro 711, aufgetrieben, wie Sie sich auszudrücken belieben. Und jetzt hören Sie endlich damit auf, mich wie ein alter Satyr zu beäugen, ich bin Ihre literarische Beraterin und nicht Ihr Frühstück!«

»Wie heißen Sie denn, meine Hübsche. Rita Faulkner? Oder Dodo Hemingway?«

Sie geriet allmählich aus der Fassung.

»Da Sie es unbedingt wissen wollen, ich heiße Esther Sentis, aber ich gebe nicht immer Antwort, vor allem dann nicht, wenn ich von einem Flegel angesprochen werde, der weder Umgangsformen noch den geringsten Sinn für Grammatik besitzt...«

»Sentis...? Sie sind...?«

»Ja. Seine Tochter. Und ich bin stolz darauf, dass ich einen richtigen Schriftsteller zum Vater habe und nicht so einen Schreiberling, der nur das Papier bekleckert!«

»Na gut, wenn Sie so stolz auf Ihre Familie sind, dann bleiben Sie doch im Schoße Ihrer Lieben. Adieu!«

In diesem Augenblick griff Mickey ein. Er war noch schlaftrunken, so bemerkte er die Spannung zwischen den beiden nicht.

»Ich sehe, dass ihr euch miteinander bekannt gemacht habt. Ausgezeichnet. Ihr werdet euch großartig verstehen. Du wirst schon sehen, Georges, ihr bringt noch Meisterwerke zustande!«

»Zweifellos. Ich schreibe viel besser, wenn jemand mir dabei zu trinken einschenkt. Vor allem, wenn der Boy ein Girl ist!«

»Um dir zu trinken… nein, so was… ein toller Witz!«

Ihr aber standen die Tränen in den Augen. »So, jetzt mal Spaß beiseite! Nun rede ich!« Esther wirkte so wild entschlossen, dass die beiden Männer mucksmäuschenstill dastanden, als hätte die gestrenge Lehrerin sie bei einem Unfug ertappt. »Mister Rapp hat mich mit einem Auftrag betraut, und ich war bereit, ihn auszuführen, aber eines will ich sofort klarstellen: Ich wurde nicht engagiert, um Getränke zu servieren, und auch nicht, um Beleidigungen und Demütigungen einzustecken. Georges Trom hat mich nicht mit offenen Armen aufgenommen. Darauf war ich nun allerdings gefasst. Aber jetzt sage ich Ihnen mal ganz sachlich, was ich von Ihnen halte, Mister Trom, und dann tun Sie, was Ihnen beliebt. Ihre Bücher sind abscheulich, sie sind bar jeder Originalität. Wie der Stil, so der Mensch, heißt es, und wenn das zutrifft, dann sind Sie eine Spezies von Mensch, die nicht weit vom Tier entfernt ist. Wenn man Ihre Bücher liest, lässt sich kaum sagen, ob der Autor ein Mensch oder ein Schwein ist. Sieht man Sie aber aus der Nähe, gibt es keinen Zweifel mehr: Sie sind sehr wohl ein Schwein. Und jetzt erlöse ich Sie von meiner Gegenwart. Adieu.«

Die beiden Männer hatten sich während der ganzen Tirade nicht von der Stelle gerührt. Georges fasste sich als erster.

»Das ist also Sentis' Tochter! Ich verstehe, warum ihm auch der letzte Rest an Phantasie abhanden gekommen ist: Er hat alles seiner Tochter vermacht. O.K., Mickey, du hast gewonnen. Wir werden es versuchen. Ich kann dir nichts versprechen, aber wir werden es versuchen. Darf ich Ihnen einen Versöhnungstrunk kredenzen, meine liebe literarische Beraterin?«

Der Verleger holte eine Flasche trockenen Champagner, die er für die große Gelegenheit kalt gestellt hatte. Mit Esther aber geschah etwas Unerwartetes: Sie ließ sich schluchzend auf den Liegestuhl fallen.

Brief von Georges Trom an Mickey Rapp

Bamako

Mein lieber, alter Mickey,

Ein Kampf auf Leben und Tod wird mich wohl total fertigmachen. Du und deine Schnapsidee! Allmählich treibt ihr mich in den Wahnsinn. Ich kann keine lumpige Zeile schreiben, ohne dass diese frustrierte, starrsinnige Person, die unter sexueller Verklemmung und intellektueller Neurose leidet, mir ihre blödsinnigen Ratschläge um die Ohren haut. Und jetzt weg mit den Satzenden, und raus mit den Adjektiven, und dann geht's wieder los mit den Hiaten... Nein, so kann das nicht weitergehen. Die Nase hab ich voll, Mickey, die Nase hab ich so voll! Ich mache schnell Schluss, denn da kommt sie schon wieder mit gezücktem Kugelschreiber angerückt.

Georges Trom (gewesener Schriftsteller)

P.S. Empfehlungen an Lisbeth und Flo

Brief von Esther Sentis an Mickey Rapp

Accra

Lieber Mister Rapp,

Sie können sich gar nicht vorstellen, was ich mit dem *Kampf auf Leben und Tod* auszustehen habe. Ich glaube, dass diese Wochen als die dunkelste Zeit meines Lebens in meiner Erinnerung haftenbleiben werden. Ich muss ehrlich sagen, dass ich diesen Auftrag nie angenommen hätte, wäre ich mir bewusst gewesen, worin er bestehen würde. Zwar kommt das Buch voran, aber welche Schwierigkeiten sind zu überwinden! Ihr Autor hat erst jetzt das zweite Kapitel fertiggestellt. Ich kann Ihnen nicht versprechen, dass ich bis zum letzten bleiben werde. Freilich benimmt sich Georges Trom nicht mehr so ausfallend mir gegenüber, aber mitunter genügt schon ein Wort, und er bekommt hysterische, völlig unbegreifliche Wutanfälle. Er hat schon zwei Maschinen zerschmettert, und um der Wahrheit die Ehre zu geben, muss ich sagen, dass ich bisweilen um mein Leben bange. Ihre sehr ergebene Mitarbeiterin

Esther Sentis

Telegramm von Mickey Rapp an Esther Sentis

BRAVO! ERSTE KAPITEL SCHICKEN. WEITER SO! RAPP.

Unvollendeter Brief von Georges Trom an Mickey Rapp

Timbuktu

Ich bin am Ende, Mickey. Sie ist wahnsinnig. Ich schwöre dir, dass sie wahnsinnig ist. Ich aber auch, ich bin völlig wahnsinnig. Aber alle Sorge gilt meinem Stil! Ich breche zusammen, Mickey. Mit Ach und Krach habe ich das fünfte Kapitel beendet. Das Schlimmste ist, dass ich meinen Text nicht zu überlegen vermag: alle zwei Seiten schlafe ich ein. Da kommt sie, Mickey, ich werde versuchen, den Brief vor ihr zu verstecken...

Brief von Esther Sentis an Mickey Rapp

Kinshasa

Lieber Mister Rapp,

Ich bin am Ende. Ich glaube, ich habe nicht das Zeug zu einer literarischen Beraterin. Um die geringfügigste Korrektur durchzudrücken, muss ich stundenlang argumentieren, brüllen, toben, ja mich sogar schlagen. Körperlich und nervlich bin ich am Boden zerstört. Sobald Trom mit dem achten Kapitel fertig ist, komme ich nach Hause.

Ihre todunglückliche und ergebene Mitarbeiterin

Esther Sentis

Telegramm von Mickey Rapp an Esther Sentis

GELD, EHRE, FERIEN, SO VIEL SIE WOLLEN. UM DER LITERATUR WILLEN DURCHHALTEN. FERTIGE KAPITEL SCHICKEN. NUR MUT! MICKEY RAPP.

Esther zerknüllte das Telegramm in ihrer schweißnassen Hand und warf es wütend in eine Ecke. Wieder einmal war die Klimaanlage ausgefallen, und die Hitze wurde unerträglich. Durch das Fenster drang das Geschrei von Kindern, die auf der Straße spielten. »Wie können die nur herumtollen«, fragte sie sich erbittert, »während ich kaum einen Schritt zu gehen vermag?« Sie lüpfte ihre Bluse, die mit Schweiß durchtränkt war. Plötzlich ertönte das Gehämmer der Schreibmaschine in Georges' Zimmer. Sie schleppte sich bis zur Zwischentür und stieß einen empörten Schrei aus: Sie war abgeschlossen.

»Machen Sie auf, Georges, seien Sie doch vernünftig!«

Der Lärm der Maschine hielt an.

»Niemals!«, brüllte er mit einer Energie, die man nur in Momenten höchster Verzweiflung entwickelt. »Verschwinden Sie! Lassen Sie mich allein mit meinen Fehlern!«

Esther seufzte tief.

»Das täte ich gern. Aber ich kann nicht. Gut, ich habe Sie gewarnt.«

Wie durch Hexerei befand sich auf einmal ein Revolver in ihrer rechten Hand. Sie schoss zweimal auf das Schloss, und ächzend öffnete sich die Tür. Die Rufe der Kinder draußen und das Rattern der Schreibmaschine drinnen waren verstummt.

»Sie sind wahnsinnig!«, rief Georges, fahl vor Angst. »Sie hätten sich verletzen können.«

»Pah... Ich bin sowieso lebensmüde, da... Zeigen Sie mir die Seite, die Sie eben getippt haben...«

Sie streckte die Hand aus, aber er war schneller. Bevor sie es verhindern konnte, hatte er sie schon zerknüllt, in den Mund geschoben und heruntergeschluckt.

Brief von Paul Sentis an seine Tochter Esther

Mein liebes, armes Kind,

Ich zittere bei dem Gedanken, was du alles von diesem Rüpel Georges Trom auszustehen hast. Du bist so zart, so fein, so empfindsam und musst dich mit diesem Bauernflegel, diesem Vandalen, dieser Krämerseele herumschlagen. Lass dir nichts gefallen, meine Libelle! Lass dich nicht unterkriegen, schlag dich tapfer! Und wenn du Gefahr spürst, so zögere nicht, ihm in den Bauch zu schießen, der ist größer als das Herz oder das Gehirn, und dort tut es auch mehr weh.

Dein dich liebender Vater, der diesem Folterknecht alles Böse, das er dir angetan hat, doppelt heimzahlen wird.

Paul Sentis

Esther schlief. Unendlich behutsam kroch Georges auf allen vieren durchs Zimmer und öffnete die Tür. Dunkel hob sich die Gestalt eines Mannes gegen den mondhellen Himmel ab.

»Ich habe meine Verabredung eingehalten«, sagte der Mann mit rauher Stimme.

»Pst! Um Gottes willen, sprechen Sie leiser. Sie kann jede Sekunde erwachen. Wann können Sie den Plan ausführen?«

»Alles ist bereit. Die Entführung wird morgen stattfinden.«

»Ausgezeichnet. Dass ihr aber ja nichts passiert!«

»Geht in Ordnung. Haben Sie das Geld?«

Georges zog ein Bündel Scheine aus seinem Gürtel.

»Die Summe stimmt genau. Ich werde Ihnen auf dem üblichen Wege mitteilen, wann Sie sie freilassen können.«

Die beiden Männer gaben sich die Hand. Ein Mondstrahl fiel auf Georges' Gesicht: Seine Augen glänzten fiebrig.

»Übrigens«, bemerkte Esther am nächsten Morgen beim Frühstück, »wir müssen zwei Feldbetten kaufen. Im Wohnzimmer ist genug Platz.«

»Sicher, meine Liebe«, erwiderte Georges, der auf Wolken schwebte. (Dann begriff er mit einem Male, was sie eben gesagt hatte.) »Zwei Feldbetten? Wozu denn das?«

»Ich habe zwei Leibwächter engagiert. Ab heute werden sie mir nicht mehr von der Seite weichen. Bewaffnet sind sie auch... sollte es Ihnen etwa in den Sinn kommen, mir einen bösen Streich zu spielen. Man kann nie wissen...«

»Esther... Sie tun mir sehr weh.«

Georges meinte es sicher sehr ehrlich, denn das Lächeln war aus seinem Gesicht gewichen.

Brief von Georges Trom an Mickey Rapp

Bravo, Mickey, du hast gewonnen. Eben habe ich die dreihundertzwanzigste Seite von *Ein Kampf auf Leben und Tod* mit dem Wörtchen ›Ende‹ versehen, und jetzt muss ich dir etwas sagen: Das ist der abscheulichste, widerlichste, langweiligste und stilistisch missratenste (dreimal unterstrichen) aller meiner Romane. Und wenn er bloß zweitausend Leser findet, bin ich dazu bereit, Paul Sentis auf beide Backen zu küssen. Du weißt ja, wer für meinen künstlerischen und finanziellen Ruin verantwortlich ist? DU! Ja du, und kein anderer. Ich klage dich an, unsere schöne Freundschaft, meine geistige Gesundheit und meine Lebensfreude untergraben zu haben. Ja, ich bin wahnsinnig. Ich verwechsle Jaguare mit Medikamenten, das Fernsehen mit einer Schafherde, Schiffe mit Scheren. Ich habe dich gewarnt: Ich bin am Ende.

Ich habe alles versucht, um das verfluchte Weib loszuwerden. Sogar einen Zauberer habe ich für teures Geld angeheuert, um sie in eine schwarze Katze zu verwandeln. Er hat sich den Fuß verstaucht. Jetzt glaubt er felsenfest, dass sie eine Hexe ist, die den Schutz der dunklen Mächte genießt. Davon bin ich übrigens auch überzeugt. Ich habe versucht, sie Schlangen und Kannibalen zum Fraß vorzuwerfen, sie von Gorillas (im wörtlichen und im übertragenen Sinn) entführen zu lassen, sie zu ertränken, sie im Treibsand versinken zu lassen, sie zu vergessen. Nichts zu machen! O.K.! Das Buch ist fertig. Ich gehe in Pension. Ich werde in Wisconsin Rinder züchten. Einen Abschiedsgruß an Lisbeth und Flo. Dein ehemaliger Freund

Georges Trom

P.S. Anliegend *Ein Kampf auf Leben und Tod.*

Wer wissen will, wie die Geschichte weitergeht, braucht nur in irgendeinem Handbuch der modernen Literatur nachzulesen. Dort heißt es, dass die bedeutendsten Kritiker *Ein Kampf auf Leben und Tod* als eines der Meisterwerke des zwanzigsten Jahrhunderts ansehen. Der Roman, in 352 Sprachen, Mundarten und Dialekte übersetzt, mit den berühmtesten Schauspielern in den Hauptrollen verfilmt, erzielte die geradezu sagenhafte Auflage von vierhundertfünfzig Millionen Exemplaren.

Aber die folgende Szene sucht man vergeblich in allen Handbüchern. Sie spielte sich kurze Zeit, nachdem Trom mit dem Nobelpreis ausgezeichnet worden war, im Wohnzimmer einer Farm ab. Es war ein schöner Sommertag irgendwo in Wisconsin.

ESTHER Guten Tag, Georges. Ich komme zufällig durch diese Gegend, da… ich wollte nur kurz bei Ihnen vorbeischauen…

GEORGES Esther! Welch freudige Überraschung! Ich dachte eben an Sie!

ESTHER *(etwas beunruhigt)* Sind Sie mir immer noch böse? Sie wissen gar nicht, wie leid es mir tut, dass ich in Afrika eine solche Rolle spielen musste…

GEORGES Aber wie kann ich Ihnen böse sein? Ihnen verdanke ich den unglaublichen Erfolg des Buches. Alle sind sich darin einig: Es ist das beste, das ich je geschrieben habe.

ESTHER Ich glaube, über einen Misserfolg wäre ich untröstlich gewesen.

GEORGES Ich hatte noch nie die Gelegenheit, Ihnen zu danken. Verzeihen Sie mir bitte. Ich fürchte, ich war ein wenig ruppig…

ESTHER Das ist jetzt ohne Belang.

Gelächter, dann verlegenes Schweigen.

GEORGES Ja, ein Berater ist mitunter recht nützlich. Ich zum Beispiel brauche einen literarischen Berater, Sie dagegen…

ESTHER *(wird stutzig)* Ich?

GEORGES Ja. Sie, Sie brauchen auch einen Berater.

Esther Einen Berater? Wozu denn?

Georges *(packt sie und bindet sie an ihrem Stuhl fest)* Einen ästhetischen Berater, meine Liebe! Ihr Kleid ist abscheulich, ihre Brille unmöglich, ihre Frisur lächerlich und ihr Make-up einfach irrwitzig. Zu schreien ist völlig überflüssig, niemand wird Ihnen zu Hilfe kommen. Schon seit Wochen warte ich auf diesen Augenblick!

Das Ergebnis muss umwerfend gewesen sein. Für die Zeitschrift *Harper's Bazaar* jedenfalls besteht kein Zweifel: Mrs. Esther Trom zählt zu den zehn bestangezogenen Frauen der Welt.

Dem Ehepaar geht es gut, danke.

Magari
(Mag sein)

Den Blödian, den es nach Como verschlagen hat, weil er dem albernen Geschwätz von Schundromanen aufgesessen ist, beschleichen sofort dunkle Vorahnungen. Die Ursache versteht er natürlich nicht, aber er spürt, dass man ihn reingelegt hat. Dieser Schatten eines Unwohlseins hält nicht lange an. Der majestätische Anblick der Berge, die hinter dem See aufragen, gesprenkelt mit den Mosaiken der Villen und Ruinen, raubt ihm noch das letzte Quentchen gesunden Menschenverstandes, das ihm verblieben war. Es scheint ihm abwegig, die Flucht zu ergreifen, im Übrigen will er kein übereiltes Urteil fällen. Die Symphonie von Grün- und Brauntönen wirkt besänftigend auf seinen Organismus. Trotz der feuchten Hitze, die sich ihm schwer auf die Brust legt, bemüht er sich um Sachlichkeit.

Zusammengesackt hockt er in einem der Terrassencafés auf der Piazza Cavour und blickt träumerisch zu den Schiffen hinüber, ihrem Versprechen, ihn anderswohin zu bringen, nachsinnend. »Vielleicht fahre ich gleich weg«, stellt er sich genüsslich vor, ohne sich über die plötzliche Trägheit zu wundern, die sich seines Körpers und seines Geistes bemächtigt.

Entschlossen, sich in keiner Weise mit solchen armen

Trotteln gemeinzumachen, schlürfte Angelo seinen Kaffee in der Bar des Schweizer Hotels ›Métropole‹ und vertiefte sich in die Zeitung *La Provincia.* Darin berichtete man von den Greueltaten eines Sadisten, dessen sechstes, furchtbar zugerichtetes Opfer eben am Fuße des Castel Baradello entdeckt worden war. Der Artikel war mit größtem Taktgefühl abgefasst und ließ eine meisterliche Beherrschung der Ellipsen und Auslassungspunkte erkennen. Die Fotos freilich hatten nichts von jener löblichen Zurückhaltung. Sie waren einfach abscheulich.

»Um Himmels willen, wissen Sie vielleicht, wo sich Ornella verborgen hält?«

Angelo fuhr zusammen. Der Unbekannte, der ihn angesprochen hatte, war ein hochaufgeschossener, bleichgesichtiger junger Mann, dessen vorzeitige Glatze durch ein blondes Ziegenbärtchen ausgeglichen wurde. Er trug einen perlgrauen Anzug, und seine Hand umschloss den Silberknauf eines mit Perlmutt eingelegten Spazierstocks aus edlem Holz.

Ohne sich etwas zu vergeben, schnalzte Angelo mit den Lippen, womit er seine Unwissenheit bekundete.

»Es ist einfach nicht zu glauben, sie ist unauffindbar. Verzeihen Sie, dass ich Sie so mir nichts dir nichts angesprochen habe, aber gestern habe ich Sie mit ihr in der Villa d'Este gesehen, und daher dachte ich, dass Sie mir vielleicht Auskunft geben könnten. Verdammt heiß heute, nicht wahr?«

Angelo nickte. Sein neuer Bekannter ließ sich auf die Bank ihm gegenüber fallen, Angelo konnte nämlich Bänke nicht ausstehen.

»Mein Name ist Fernando Felèz, aber meine Freunde nennen mich kurz Nando. Kennen Sie Ornella schon lange?«

Angelo ließ sich zu keiner Antwort herbei, redete vielmehr darüber, wie wenig ihm die Villa d'Este gefallen hatte, die er am Vortag tatsächlich, aber allein, besucht hatte.

»Ich bin ganz Ihrer Meinung, alter Knabe«, entgegnete Nando mit plötzlichem Feuer. »Die Amerikaner haben diesen Ort versaut. Jetzt kommt man sich dort vor wie in einem Feriendorf für Reisegesellschaften, einfach widerlich!«

Er winkte den Barkeeper heran und bestellte zwei Bellini.

»Champagner mit Pfirsichsaft, morgens trinke ich nichts anderes mehr. Soll so viele Vitamine enthalten wie eine gepresste Orange. Genau wie Kiwi-Wein. Kennen Sie Kiwi-Wein? Kommt aus Neuseeland.«

Angelo hatte noch nie etwas davon gehört. Nando betrachtete ihn voller Sympathie.

»Sie sind also derjenige welcher«, sagte er schließlich. »Ornella scheint ja ganz in Sie verschossen. Vielleicht hat sie nicht unrecht, jedenfalls finde ich Sie sehr nett.«

Angelo lächelte dümmlich. Um seine Verlegenheit zu verbergen, spielte er mit der weißgelben Zweihundertliremünze herum, die er zwischen den Fingern seiner linken Hand hin und her gleiten ließ, bis sie ihm entfiel und im Bellini landete, wo sie ein wildes Geblubber verursachte.

»Das bringt Glück«, erklärte er, immer noch lächelnd.

Nando nickte verständnisinnig.

»Ich sollte eigentlich mit Ornella im Tennisklub der Villa dell'Olmo zu Mittag essen. Wie gewöhnlich hat sie mich versetzt. Ich bete sie an, aber es gibt Tage, an denen ich sie am liebsten erwürgen möchte. Es ist ja auch wirklich fad, allein zu essen. Wollen Sie mir nicht dabei Gesellschaft leisten?«

Angelo hatte nichts dagegen.

Ornella las nur dann die *Repubblica,* wenn sie sich an den Namen der Zeitung erinnerte. Meistens nahm sie mit dem *Giornale* vorlieb, weil sie das Wort besser behalten konnte. Sie saß auf der Terrasse des Cafés ›Da Pietro‹ an der Piazza del Duomo und blickte auf die Schlagzeilen, die alle den Sadisten vom See betrafen, doch rumorte in ihrem Bewußtsein so etwas wie ein Schuldgefühl, das sie nicht loswerden konnte.

»Mensch, ich hab doch mal wieder was vergessen«, murmelte sie. »Wenn ich nur wüsste, was!«

Genießerisch beäugten die Touristen die schöne Brünette, deren Busen durch das T-Shirt mit aufgedruckter Mickymaus kaum verborgen wurde. Da die Brustspitzen genau hinter den Augen saßen, entstand der Eindruck, dass diese aus den Höhlen traten. Ornella kümmerte sich nicht um die Gaffer, schob ihren Rock hoch, um ihre Schenkel abzukühlen, und vertiefte sich in die Lektüre ihrer Tageszeitung.

Als sie nach einer Stunde zu den Kinoreklamen vorgedrungen war, stieß sie auf die Ankündigung eines alten französischen Films mit Fernandel und zuckte zusammen.

»Wie merkwürdig, welche Empfindungen der Name Fernandel in mir auslöst! Dabei ist er gar nicht der Typ Mann, auf den ich fliege«, sagte sie sich beunruhigt und versuchte herauszufinden, was sich in ihrem Unterbewusstsein abspielte.

Dann schlug sie sich mit der Hand gegen die Stirn.

»Ach du meine Güte! Ich war doch mit Fernando zum Mittagessen verabredet!«

Sie warf die Zeitung beiseite, ließ den gewürzten Tomatensaft stehen und rannte zur Via Plinio, die zur Piazza Cavour führt. Unterwegs fiel ihr ein, dass sie keine Reinigungsmilch mehr hatte, und betrat die nächste Parfümerie.

»Zwar hält Ornella keine Verabredung ein, aber trotzdem ist sie eine bezaubernde Person«, erklärte Fernando, wobei er einen Großteil des Dolcetto aus Alba neben Angelos Glas schüttete, der einen Hechtsprung machte, um seine Hose zu retten.

Der Ober kam angelaufen. Angesichts des Ausmaßes der Katastrophe gab er ihnen einen anderen Tisch. Großmütig erklärte sich Nando bereit, den Platz zu wechseln. Aber er stützte sich so schwer auf seinen Stock, hinkte so kläglich, dass der Oberkellner seinen Untergebenen ausschimpfte, ihn einen herzlosen jungen Mann ohne Sinn für Ideale schalt.

»Arme Ornella«, seufzte Nando, als sie wieder Platz genommen hatten. »Ich nehme an, sie hat Ihnen von ihrem Unglück erzählt?«

»Nein, über ihre Lebensgeschichte hat sie kaum etwas verlauten lassen.«

»Ihre Schwester, in England ermordet, ihr Stiefvater schießt sich wegen eines Skandals eine Kugel durch den Kopf, ihre Mutter hat den Verstand verloren... Ein bisschen viel für ein junges Mädchen.«

Unwillkürlich verfolgte Angelo mit den Augen einen

Ballwechsel zwischen zwei ungelenken Spielern. Wegen ihrer wüsten Schimpfreden vermochte er sich nicht zu konzentrieren. Daher fand er nicht die richtigen Worte, die dem plötzlichen Ernst der Lage angepasst gewesen wären.

»Und ihr Vater?«, fragte er, ohne sich wirklich dafür zu interessieren.

»Oh! Der starb schon, als sie noch ganz klein war. Ein Flugzeugunglück, glaube ich. Von ihm hat sie das Vermögen geerbt.«

Sie aßen schweigend.

»Haben Sie je ein Foto auf Kuh gesehen?«, fragte Nando.

»Worauf?«, entgegnete Angelo, der glaubte, sich verhört zu haben.

»Auf Kuh. Halt auf Kuhhaut.«

Und da Angelo immer noch keine Reaktion zeigte, erklärte er ihm:

»In der chilenischen Pampa wachsen Pflanzen, deren Pollen sich auf Kuhbäuchen ablagern. Nun ist dieser Pollen lichtempfindlich, so dass die Schatten der Gräser und Bäume auf der Haut festgehalten werden. Ich habe in meiner Sammlung ein paar recht seltene Stücke. Wenn Sie daran interessiert sind, kann ich sie Ihnen zeigen.«

»Sehr gern.«

»Noch heute, außer Sie haben etwas anderes vor?«

»Nein, habe ich nicht.«

»Also abgemacht. Aber es eilt nicht, es bleibt uns genug Zeit für ein Spielchen. Wer das Set gewinnt, zahlt das Essen.«

Nach zwei Martini Dry im Schweizer Hotel ›Métropole‹ verschwand Ornella in der Damentoilette, um eine neue Feuchtigkeitscreme auszuprobieren, denn sie konnte es nicht erwarten, ihre Konsistenz auf der Haut zu spüren. Wie immer, wenn sie sich im Spiegel betrachtete, sah sie das Bild ihrer vor fast drei Jahren verschwundenen Schwester vor sich. Hätte sie sie nur von ihrem Vorhaben abgebracht, per Anhalter zu reisen! Statt dessen hatte sie sich als große Schwester aufgespielt und darauf gedrängt, dass Francesca von der Familie die Erlaubnis erhielt, ihre Mörderinsel auf ihre Fasson zu besuchen. Mit Gentlemen, hatte sie plädiert, mit Gentlemen bestand doch keinerlei Gefahr! Der Leichnam der armen Francesca wurde in der Nähe von Sheffield am Straßenrand aufgefunden. Doch der Mörder lief immer noch frei herum.

Sie gab dem gefährlichen Drang nach, die Wunde wieder zum Bluten zu bringen, um ihren Zustand zu überprüfen, und sie öffnete die Schleusen der Erinnerung. Wieder sah sie die kleine Francesca mit ihrem Lockenkopf vor sich, ihre Tränen, wenn sie zur Strafe dafür, dass sie ihre Kosmetika entwendet oder heimlich ihre Kleider angezogen hatte, die Geschichte ausfallen ließ. Durch einen Tränenschleier hindurch vermeinte sie die anmutigen Bewegungen ihres grazilen Körpers im weißblauen Badeanzug zu erblicken. Ah, Francesca mit ihren Mandelaugen und den unglaublich langen Wimpern! Ihre elastische, gebräunte Haut wie die einer Sizilianerin…

Ornella schluckte fünf Gelatinekapseln, eine nach der anderen, und fühlte sich besser. Vor sich hin trällernd, verließ sie das Schweizer Hotel ›Métropole‹, wollte ihren schräggeparkten Toyota am Zoo-Eingang holen. So einfach war das gar nicht, denn wegen ihrer Sonnenbrille sah sie fast nichts und musste zweimal um den Häuserblock gehen, bevor sie ihn endlich sah.

Nando war ein rasanter und miserabler Fahrer.

»Bei mir zu Hause wächst eine Art halluzinogener Kaktus, der verschiedene erstaunliche Eigenschaften hat. Die erste ist, dass sein Stiel senkrecht in die Höhe wächst. Sobald er sich nach rechts oder nach links neigt, bedeutet das ein schlechtes psychologisches Klima in der Familie. Dann wird der schiefstehende Teil abgeschnitten und eine Suppe daraus gekocht, die alle für eine ganze Woche auf einen Trip schickt. Seine größte Besonderheit aber besteht darin, dass er pfeift, wenn Diebe im Haus sind. Ein richtiger Wachhund.«

»Bei Ihnen… In der Villa?«

»Nein, in Chile. Kennen Sie Südamerika?«

»Ich würde gern mal hinfahren«, antwortete Angelo, der sich ängstlich an seinen Sitz klammerte.

»Das ist ganz einfach, begleiten Sie mich zum achtzigsten Geburtstag meines Vaters.«

Angelo kam nicht dazu, die Einladung abzulehnen oder anzunehmen. Aus der entgegengesetzten Richtung kam ein Toyota geschossen. Sein Bauch gab ein kullerndes Geräusch von sich, er hob den Unterarm, um sich zu schützen, doch die Landschaft stürzte auf ihn ein und zerschmetterte die Windschutzscheibe. Berge, Häuser, Bäume, die Straße und der See zersplitterte auf seinem Schädel.

Wie eine Nähmaschinennadel hinkte Nando auf den

Toyota zu, wobei er eine Spur roter Pünktchen auf der Chaussee hinterließ. Ornella stieg aus ihrem Wagen, dessen zerknautschtes Blech rauchte.

»Ich war einfach nicht imstande Auto zu fahren«, jammerte sie. Außer ein paar Prellungen an Armen und Beinen schien sie unverletzt.

»Armer Angelo, er hatte Pech«, seufzte Nando und wies auf den leblosen jungen Mann, der mit zum Himmel gewandtem Gesicht im Gras des Straßengrabens lag.

Sie kniete neben ihm nieder und berührte mit den Lippen sein bleiches Antlitz.

»Du hast ihn geliebt, nicht wahr?«

»Er ist der einzige Mann, den ich je geliebt habe«, erklärte sie im Brustton der Überzeugung.

Touristen, die naiv genug sind, um eine Seerundfahrt zu machen, obwohl es nichts Nennenswertes zu sehen gibt, können kurz vor Tremezzo eine mit Zypressen und Pinien umstandene Villa wahrnehmen, die auf erstaunliche Weise an Böcklins Toteninsel gemahnt, von der nicht weniger als fünf Fassungen erhalten sind.

Wenige Meter vom plätschernden Wasser entfernt schien Angelo in einem Liegestuhl zu dösen.

Doch er schlief nicht, nur gehorchten seine Gedanken nicht der Logik des wachen Bewusstseins. In ihre Einzelteile zerlegte Bilder formten sich in seinem Gehirn und lösten sich wieder auf, dem Rhythmus der sich brechenden Wellen folgend, die gegen die bemoosten Felsen klatschten. Angelos Geist irrte durch ungefähre Landschaften, in denen sich absurde Szenen abspielten.

Der Mann mit dem Kleiderbügelkopf wusch Trauben in rotgefärbtem Brunnenwasser. Die Contessa Sforza rannte mit aufgeschlitztem Bauch und hervorquellenden Gedärmen durch das Labyrinth des großen Schlachthofs in Chicago. Über die Reling gebeugt, zerlegte der chinesische Schiffskoch den Kopf einer Sirene mit einer elektrischen Säge. Aus seinem blutverschmierten Bauch züngelten nacheinander sieben schwarze Aale. Ein glühender Maulwurf drang zischend in den Bauch einer Prostituierten. Das Glasauge plumpste in das Schwimmbecken. Der Menschenfresser verschlang ein Sandwich, das mit Virtuosenfingern belegt war. Die Kokotte polierte ihr Steißbein auf Hochglanz. Und der tote, mit Blutegeln behangene Stier wurde von Fliegen aus der Arena gezogen…

In der fernen Hügellandschaft begannen die Glocken ein regelloses Geläute. Zwei Schläge hier, zwei dort, doch die musikalische Idee war nicht herauszubekommen.

Ornella stellte das Frühstückstablett auf der überstehenden Kante der Balustrade aus rosarotem Marmor ab. Sie flüsterte: »Schläfst du, Angelo?«

Er öffnete die Augen und wandte ihr den Kopf zu. Die Frau, die ihm so großes Wohlwollen entgegenbrachte, war ihm unbekannt. Sie behauptete, dass sie Ornella hieß, und nannte ihn Angelo. Inwieweit konnte man ihr vertrauen? Wenn sie die Wahrheit sagte, warum erweckten dann diese Namen in ihm keinerlei Erinnerungen? Wollte man ihn zum Besten haben? Oder war er das Opfer einer Verschwörung? Im Krankenhaus hatten sie behauptet, er habe einen Unfall gehabt. Sie wollten ihn sogar länger dortbehalten, aber Ornella, diese Frau, hatte das nicht zugelassen. Warum nur? Wo begannen seine eigenen Erinnerungen, wo endeten die der anderen? Wohin reichten seine Wurzeln, wohin strebten seine Äste?

Sein hilfloser Gesichtsausdruck rührte Ornella. Sie schenkte Tee ein.

»Hör auf, dich zu quälen, Angelo. Du wirst dein Gedächtnis früh genug wiederfinden. Weißt du, dass ich dich beneide? Du bist wie ein Säugling, wie ein großer Säugling ohne die Nachteile dieses Zustandes. Ein Stück Zucker oder zwei?«

Angelo trank einen Schluck Tee, dann, nach einigem Nachdenken, noch einen, um festen Grund zu bekommen. Schließlich erklärte er:

»Ich glaube, ich trinke ihn ohne Zucker.«

Sie klatschte beifällig in die Hände.

»Genau wie ich! Im Krankenhaus haben sie mir geschworen, dass du nichts am Gehirn hast, nicht die geringste Verletzung, verstehst du?«

Er schüttelte den Kopf und sah sie mit gespannter Aufmerksamkeit an. Nein, weder ihre edel geformte Nase noch ihre schön gezeichneten, etwas aufgeworfenen Lippen, auch nicht das kleine Kinn mit dem Grübchen in der Mitte oder die schwarzen Brauen von mustergültiger Symmetrie, weder die hellen Augen, die vom selben Grau waren wie der See in diesem Augenblick, noch die kleinen Ohren erweckten in ihm irgendwelche Erinnerungen, er brachte sie mit keinem Ort, mit keinem Wort, mit keinem anderen Gesicht in Verbindung. Wie hätte er ihren wollüstigen, zugleich fülligen und zarten Leib vergessen können? Waren sie sehr intim miteinander gewesen? Er streckte eine Hand nach ihr aus und berührte schüchtern ihre Schulter. Sie ließ ihn lächelnd gewähren.

»Mach dir keine Sorgen! Nimm das Leben, wie es kommt. Sieh mal, was für schönes Obst ich dir gebracht habe! Hast du nicht Lust auf ein paar Trauben?«

Er nahm eine, kaute lustlos daran herum.

»Hör mal, Ornella, wenn du mich vor dem Unfall kanntest, musst du doch etwas über mich wissen, zumindest kennst du doch meinen Namen.«

»Aber ich hatte dich doch eben erst kennengelernt! Du warst per Anhalter unterwegs, und da ich nach Como fuhr, habe ich dich mitgenommen. Du hast mir gesagt, dass du Angelo heißt, das ist alles.«

»Und ich hatte überhaupt kein Gepäck?«

»Nein, ganz bestimmt nicht.«

»Und in meinen Taschen befanden sich keine Papiere, keine Brieftasche, nur ein wenig Geld und Schlüssel?«

»Ja, das war alles.«

Er trank seine Tasse Tee leer.

»Warum tust du das alles für mich?«

»Das ist doch ganz normal, oder?«

»Ich wohne bei dir, du hast mich eingekleidet, du hast sogar im Krankenhaus deinen Namen hinterlassen, als wären wir verheiratet, und du weißt nicht einmal, wer ich bin!«

»Vielleicht tue ich das nur, weil ich dich sympathisch und überaus anziehend finde und ich mich in dich verliebt habe. Bist du jetzt gekränkt? Böse?«

Er schüttelte lächelnd den Kopf.

»Du bist schon ein merkwürdiges Mädchen, Ornella!«

Er entfaltete die *Repubblica*, die auf dem Tablett lag.

»Ich glaube, ich werde die Zeitung lesen«, sagte er, und das Lächeln schwand aus seinem Gesicht.

Wiederum hatte der Mörder vom See zugeschlagen. Eben hatte man bei Brunate ein siebtes, furchtbar zugerichtetes Opfer entdeckt. Doch diesmal hatte der Täter mehrere Indizien hinterlassen, so dass seine Verhaftung unmittelbar bevorstand. Man hatte den Abdruck eines Schuhs in der blutgetränkten Erde gefunden, unter den Fingernägeln der Leiche klebten menschliche Hautfragmente. Die Frau hatte, als sie sich zur Wehr setzte, dem Mörder das Gesicht oder die Handgelenke aufgekratzt.

Angelo las den Artikel mit leidenschaftlichem Interesse. Gierig registrierte er die grässlichen Details, betrachtete beklommen die Aufnahmen vom Tatort. Seine erregte Anteilnahme flößte ihm plötzlich Angst ein. Warum erweckte diese Lokalnachricht in seinem Unterbewusstsein ein solches Echo? Es war ihm eine Beruhigung, als er las, dass der Mörder kleinwüchsig war und noch dazu hinkte, jedenfalls waren die Polizeiexperten aufgrund des Schuhabdrucks zu diesem Schluss gekommen. Außerdem lag der Mord noch keine vierundzwanzig Stunden zurück, und Angelo befand sich zu diesem Zeitpunkt ja in der Villa, denn er war schon vor über einer Woche aus dem Krankenhaus entlassen worden. Er stieß einen Seufzer der Erleichterung aus.

Zwei nackte Brüste trieben wie Vanilleeiskugeln mitten im Schwimmbecken. Ornella lag faul auf dem Rücken, paddelte nur dann und wann mit den Füßen, um sich wie ein Uhrzeiger zu drehen.

Leise glitten Angelos nackte Füße über den Steinboden. Sein Blick war starr auf die Badenixe gerichtet, sein ganzes Wesen, jeder Muskel war aufs höchste angespannt, als wollte er zu einem Sprung ansetzen. Sie spürte seine Nähe und strampelte wild, um ihm ins Gesicht sehen zu können.

»Komm, Angelo! Spring!«

Er machte einen Kopfsprung, verschwand unter der Oberfläche, kam, mit Armen und Beinen wie wahnsinnig um sich schlagend, wieder in die Höhe, wobei das Wasser schäumend aufspritzte. Dann tauchte er von neuem unter.

»Angelo!«, schrie Ornella.

Sie schwamm auf ihn zu, kraulte kräftig, alle Trägheit war von ihr gewichen.

»Angelo! Wo bist du?«

Er kam ganz in ihrer Nähe hoch. Sein Mund war aufgerissen, er schluckte literweise Wasser, seine Augen traten vor Entsetzen aus ihren Höhlen. Es gelang ihr, ihn am Arm zu packen und ihn an den Beckenrand zu bringen, indem sie sich von unten an ihn presste und einen Arm um seine Brust schlang. Schließlich vermochte er sich an der Metallleiter festzuhalten. Er rang nach Luft, prustete, hustete.

»Mein armer Angelo! Ich dumme Person habe dich dazu animiert, einen Kopfsprung zu machen, und du kannst nicht einmal schwimmen.«

Sie brachen gleichzeitig in Gelächter aus. Sobald er in Sicherheit war, setzten sie sich an den Rand des Beckens und küssten sich lange.

»Akazie?«

»Rot ... Hügel ... Ein Pfad im Winter ...«

»Haben die Bäume Blätter? Sind es große Bäume oder Sträucher? Tragen sie Früchte?«

»Nein. Ich sehe zwei sehr hohe Bäume. Es windet, und die Blätter rauschen, als ob es regnete. Es regnet.«

»Artist?«

»Verbrechen.«

»Verbrechen?«

»Ja ... Lastwagen, Grenze, Gendarmen.«

Ornella, ein dickes Lexikon auf dem Schoß, fragte Angelo ab, der sich auf dem Bug des Schiffes ausgestreckt hatte. Jedesmal wenn das Hovercraft der Seeschifffahrtsgesellschaft ausfuhr, wurde das bei abgestelltem Motor treibende Boot durchgerüttelt. Die Wellen des schäumenden Kielwassers brachen sich dann an den Felsen und überspülten den Bootssteg vor der Villa. Mit kindlicher Stimme setzte Ornella die unendliche Litanei der A fort. Angelo musste spontan antworten, sofort alle Gedankenverbindungen nennen, die die Wörter in ihm auslösten. Er fühlte sich gar nicht wohl dabei, denn die meisten Bilder, die in seinem Geist auftauchten, waren so fürchterlich, dass er sie lieber verschwieg.

»Ausharren?«

»Ein großer Raum mit grauen Wänden, das Klappern einer Schreibmaschine ... Leute, die kommen und gehen.«

»Leute? Was für Leute.«

»Männer. Einer blutet ... Hör mal, Ornella, ich würde dieses blöde Spiel lieber aufgeben.«

»Du irrst dich, Angelo. Ich bin sicher, dass diese Technik ganz hervorragend ist. Wenn du mir wirklich alles sagst, was dir durch den Kopf geht, werden wir nach und nach klarer sehen. Wir finden ganz bestimmt Details, die uns auf die richtige Spur bringen.«

»Hallo! Ornella! Angelo!«

Nando stand auf dem Bootssteg und schwang seinen Spazierstock, als wäre er ein Dirigent.

»Das ist Nando. Erkennst du ihn wieder?«

»Nein«, sagte Angelo.

»Ich habe Polaroidaufnahmen von dir in Como herumgezeigt. Niemand erinnert sich an dich, Angelo. Dann habe ich meinen Freund, den Polizeikommissar in Mailand, aufgesucht. Er hat die Akte über die verschwundenen Personen durchgesehen, aber keine Suchanzeige könnte auf dich passen. Es war also ein Misserfolg auf der ganzen Linie.«

»Umso besser«, rief Ornella dazwischen. »Es hätte mich angeödet, wenn du eine Frau, Kinder, Tanten und Neffen gefunden hättest. Das Geheimnisvolle ist mir viel lieber.«

»Ich hatte keinen Trauring«, murmelte Angelo.

»Eines habe ich immerhin in Erfahrung gebracht«, sagte Nando. »Der Mann, der das Verbrechen in Brunate begangen hat, wurde festgenommen.«

»Der Sadist vom See?«

»Nein, es handelt sich um einen Angestellten der Spinnereien. Er wollte seine schwangere Verlobte loswerden und das Verbrechen dem Sadisten in die Schuhe schieben. Die Experten sind sich ihrer Sache ganz sicher: Es handelt sich nicht um denselben Mann.«

Angelo wandte die Augen ab und blickte einem Schiff nach, das seine Touristenladung an das Seeufer brachte, das immer trister wirkte. Er rechnete nach: Ja, das letzte Verbrechen des Sadisten war vor seiner Einlieferung ins Krankenhaus geschehen. Die Vorstellung, dass er selbst vielleicht dieses Ungeheuer war, ließ ihn nicht mehr los.

»Ich habe in Ramanis Atelier vorbeigeschaut«, fuhr Nando fort. »Du weißt doch, dass er dich immer noch liebt, Ornella.«

»Ach der! Na, wie geht's ihm denn?«, sagte sie gleichgültig.

»Seit er in die Via Gesù gezogen ist, malt er nicht mehr. Das heißt, er streicht die Wände, poliert die Decke, den Fußboden. Er arbeitet nicht in, sondern an seinem Atelier. Kurios, nicht wahr? Er behauptet, dass es sein Meisterwerk werden wird.«

Aber Ornella hörte ihm nicht mehr zu. Auch sie rechnete.

Und sie fürchtete sich.

Wegen des Vollmondes war es im Zimmer beinahe taghell. Angelo erwachte aus tiefem Schlaf. Er hatte das Gefühl, einen guten Fischzug gemacht zu haben. Er hatte ein Wort erjagt, wie einen Fisch hatte er es an seiner Harpune aufgespießt. Es lautete »Baradello«. Er war erschöpft, aber auch sehr erregt. Mehrmals wiederholte er das Wort »Baradello«, beglückt über den magischen, geradezu beschwörenden Klang der vier Silben. Unvermittelt, ohne dass es der geringsten Anstrengung bedurft hätte, fügte sich ein zweites Wort zum ersten: »Castel Baradello«. Er knipste die hübsche Nachttischlampe aus geblasenem Glas an, überflog in fieberhafter Eile den Stapel von Zeitungen neben seinem Bett. Sein Hochgefühl verwandelte sich in Verzweiflung.

Castel Baradello! Dort hatte man das sechste Opfer des Sadisten gefunden. Vielleicht war es seine letzte Greueltat vor dem Unfall. Die letzte, zu der er Gelegenheit gehabt hatte.

In der Ferne heulte ein Hund, als wolle er ihm eine Botschaft übermitteln. Auf Angelos Stirn perlte der Schweiß. War auch er ein Hund? Ein Wolf?

Er verließ das Zimmer und trat in die Küche. Er öffnete eine Schublade, wählte ein Fleischmesser aus und ließ den Daumen über die scharfgeschliffene Schneide gleiten. Was empfand er, wenn seine Hand den Griff umklammerte? War er ein blutrünstiger Mensch? Wie wünschte er sich Ornella: tot oder lebendig? Hatte er wirklich Lust, ihr den Bauch aufzuschlitzen?

Ornella hatte sich im dunklen Flur versteckt und beobachtete Angelo durch den Spalt der nur angelehnten Tür.

Nun zweifelte sie nicht mehr an seiner Schuld.

Sie WUSSTE jetzt, dass er der Sadist war, nach dem die Polizei fahndete, der Psychopath, der unschuldige junge Frauen vergewaltigte, tötete, verstümmelte. Sie sah Angelo vor sich, wie er am Straßenrand bei Sheffield auf den verrenkten Körper Francescas einstach.

Arme Francesca! Armes kleines Schwesterchen!

Sie kämpfte gegen die Tränen an, schluchzte abermals laut auf.

»Nein, Ornella!«, schrie er, streckte die Arme nach ihr aus, ohne sich um das Messer zu kümmern, das er noch in der Hand hielt.

Dreimal drückte sie den Revolver ab. Die erste Kugel durchbohrte ihm den Hals, die zweite die Brust, die dritte sein linkes Auge, so dass sein ganzer Hinterkopf aufgerissen wurde.

Am nächsten Tag erschien ein Foto von Angelo in der *Provincia.* Die Legende besagte, dass einer der mit der Festnahme des Sadisten beauftragten Polizeiinspektoren verschwunden sei.

Meine Muse und ich

Coco Paco ließ seine Finger mit verdoppeltem Eifer über die Tasten seiner Schreibmaschine sausen. Vers reihte sich an Vers, Bogen um Bogen füllend. Er war in Höchstform, obwohl er eine lange unfruchtbare Periode hinter sich hatte, während der er, um eine erneute amouröse Schlappe zu überbrücken, hemmungslos gesumpft hatte. Wenn nichts dazwischenkam, würde er also in der Lage sein, Sandropoulos zu dem im Vertrag festgelegten Termin seinen nächsten Gedichtband zu liefern.

Sandropoulos war der Verleger der Dichter. Zumindest schmückte er sich mit Vorliebe mit diesem Titel. Sandropoulos hatte nämlich begriffen, dass man mit Poesie zu gute Geschäfte machen konnte, als dass man sie den Dichtern überlassen durfte. Er hatte sich mit einem Mitarbeiterstab von tüchtigen Journalisten umgeben, deren in flotten Versen abgefasste Artikel er herausbrachte. Sie verkauften sich glänzend.

Der Erfolg war geradezu phänomenal.

Die neue Schule, von der Kritik ›Popesie‹ getauft, hatte sich in den Medien und Bibliotheken einen Ehrenplatz erobert. Doktoranden verfassten Thesen darüber, sie wurde an Gymnasien unterrichtet, ja sogar zu Opern und Chansons verarbeitet. Coco Paco, ein junger Mann, in jeder Hinsicht ›in‹, der wie ein Sportler gebaut war und dessen einziges Handikap in einer vorzeitigen Kahlköpfigkeit bestand, war der unbestrittene Papst der Popesie.

Plötzlich spürte Coco, dass jemand Fremdes im Raum war. Er hob die Augen von den Tasten seiner Schreibmaschine und gewahrte eine durch und durch unwahrscheinliche Person.

Es war eine Frau mittleren Lebensalters in einem blassblauen, durchsichtigen Gewand. Sie hatte eine wilde Mähne und klimperte ununterbrochen mit den Wimpern. Überdies, das muss eigens erwähnt werden, war sie mit Flügeln ausgestattet.

»Wer sind denn Sie?«, stammelte Coco.

Sie antwortete nicht, statt dessen vollführte sie ein paar groteske Tanzschritte. Das wehende Gewand, das ihre Flügel umhüllte, machte ihr die Sache nicht eben leicht. Nachdem sie über einen Stapel Bücher gestolpert war und mit Müh und Not ihr Gleichgewicht wiedergefunden hatte, gab sie mit kehliger Stimme von sich:

»Ich bin deine Muse, Coco.«

Er tat sein Möglichstes, um nicht in Panik zu geraten.

»Ich hab nicht bei Ihnen geklingelt. Im Augenblick ist eh alles in Butter, ich kann also auf Ihre Dienste verzichten.«

»Was du nicht sagst, Dickerchen! Wie steht's denn jetzt mit einer klitzekleinen Idee?«

Coco dachte scharf nach, aber er musste wohl zugeben, dass sich nirgendwo auch das kleinste Zipfelchen einer Idee sehen ließ. Sie grinste hämisch.

»Na siehste, das ist mein Job.«

»Was quatschen Sie da? Wenn Sie wirklich eine Muse sind,

dann besteht Ihre verdammte Pflicht darin, die Phantasie zu beflügeln, die Entfaltung des Genius zu begünstigen.«

»Papperlapapp! Ich bin eine negative Muse. Sobald ich erscheine, geht die Inspiration flöten. Das ist viel spaßiger.«

»Hauen Sie ab, Sie sadistisches Weibsstück!«

Sie ließ sich auf einen Stuhl fallen und zog aus den Tiefen ihres Ausschnitts ein Butterbrot und eine entkorkte Weinflasche.

»Gewöhn dich nur gleich an mich, denn ich habe vor zu bleiben.«

Nachdem sie einen ungeheuren Schluck aus der Flasche getan und sie zur Hälfte geleert hatte, bot sie ihm liebenswürdig an:

»Haste nicht Lust auf ein Tröpfchen Weißen?«

Er würdigte sie keiner Antwort. Das Klügste war, die Muse zu vergessen und sich brav an die Arbeit zu machen.

Er überlas seine letzten Verse:

Und eifrig jagt die Polizei
Den Mörder einzulochen
Jedoch der Arzt der lässt sich Zeit
Der hat sich wohl verkrochen
Der Fall scheint höchst vertrackt zu sein
Schon werden die Ermittler nervös
Spukte da wirklich der Zufall rein?
Der Kommissar wird bitterbös.

Das hatte er toll hingekriegt. Keine Emphase, keine veralteten poetischen Schnörkel und trotz allem das übermächtige Gefühl von kosmischer Einsamkeit, von kühnem Flug, von schwindelnder Höhe. Das war ganz Coco Paco, eine seiner gelungensten Schöpfungen!

Nur weiter so!

Coco konzentrierte sich auf sein Werk *Lokalnachrichten opus 4*, als ein gefürchteter Lärm den Raum erfüllte, in jeden Winkel vordrang, sogar in die Gehörgänge des Papstes der Popesie.

Die Muse hatte angefangen zu singen.

Sie brüllte, als würde sie eben abgestochen, mit der geleerten Flasche schlug sie den Takt, und der blassblaue Schleier um ihren Hals bildete so etwas wie eine Schlinge…

Dem konnte er nicht widerstehen.

Es war kein weiter Weg von der Dichtkunst zum Mord, und so packte Coco die beiden Schleierenden, er zog und zog, fester und fester…

Doch da war nur Luft!

Die Muse wirbelte durch das Zimmer, sprang wie ein Zicklein von einem Stuhl auf ein Bücherregal, hängte sich an die Vorhänge, machte einen Sprung auf die Fensterbank.

Der Anblick war grauenhaft.

Völlig entkräftet glitt Coco auf den Teppichboden und ließ seinen Tränen freien Lauf.

So lag er immer noch da, als Brigitte am Spätnachmittag hereinkam, um sich einen Büchsenöffner auszuleihen. Sie wohnte in derselben Etage wie Coco und besaß einen Wohnungsschlüssel, so dass sie sich bei ihm Puderzucker, Öl oder einen Schraubenschlüssel holen konnte, wann immer sie etwas brauchte. Dafür füllte sie dem Dichter die Steuerformulare aus, erinnerte ihn an anstehende Telefon- oder

Gasrechnungen. Sie kannten sich schon so lange, dass sie sich alle ihre Affären erzählten, ohne dass zwischen ihnen je von Liebe die Rede gewesen wäre.

Ansonsten arbeitete Brigitte in einem Reisebüro. Sie war klein, schlank, hübsch und Kambodschanerin. Ihr Nachbar bot ein solches Bild des Jammers, dass sie sehr erschrak.

»Coco? Was ist dir bloß passiert?«

»Die Muse! O die Muse!«

Brigitte verlor keine Zeit mit weiteren Fragen, vielmehr öffnete sie die zweite Schreibtischschublade links. Dort befand sich die Flasche Bourbon. Mit zitternden Fingern entkorkte sie sie und ließ den Flaschenhals zwischen die Lippen des leidgeprüften Dichters gleiten. Er verschluckte sich, prustete, öffnete die Augen und erkannte Brigitte.

»Es war grässlich, Brigitte... Die Muse...«

»Pst! Davon später!«

Sie brachte ihn in sein Zimmer, half ihm beim Ausziehen und deckte ihn fürsorglich zu.

»Morgen geht es dir sicher besser. Du arbeitest zu viel. Ich bringe deine Schreibmaschine zur Reparatur.«

Coco erinnerte sich, dass die Muse die Maschine mit einem Fußtritt gegen die Wand geschmettert hatte. Dann verfiel er in tiefen Schlaf.

Als er am nächsten Morgen erwachte, hatte er das Gefühl, einem Alptraum entronnen zu sein. Nach einer eiskalten Dusche fühlte er sich wieder auf dem Damm. Er fasste den Entschluss, nicht mehr zu trinken, und setzte sich an seinen Schreibtisch, wo Brigittes kleine Reiseschreibmaschine ihn schon erwartete.

Coco überlas die beiden letzten Verse des Vortags:

Spukte da wirklich der Zufall rein?
Der Kommissar wird bitterbös.

Er hielt den Atem an: »Und wenn da gar Komplizen wären?«

»Hopp! Hopp! Hoppla!«

Im Rahmen der Badezimmertür erschien die Muse, ihr strohiges Haar tropfte. Sie schüttelte sich wie eine tahitische Tänzerin, so dass das Wasser in alle Richtungen spritzte. Der weiße Bogen, den er eben in die Maschine gespannt hatte, glich einem durchweichten Taschentuch.

Mit offenem Mund starrte er auf die herumwirbelnde Gestalt, keines Wortes, keines Gedankens mehr mächtig. Die Muse ging nun zu einem Bauchtanz über.

»Na, mein Herzenspoet, hast du Kopfweh?«

»Ich... ich...«

»Brauchst nicht so schüchtern zu sein, Schätzchen.«

»Sie... Sie...«

Die Muse verschwand in die Küche und kehrte mit einem ganzen Stapel Kochtöpfen zurück. Sie legte ein Schlagzeugsolo hin, dass die Wände wackelten. In Cocos vernebeltem Gehirn entstand ein Bild: Überdeutlich sah er einen Mann im weißen Kittel vor sich, mit wohltuend ruhigem Blick und sensiblen Händen.

Einen Arzt.

Coco rannte zur Tür. Wenig später saß er in der Praxis seines Hausarztes und erzählte ihm ausführlich die grässlichen Vorfälle, die sich bei ihm abgespielt hatten. Als er damit zu Ende war, fiel dem Doktor nichts Besseres ein, als begeistert zu klatschen.

»Großartig! Sublim!«

»Aber ich bin doch krank! Sie müssen mich behandeln!«, schrie Coco händeringend.

»Immer mit der Ruhe, reden Sie keinen Stuss! Ich bewundere Sie zu sehr, als dass ich da eingreifen wollte. Sie sind von überreizter Empfindlichkeit, Ihre Nerven sind angespannt wie die Saiten einer Leier. Wenn ich sie lockere, dann singt die Leier nicht mehr. Sie sind ein großer Dichter, und da müssen Sie eben auch die Konsequenzen auf sich nehmen. Sie täten besser daran, diese Geschichte niederzuschreiben. Das wird Sie davon befreien.«

»Aber ich kann doch nicht! Sobald ich allein bin, weicht sie mir keine Sekunde von der Seite. Sie verbietet mir jede geistige oder literarische Tätigkeit.«

»Ja, ja, das sagte Musset anfangs auch, aber Sie werden sich schon an sie gewöhnen.«

»Sie weigern sich also, mich zu behandeln?«

»Ich weigere mich, eine Gehirnwäsche an Ihnen vorzunehmen. Wir sind nicht in der Sowjetunion. Im Übrigen...«

Der Doktor zwinkerte verschmitzt mit den Augen.

»Ich bin sicher, dass ihr ausgezeichnete Freunde werdet... Ist das Gewand wirklich durchsichtig?«

Coco sah ein, dass er nur auf sich selbst zählen konnte.

Er machte den Versuch, nachts mit einem Leuchtkugelschreiber unter der Bettdecke zu schreiben. Unter der Bettdecke lag die Muse.

Er floh auf einen Berggipfel. Auf dem Gipfel saß die Muse.

Er suchte Zuflucht auf einer kleinen Insel mitten im Pazifik. Auf der Insel war die Muse.

Er nahm den Zug, das Schiff, das Flugzeug. Die Muse blieb ihm auf den Fersen. Mehrmals versuchte er, sie umzubringen, aber sie entwischte ihm jedes Mal. Sie war nicht totzukriegen.

Cocos Freunde und Fans begannen zu munkeln, dass er am Ende sei. Selbst Tom Nut, der Kritiker, der alle seine Bücher lobend besprochen hatte, schrieb in der *Semaine Littéraire:*

»Wie Rimbaud scheint Coco Paco sich seiner dichterischen Botschaft auf einen Schlag entledigt zu haben. Er hat sich zu weit vorgewagt, ist zu tief in jene dunkle Zone jenseits der menschlichen Wahrnehmung vorgestoßen, die sich nur ganz wenigen Sehern flüchtig offenbarte, was sie mit zermalmten Körpern und verkohlten Seelen bezahlten. Coco Paco wurde von diesem Blitzstrahl getroffen. Nun ist er an einen Kadaver gefesselt, an die Leiche des toten Dichters.«

Die Muse blickte ihm über die Schulter, las den Artikel mit und stimmte begeistert zu:

»Der Kleine hat recht. Ich bin mit mir nicht unzufrieden.«

Wieder versuchte Coco sie zu erwürgen. Während seine Hände ihr die Kehle zudrückten, lachte sie wie eine Irre.

»Nein, nein, Coco, du kitzelst mich… Wenn du ein Bussi willst, musst du es nur sagen.«

Sie wandte sich um und drückte ihre wabbeligen Lippen auf die des armen Dichters.

In diesem Augenblick trat Brigitte in den Raum. Sie blieb wie angewurzelt stehen, hauchte »Verzeihung!« und entfloh in ihre Wohnung.

Coco schlug sich die Fäuste an der Tür wund, aber sie weigerte sich, ihm zu öffnen. Wie ernst es ihr war, wurde ihm am nächsten Tag klar, als schon im Morgengrauen die Möbelpacker kamen und ihre Habseligkeiten wegtrugen. Brigitte musste ihnen sehr strenge Anweisungen gegeben haben, denn sie ließen sich ihre neue Adresse nicht entlocken.

Zur Feier des Tages trank die Muse Champagner.

»Gut, dass sie weg ist! Jetzt stört niemand mehr unsere Zweisamkeit. Auf dein Wohl, Liebling!«

Nicht eine Sekunde dachte Coco daran, Selbstmord zu begehen, das sei zu seiner Ehre gesagt. Er wählte vielmehr eine andere Todesart, die in seinen Augen die einzig annehmbare war: eine Schlafkur.

Anfangs verlief alles nach Wunsch.

Coco träumte, dass er sich in einem Schlemmerlokal befand, wo man ihm ein Häppchen köstlicher lauwarmer Leberpastete mit Aprikosen vorsetzte. Doch da war ein kleines Problem: Er hatte kein Besteck. Er versuchte, die Sache auf die leichte Schulter zu nehmen. ›Der Traum ist erst in seinem Anfangsstadium‹, sagte er sich, ›und wenn ich später großen Hunger bekomme, esse ich eben mit den Fingern. Da es sich ja um einen Traum handelt, wird man es schon nicht allzu genau nehmen.‹

Da kam die Muse mit einem lauten ›Hoppla!‹ hereingestürmt und verschlang die Leberpastete mitsamt den Aprikosen. Coco stieß einen fürchterlichen Schrei aus, der die ganze Klinik, sowohl das Pflegepersonal als auch die Patienten, aufweckte. Man brachte ihn in einem Krankenwagen nach Hause. Die Muse begrüßte ihn mit Freudensprüngen.

»Finden Sie nicht, dass ich jetzt genug ausgestanden habe? Was habe ich Ihnen bloß angetan? Warum suchen Sie sich nicht einen anderen aus?«

»Weil du mir eben gefällst, Süßer!«

»Wann werde ich Sie endlich los?«

»Wenn es dir gelingt, einen anderen Band zu schreiben, einen richtigen Wälzer mit deinem Namen auf dem Buchdeckel. Das heißt, nie! Ha! Ha! Es ist einfach zum Kugeln!«

Automatisch warf Coco ihr eine Flasche an den Kopf.

Als er kein Geld mehr hatte, suchte er den Direktor des ›Savoyard de Paris‹ auf, der sein erster Chef gewesen war.

»Grüß dich, Coco. Wo brennt's denn?«

»Dir das zu erklären, wäre zu umständlich«, wehrte Coco ab, der inzwischen seine Geschichte keiner Menschenseele mehr erzählte, denn alle rieten ihm, sie aufzuschreiben. »Ich suche Arbeit.«

»Ich hab dir nichts Besonderes zu bieten, aber unser Theaterkritiker ist krank. Du könntest ihn vertreten.«

»Danke, mein Lieber, du bist wirklich ein dufter Typ.«

Coco nahm also noch am selben Abend in der dritten Reihe Platz, um einer Hamlet-Aufführung beizuwohnen. Die Regie, die Schauspieler, das Bühnenbild, alles wäre perfekt gewesen, wenn nicht Hamlet, der sich nach langem Hin und Her dazu durchgerungen hatte, den grässlichen Mord an seinem Vater zu rächen und endlich zu Taten zu schreiten, plötzlich die Muse vor Augen gehabt hätte, die mit närrischem Hoppla-Geschrei durch die Gänge des Palastes stürmte. Schon senkte der verdatterte Hamlet das Schwert, vergaß alle Rachepläne, da sprang Coco auf, raste auf die Bühne, umklammerte das Teufelsweib und schrie:

»Nur zu, alter Freund, ich halt sie schon fest!«

Die Folge dieser schneidigen Tat war ein derartiges Durcheinander, dass man den Vorhang senken und den Zuschauern das Eintrittsgeld zurückerstatten musste. Der Direktor des ›Savoyard de Paris‹ bat Coco in wohlgesetzten Worten, er möge doch zum Teufel gehen und nachsehen, ob bei ihm nichts Neues los sei. Der unglückliche Poet musste sich damit abfinden, dass er im Eimer war. Er versuchte nicht mehr, zu schreiben. Er wurde Landstreicher.

Nur ein einziges Mal hatte er Brigitte wiedergesehen.

Um sich ein paar Münzen zu verdienen, hatte er den Wagenschlag einer luxuriösen Limousine geöffnet, die an den Gehsteig herangefahren war. Ihr war ein eleganter Herr entstiegen, gefolgt von Brigitte in einem sündhaft teuren Kostüm, das dem Atelier eines berühmten Modeschöpfers entstammte. Sie hatte Coco mit ihren großen dunklen Augen lange angesehen.

»Mein armer Coco, so weit ist es mit dir gekommen!«

»Na ja, wissen Sie, mit dem Genie ist das so eine Sache…«

»Sag mal, ist sie daran schuld? Dieses schreckliche Weib?«

Er war in Tränen ausgebrochen.

»Ja… Aber sie war nicht meine Geliebte… Sie war meine Muse…«

An diesem Gehsteig hatte er ihr alles gebeichtet, ohne die Wagentür loszulassen. Wie jedermann hatte auch sie ausgerufen:

»Aber Coco, das ist ja eine tolle Geschichte. Schreib sie doch auf!«

»Ich sage dir doch, dass ich es nicht kann! Sobald ich nur einen Kugelschreiber oder eine Schreibmaschine streife, taucht sie auf. Lieber führe ich das Leben eines Clochards, dann sehe ich sie wenigstens nicht mehr.«

Dem eleganten Herrn riss die Geduld.

»Brigitte, wenn Sie so weit sind...«

»Ich komme schon, Monsieur...«

Er war wie ein Dieb weggelaufen, ohne Brigittes Antwort abzuwarten, ohne zu verstehen, dass sie ihren Chef und nicht ihren Verlobten oder Ehemann begleitete.

Es war weiter bergab mit ihm gegangen. Er übernachtete in Scheunen oder im Straßengraben. Bald verbrannte ihn die glühende Sonne, bald zitterte er vor Kälte. Seine Haut war wie gegerbt, schlohweiß sein Haar, nur seine Augen blickten unverändert, aber wie lange noch?

An jenem Morgen befand er sich zusammen mit zwei Saufbolden und einer Prostituierten im Gefängnis einer widerlichen Kleinstadt namens Nantua. Wegen der Flöhe hatte er eine unruhige Nacht verbracht.

Der Schlüssel drehte sich im Schloss, und zwei Polizisten, davon einer in Zivil, traten in die Zelle. Sie bedeuteten Coco, ihnen zu folgen, und führten ihn in die Schreibstube, wo man ihm seine Schnürsenkel, seinen Gürtel und seine Brieftasche aushändigte.

Der Mann, den Coco für einen Polizisten in Zivil gehalten hatte, hüstelte und sagte dann:

»Monsieur Paco, darf ich mich vorstellen: Rémi Fontaine vom ›Clairon‹. Es ist eine große Ehre für unsere Stadt, Sie in unseren Mauern zu beherbergen.«

Coco verzog den Mund zu einem bitteren Lächeln.

»Wenn Sie meinen...«

»Ich würde Sie gern zu Ihrem letzten Buch interviewen.«

»Das ist inzwischen ein alter Hut.«

»Ja, ich verstehe, für Sie liegt es weit zurück, doch für die Leser ist es nagelneu. Hatten Sie besondere Schwierigkeiten bei der Abfassung des Romans? Ist es der erste, oder haben Sie noch andere auf Lager? Die Kritiker sind der Ansicht, dass Sie seit Ihrem letzten Gedichtband eine unglaubliche Entwicklung durchlaufen haben. Wie stehen Sie dazu? Welches sind Ihre weiteren Pläne?«

»Was schwatzen Sie da? Ein Roman? Von mir? Das ist ein Irrtum!«

»Aber nein, ganz und gar nicht. Wenn Sie mir übrigens eine Widmung hineinschreiben könnten...«

Und Rémi Fontaine reichte ihm schüchtern ein dickes Paperback, das die Aufschrift trug:

Meine Muse und ich
Ein Roman von Coco Paco

Mit zitternden Fingern öffnete Coco das Buch. Jeder Irrtum war ausgeschlossen. Es handelte sich sehr wohl um seine Geschichte. Es war in der ersten Person abgefasst! Wer hatte wohl...

Brigitte kam ins Gefängnisbüro gestürzt und warf sich ihm in die Arme.

»Bist du mir böse? Weißt du, Coco, das Buch steht auf der Bestseller-Liste schon an erster Stelle. Ich dachte, es sei die einzige Möglichkeit, um dich zu befreien...«

Er küsste sie lange und zärtlich.

»Ein Schwindel ist das! Jawohl, alles Schwindel! Ein Skandal! Aber so kommt ihr mir nicht davon!«

Die Muse war wütend. Ihre Augen funkelten. Sie sah in ihrem blassblauen, durchsichtigen, völlig zerrissenen Gewand, mit ihrem zerzausten strohigen Haar so grotesk aus, dass sie losprusteten.

»Was ist denn hier so komisch?«, fragte Rémi Fontaine schüchtern und riss die Augen auf.

Ihr schallendes Gelächter übertönte seine Worte.

Panik-Studio

Die Filmkunst«, sagte Louis Jouvet, »besteht vorwiegend darin, einen Stuhl aufzutreiben.« Das stimmt, denn ich wüsste nichts Beschisseneres als Dreharbeiten. Vor allem, wenn man kein Star, sondern nur Statist ist.

Ich befand mich zusammen mit meinem Kumpel Popokamm im ›Panik-Studio‹, und wir lungerten herum, bis die Maschinisten endlich die Geleise für die Fahraufnahme der nächsten Szene aufgebaut hatten. Mit einem Male stieß er einen abgrundtiefen Seufzer aus.

»Du darfst dich nicht gehen lassen«, tröstete ich ihn, »eines Tages werden wir Superstars sein, wie alle Welt. Man muss sich nur ranhalten.«

Die Antwort war ein wehmütiges Kopfschütteln.

»Du hast dir wohl meine Visage nicht angeguckt. Mit einer Schiefnase, meinen rotunterlaufenen Augen und den fauligen Zähnen habe ich nicht die geringste Chance.«

Ich muss zugeben, mein Kumpel Popokamm hatte einen unmöglichen Kürbis. Und dabei war er doch einmal ein reizender kleiner Bengel gewesen! So ein Sauleben!

»Warum gehst du nicht zum Zahnarzt? Hast du dich mit ihm zerstritten?«

»Nein, aber ich habe nicht die Moneten, um ihn zu bezahlen. Ansonsten ist er ein netter Kerl. Er schwört nur auf

Fantasy-Romane, auf Sciencefiction und Comics. Bis um drei Uhr morgens liest er haarsträubende Geschichten. Seine Frau ist dabei, darüber den Verstand zu verlieren. Eines Abends war er wieder einmal in einen dieser alten Schmöker ohne Buchdeckel vertieft, die aber ein Vermögen wert sind. Es hatte eben Mitternacht geschlagen. Da klingelt es an der Tür. Er nimmt an, es handle sich um einen seiner Patienten, der rasende Zahnschmerzen hat, und gutherzig wie er ist, macht er die Tür auf. Zu seiner Verblüffung steht da ein Unbekannter, den er aber sogleich erkennt. Ein großer dürrer Kerl mit bleichem Gesicht, geschorenem Schädel und Spitzohren. Kein Zweifel, es ist Dracula in Person, noch dazu mit blutverschmiertem Mund. Mein Zahnarzt lässt sich nicht aus der Fassung bringen, denn er erinnert sich, dass es zum Abendessen Pilze mit Knoblauch gegeben hat. Zu lateinisch *alium*.

›Graf Dracula, wie ich annehme?‹, sagt er mit englischem Phlegma. ›Was verschafft mir die Ehre?‹

Sobald Dracula den Mund auftut, versteht mein Zahnarzt, was los ist: Die beiden Schneidezähne des Vampirs sind abgebrochen, und aus dem Zahnfleisch rinnt Blut.

›Mir ischt ein kleinesch Malheur paschiert‹, erklärt Dracula. In der Dunkelheit hat sich der arme Teufel, der noch dazu kurzsichtig ist, die Zähne am Hals einer Marianne-Büste vor dem Bürgermeisteramt des 11. Arrondissements ausgebissen. Marmorhälse haben eben harte Venen. Seine Schneidezähne sind dabei flöten gegangen. Er hätte gerne einen Ersatz dafür, zwei schöne Stiftzähne.

›O.K.‹, sagt mein Zahnarzt. ›Aber das wird eine gewisse Zeit in Anspruch nehmen. Kommen Sie von weither?‹

›Aus dem Friedhof Père-Lachaise. Wenn Sie vor Morgengrauen nicht fertig sind, spreche ich nächste Nacht wieder bei Ihnen vor.‹

›Und ob das nötig ist! Ich muss einen Abdruck von Ihrem Kiefer machen und die Stiftzähne bestellen. Mit einer Woche müssen Sie mindestens rechnen.‹

›Na gut!‹

Mein Zahnarzt macht sich also an die Arbeit, und zwei Wochen darauf prangen wieder prächtige Schneidezähne aus Porzellan in Draculas Mund. Leider haben sie ihm nicht viel genützt.«

»Warum?«

»Als mein Zahnarzt ihm die Rechnung präsentierte, kreischte Dracula ›Aiaiai Aaa… *lium*‹ und zerfiel zu Staub.«

Die Idioten

Entgegen den Behauptungen grämlicher Geister ist eine starke Steigerung des kulturellen und intellektuellen Niveaus unserer Mitbürger festzustellen. Alle aufrichtigen optimistischen Humanisten werden mir beipflichten, wenn ich sage, dass der Idiot in den Grenzen Frankreichs immer seltener wird. Schulpflicht, bessere Hygiene, eine ausgeglichenere Ernährung, die Demokratisierung des Sports, der bezahlte Urlaub und die Psychoanalyse spielten da sicher eine Rolle. Aber es war vor allem das Konzept der Prävention, das von den Ärzten genauso hochgehalten wird wie von den Gendarmen, das entscheidend dazu beitrug, eine in unseren Bergen einst florierende Art zum Verschwinden zu bringen.

Sollen wir uns dazu beglückwünschen? Heute, in dieser Epoche der europäischen Herausforderung, ist der Zeitpunkt gekommen, eine Bilanz unserer nationalen Ressourcen zu ziehen. Und entgegen einem hartnäckigen Vorurteil gehört dazu auch der Idiot. So wie es ohne Dumme keinen guten Betrüger gibt, so wie kein guter Sadist ohne Masochisten auskommt, brauchen Handel und Industrie Idioten.

Was ist denn das Zielpublikum der Werbung? Idioten. Der Pfarrer? Idioten. Der politischen Slogans? Idioten. Der

Boulevardzeitungen, des Kinos, Radios, Fernsehens, kurz: der Medien? Idioten. Rottet die Idioten aus, und was kommt dann? Die Krise!!!

Wirtschaftskrise, Nachwuchskrise bei den Priestern, Krise des politischen Bewusstseins, Krise bei Presse, Film und Medien. Krise bei den Betrügern.

Ich habe einen arbeitslosen Betrüger getroffen.

»Ach, Monsieur Roland«, seufzte er (er hatte seine heimtückisch-unterwürfige Art beibehalten), »die sind einfach zu gewieft! Die ›Haltet-den-Dieb‹-Methode funktioniert nicht mehr. Und über die ›echte Stradivari‹ wird höchstens gelacht. Die hinterhältigsten Manöver gehen in die Hose. Seit fünf Jahren eine Pleite nach der andern. Es ist sogar schon unmöglich geworden, junge Menschen zu bescheißen. Drogen kaufen, das ja, aber sich übern Tisch ziehen lassen, keine Spur!«

So sterben, ohne dass es jemandem auffällt, ganz heimlich, still und leise die Idioten aus. Bedrohte Arten sensibilisieren die öffentliche Meinung – sofern es sich dabei um Tiere handelt. Wir trauern um Wale, Bären, Wölfe, Adler. Die Idioten sind uns egal.

Betrachten wir die Dinge einmal genauer.

Auf französischem Boden, heißt es, sind nur noch zwei übrig: Jean Isodore Carboz in Nantua und Roger Frémond aus Paris, 7. Arrondissement. Jean Isodore Carboz hat kürzlich im hohen Alter von 91 Jahren das Zeitliche gesegnet (man fragt sich, wie ein solches Subjekt so hohe Werte erreichen konnte), und Roger Frémond hat gerade die Zeitschrift *Lire* abonniert, was bei uns sämtliche Alarmglocken schrillen lassen sollte. Es stellt sich folgende Frage: Wenn

Roger Frémond dank *Lire* aufgehört hat, ein Idiot zu sein, was sollen die Touristen in Frankreich dann besichtigen?

Ich würde sogar noch weiter gehen: Warum sollten überhaupt noch Touristen nach Frankreich kommen? Es nützt nichts, die Augen davor zu verschließen, es sind die Idioten, die die Touristen anziehen, sie stehen in der Hierarchie der touristischen Sehenswürdigkeiten über den alten Gemäuern, die Touristen schwärmen für sie, und wer wollte es ihnen verübeln? Der Idiot ist amüsant und pittoresk, er stärkt das Selbstvertrauen, sorgt für gute Laune und erhält die Gesundheit. Was also tun? Ich bin kein Prophet. Das Problem des baldigen Aussterbens der Idioten zu lösen – meines Erachtens ein ganz entscheidendes Problem – erkläre ich mich außerstande. Ich möchte nur anregen, einen Rat der Weisen einzuberufen, dessen Aufgabe darin bestünde, uns aus der Sackgasse zu führen. Was die Chancen zur Verwirklichung meines Vorschlags betrifft, gebe ich mich allerdings keinerlei Illusionen hin. Die Leute sind zu blöd, um mich ernst zu nehmen. Wenn der Idiot auch immer seltener wird, gibt es doch noch immer Trottel genug.

Das Dada-Jubiläum

Anlässlich des siebzigjährigen Jubiläums der Begründung des Dadaismus sind 1986 eine Reihe offizieller Kundgebungen vorgesehen, die mit der Errichtung eines Monuments vor dem Schlachthaus Vaugirard, im Beisein des Kultusministers und des Kardinals Combite, ihren Höhepunkt erreichen werden.

Aber auch Sie können im häuslichen Rahmen eine Dada-Feier veranstalten:

Werfen Sie ein Ei an die Wand.

Schlitzen Sie ein Bild auf, das dort hängt.

Nehmen Sie irgendein Buch aus dem Regal, und reißen Sie Seite um Seite heraus.

Schneuzen Sie sich in Ihren Teppichboden.

Werfen Sie Ihre Schuhe aus dem Fenster.

Pissen Sie in Ihren Eisschrank.

Scheißen Sie auf Ihren Fernsehapparat.

Im Namen des Dadaismus, danke schön!

Geistige Nahrung

Das Kind horchte ins Dunkel, die Augen weit aufgerissen. Die Stille im Schlafsaal beruhigte es. Mühsam strampelte es seine verschwitzten Beine aus der Betttuchfalle frei. Es horchte noch einmal, dann sprang es aus dem Bett. Sein großer Idioten-Kopf wackelte auf dem dünnen Hals, als es verstohlen zur Tür schlich. Schlecht und recht hangelte es sich am Geländer die Treppe hinunter. In der Eingangshalle wurde es von Furcht ergriffen, aber der merkwürdige Hunger, der in ihm aufstieg, war stärker. Es ging zur Bibliothek.

Dort wurde es im Morgengrauen von den Aufseherinnen entdeckt, in einem Sessel schlafend, ein dickes Buch aufgeschlagen auf den Knien: *Die Kritik der reinen Vernunft.*

Der Arzt, der es untersuchte, fand nur einen leichten Schnupfen. Als es aber nach dem Essen seine kleinen Spielgefährten verließ, um in die Bibliothek zurückzukehren, machte er sich doch Sorgen. Nachdem es *Die Kritik der reinen Vernunft* beendet hatte, begann es mit der *Kritik der praktischen Vernunft* und stürzte sich dann auf Leibniz' Gesamtwerk.

Ein kurzer Fragebogen und die folgende Testserie bewiesen, dass der Idiot nicht nur nichts von dem Gelesenen behielt, sondern dass auch seine geistigen Fähigkeiten eindeutig auf dem Tiefstand waren. Und er las und las... Die ganze Bibliothek musste daran glauben. Der Kopf tat ihm weh.

Man entschloss sich zur Operation.

»Sie werden sehen«, scherzte der Heimarzt, der bei der Operation assistieren sollte, während der Chirurg sich auf die Trepanation vorbereitete, »die Bücher werden uns alle ins Gesicht springen!«

Aber es kamen keine Bücher heraus. Nur ein langes, weißliches Band krümmte sich auf dem Mosaikfußboden des Operationssaals.

»Himmel, Arsch und Zwirn«, fluchte der Chirurg und wischte sich die Stirn, »ein Hirnwurm! Es ist das erste Mal, dass ich sowas sehe!«

Tage und Wochen vergingen. Das Kind schien geheilt. Doch eines Nachts ging es wieder in die Bibliothek. Und sein Bücherhunger war wieder da.

Als der Heimarzt begriff, nickte er:

»Wir müssen noch einmal von vorn anfangen. Der Kopf ist noch drin.«

Tödliche Soiree

Dame Tod schmollte.

Sie hatte eine Stinkwut auf ihren derzeitigen Freund Pechsträhne, der sie zu diesem grässlichen Abendempfang mitgeschleift hatte. Dame Tod hasste solche Gesellschaften, sie bevorzugte Arme, Kranke und Soldaten. Notfalls nahm sie auch mit Autobahnen vorlieb. Aber in diesem Salon fühlte sie sich fehl am Platz. Die Atmosphäre war ihr zu pariserisch, zu seicht. Sie langweilte sich inmitten all dieser Leute, die über Bagatellen sprachen, beim geringfügigsten Anlass lachten, über ihre Freunde herzogen und diejenigen, die sie nicht ausstehen konnten, über den grünen Klee lobten. Dame Tod hatte den Eindruck, dass sie hier ihre Zeit verplemperte. Sie suchte nach Pechsträhne, um ihn zum Aufbruch zu bewegen. Natürlich war er vollauf damit beschäftigt, von einem zum anderen zu flattern, und er fühlte sich so wohl hier wie eine Olive in einem trockenen Martini.

Da war ein hochaufgeschossener, überaus kurzsichtiger Verleger, distinguiert von den Fingernägeln bis zu den silbrigen Haarspitzen, eine konzeptuelle Künstlerin, deren nackte Arme mit Brandmalen von ausgedrückten Zigaretten übersät waren, ein Sänger aus Toulouse, der gerade das Gleichgewicht verlor, eine Schauspielerin, die ihr letztes

Comeback feierte, ein sehr dezenter ehemaliger Pornostar, ein neurasthenischer Krebsforscher, ein inspirierter Küchenchef in seiner kubistischen Periode, ein Filmregisseur, der große Reden über die Sakralisierung des Busens in den Industriestaaten schwang, eine Friseuse mit starker Körperbehaarung, ein betrunkener Seefahrer, zwei brasilianische Zwillinge, deren Hauptquartier der Bois de Boulogne war, die Redakteurin einer Modezeitschrift, ein total versumpfter Journalist des *Monde,* ein Industrieller, sechs Nutten, ein Polyp und sogar der snobistische Sohn eines Mitglieds des Zentralkomitees.

»Amüsierst du dich?«, fragte Pechsträhne, der plötzlich neben ihr auftauchte.

»Hauen wir ab?«, flüsterte Dame Tod.

»Unmöglich, ich habe dich nicht einmal mit unserer Gastgeberin, Marie-Laure de B. bekannt gemacht.«

Eben diese Dame eilte nun mit ausgebreiteten Armen auf sie zu, ein strahlendes Lächeln auf den Lippen. Pechsträhne deutete einen Handkuss an.

»Marie-Laure, ich glaube, dass du meine Freundin, Dame Tod, noch nicht kennst.«

»Sie sind es also! Pechsträhne hat Sie so in den Himmel gehoben, dass ich anfing, eifersüchtig zu werden. Aber ich sehe, dass er nicht gelogen hat. Sie sind wirklich schön! Was für eine phantastische Figur! Sicher treiben Sie Tanzgymnastik, oder etwa nicht?«

»Nein … Ich glaube, ich sollte jetzt gehen, ich bin ein wenig müde …«

»Kommt nicht in Frage«, erklärte die Gastgeberin. »Sie sind gerade eben gekommen. Übrigens bin ich sicher, dass ich Ihnen schon einmal irgendwo begegnet bin... Vielleicht in New York? Im ›Studio Fifty-Four‹?«

»Schon möglich«, antwortete Dame Tod matt.

»Venedig? In der ›Harris Bar‹?«

»Ich bin so vergesslich!«

»Ich überhaupt nicht. Ich habe ein ausgezeichnetes Personengedächtnis. Saint-Paul-de-Vence? Die Maeght-Stiftung? Lugano? Trouville? Die Bahamas? Das Londoner ›Savoy‹? Warten Sie mal, vielleicht war es im ›Pierre‹? Oder im ›Plaza‹? Es muss in New York gewesen sein!«

Dame Tod nickte, um ihr gefällig zu sein.

»Sie sind doch Journalistin, oder? Fotografin? Mein Gott, wie dumm ich bin! Natürlich, Sie sind Spitzenmodell!«

»Es ist schon spät«, versuchte sich Dame Tod herauszureden. »Ich muss mich verabschieden. Im Augenblick habe ich ungeheuer viel Arbeit.«

»Na und? Dann muss die Arbeit eben warten. Meine Freunde sind so sehr darauf erpicht, Ihre Bekanntschaft zu machen. Sie können sie einfach nicht enttäuschen. Sie werden sehen, sie sind wirklich reizend. Sie werden sich großartig mit ihnen verstehen.«

Dame Tod warf Pechsträhne einen flehentlichen Blick zu, der aber zuckte bloß die Achseln. Schon zog die Gastgeberin sie hinter sich her. Sie gab den Kampf auf und folgte ihr seufzend.

So kam es, dass Dame Tod der Liebling der Pariser Schickeria wurde.

Die Hinrichtung

Der Verurteilte wurde an einen Pfosten gefesselt. Er war ein Mann um die vierzig mit Denkerstirn und ruhigem Blick. Der Offizier verband ihm die Augen.

»Meinen Blick können Sie verdecken, aber Sie werden die Welt nicht daran hindern, Sie zu sehen und zu richten.«

»Maul halten«, erwiderte müde der Offizier.

»Sie wollen nur die Freiheit entwerten, indem Sie mich beschimpfen.«

»So ist es«, seufzte der Offizier, »so ist es.« Und ging mit kleinen Schritten zu seinem Kommando zurück.

Der Verurteilte hörte, wie die Waffen geladen wurden.

»Es lebe die Freiheit!«, rief er und wartete auf den Einschlag der Kugeln in sein Fleisch, auf den Schmerz. Sekunden vergingen, Minuten...

»Anlegen!«, befahl der Offizier. Der Mann erstarrte. Dann wieder nichts. Endlos verrann die Zeit. Die letzten Minuten seines Lebens... nichts.

»Es lebe die Freiheit!«, rief er noch einmal.

Wären seine Augen nicht verbunden gewesen, hätte er sich den Aufwand gespart. Die Männer hatten die Waffen beiseite geworfen und die Hosen heruntergezogen. Das ganze Kommando hockte im Staub und nutzte den Moment, um sich, von ihm ungesehen, zu erleichtern.

Als Sonia den Teufel zum ersten Mal traf…

Als Sonia den Teufel zum ersten Mal traf, war sie offen gesagt enttäuscht. Statt des exzentrischen Dandys, den sie erwartet hatte, stand ein altersloses, kümmerliches Männlein im anthrazitgrauen Dreiteiler vor ihr, mit einem ganz glatten, bartlosen Gesicht, erhellt von einem scheuen Lächeln und schlittenhundblauen Augen.

»Was beweist mir, dass Sie der Teufel sind?«, fragte Sonia.

»Schauen Sie meine Hände an«, antwortete er weinerlich, »sehen Sie? Voller Blasen. Das kommt vom Feuer. Weil ich immer damit spiele, verbrenne ich mir die Finger.«

»Sind Sie maso?«, fragte Sonia.

»Nein, Künstler. Verstehen Sie, seit der Alte seinen Job an den Nagel gehängt hat, muss ich mit der Schöpfung weitermachen. Sonst bleibt die Welt ewig, wie sie ist. Würde es Ihnen gefallen, wenn sich nichts mehr ändert?«

»Nein, natürlich nicht. Aber warum wechseln Sie nicht die Technik?«

»Ich brauche Feuer, um mich auszudrücken, sonst mache ich nur Scheiße.«

»Würde es Ihnen gefallen, Ihre Werke in meiner Galerie in Genf auszustellen?«

»Okay«, sagte der Teufel, »aber erst in zehn Jahren, ich bin noch nicht so weit.«

»Sagen wir ein Jahr.«

»Das wird hart, aber Sie sind zu süß, also abgemacht.«

Zoll

»Guten Tag, haben Sie etwas zu verzollen?«

Er kneift die Augen zusammen, um die aus der Dunkelheit aufgetauchte Gestalt besser zu sehen. Auf dem Gesicht des Zollbeamten, das vom bläulichen Schein des Nachtlichts nur schwach erhellt wird, zeichnen sich hart gegeneinander abgegrenzte, geradezu kubistische Flächen ab. Die scharfblickenden Augen glänzen wie die eines fanatischen Mönchs. Norden atmet langsam, um seinen wilden Herzschlag zu beruhigen. Er hat Schmerzen in der Brust, seine Glieder sind schwer, sein Nacken ist steif.

Mit belegter Stimme stößt er hervor:

»Nein, nichts zu verzollen.«

Er strengt sich an, um den forschenden Blick des Beamten auszuhalten, ohne die Augen niederzuschlagen. Es nützt nichts, er gerät doch in Verwirrung. Das Blut steigt ihm in die Stirn. Warum wirkt er schuldig, sobald er irgendeiner amtlichen Person gegenübersteht? Dahinter steckt sicher ein Komplex, den er nie mehr loswerden wird.

»Ich habe absolut nichts zu verzollen«, wiederholt er mit unnötiger Heftigkeit.

Der Zollbeamte schüttelt den Kopf. Er scheint nicht überzeugt.

»Ihre Papiere, bitte.«

Norden reicht ihm seine Brieftasche. Der Mann überprüft seine Kennkarte, seine Kreditkarten und ein paar Wirtshausrechnungen.

»Lassen Sie mich den Inhalt Ihrer Taschen sehen.«

Norden kehrt das Innere der Schlafanzugtaschen nach außen. Sie enthalten nichts als ein zerknülltes Tempotaschentuch, einen Brief von Martine und zwei Münzen für das Fernsehen. Auch diese wenigen Habseligkeiten werden konfisziert.

»Kein Pass?«

Norden hat ihn zu Hause gelassen.

»Ich wusste nicht, dass ich durch eine Zollstation kommen würde«, sagt er, um sich zu rechtfertigen.

»Wo es eine Grenze gibt, gibt es auch ein Zollamt«, erwidert der Mann streng. Dann fügt er hinzu: »Sie haben einen Ehering, den müssen Sie abgeben.«

Norden ist zu schwach, um sich zu wehren. Er versucht, den Ring abzustreifen, aber es gelingt ihm nicht. Der Zollbeamte reißt ihn mit einem Ruck herunter.

»Keine Armbanduhr?«

Norden schüttelt den Kopf. Die Angst und der Schmerz schnüren ihm die Kehle zu. Mechanisch streichelt er seinen misshandelten Finger.

»Heben Sie Ihr Kopfkissen hoch, wenn ich bitten darf.«

Norden gehorcht. Er muss auch die Bettlaken und die Decke auseinanderbreiten. Der Zollbeamte befühlt die Matratze, dann guckt er unters Bett, durchsucht den Nachttisch, den Eisenschrank.

Er begibt sich ins Badezimmer. Norden hört, wie er den Duschvorhang aufzieht, den Klosettdeckel hochklappt.

Endlich kommt der Mann wieder ins Zimmer. Er deutet den vorschriftsmäßigen Gruß an.

»Alles in Ordnung. Sie können hinüber.«

Und Norden starb.

Endstation

In der ›Kosmosbar‹

DER KELLNER Schluss für heute!

ICH Schon gut, schon gut.

Im ›Café Endstation‹

DER KELLNER Nein, nein, Monsieur, tut mir leid, wir schließen gerade.

ICH Na gut.

Auf der Straße

EIN TAXIFAHRER Nee, mein Lieber. Ich mach Feierabend.

ICH Ach!

In der Metrostation Montparnasse-Bienvenue

EIN BAHNBEAMTER Haben Sie denn das Schild nicht gesehen? Wir haben geschlossen.

Im ›Zweiwelten-Hotel‹

DER PORTIER Alles belegt.

ICH Ja wohin soll ich dann gehen?

DER PORTIER Das ist mir schnuppe.

Draußen ist es menschenleer. Auf den Tischen an den Gehsteigen stehen Stühle. Auf der Fahrbahn sind Bäume übereinandergeschichtet. Die Autos sind verschwunden, vermutlich hat man sie auf ihren Parkplätzen abgestellt. Auf einer Seite Schatten, auf der anderen Licht. Man braucht es mir nicht schriftlich zu geben. Ich weiß Bescheid. Ich lege mich in eine Kiste. Der Laden wird dichtgemacht.

Die Bar der Zukunft
Eine Utopie

Die ›Bar der Zukunft‹ in der Rue des Fossés Saint-Jacques, zwei Schritte vom Panthéon entfernt, ist eines der letzten Pariser Bistros, das diesen Namen noch verdient. Man bekommt dort zu sehr vernünftigen Preisen die Loire-Weine, die das Herz Rabelais' erfreuten: den Chinon, den Bourgueil, den Vouvray, den Saumur-Champigny. Die Stammgäste gehören zur besseren Gesellschaft und kennen sämtliche Strophen der Butte-Rouge und mancher anderer Kommunardenlieder*. Die an der Theke verkündeten Meinungen sind oft anarchistisch. Man verunglimpft hier die Gesellschaftsordnung und den zentralistischen Staat, die Richter, die Bullen und die Pfarrer. Aber stets stößt man mit derselben Begeisterung an auf die Freiheit, auf die Liebe und auf die Freundschaft. Es ist ein Anarchismus, der nicht aus den Büchern stammt und sich nicht um Dogmen schert, ein volkstümlicher Anarchismus, wohl ein wenig naiv, aber feurig wie das Leben. Was die Theorie anbelangt, sucht man sie besser anderswo. Auf der andern Straßenseite zum Beispiel, wo sich die Buchhandlung zur Freidenkerei befindet. Das ist allerdings nicht ungefährlich, denn der Wein steigt

* revolutionäre Lieder aus der Zeit der Pariser Kommune (A.d.Ü.)

leicht zu Kopf, und die Blechkarossen der schweigenden Mehrheit machen Jagd auf die Fußgänger.

Wir haben uns mit Bernard, dem Wirt des Lokals, angefreundet und verweilen oft noch zu zweit oder zu dritt, um bei heruntergelassenem Rollladen lange nach der Polizeistunde ein paar uralte Flaschen aus dem privaten Weinkeller zu leeren und über dies und das zu diskutieren. An jenem Abend waren wir zu viert, und wir redeten über die Zukunft der Welt.

Neuewelle hatte das Ganze in Gang gebracht, als sie Bernard an den Kopf warf:

»Die ›Bar der Zukunft‹, ein schönes Projekt! Fantastisch, diese Zukunft! Oppression, Repression, Standardisierung... Orwell war direkt ein Waisenknabe mit seinem *1984.* Ein Kitschroman im Vergleich zur Wirklichkeit. Und es besteht keine Gefahr, dass es besser wird. Du solltest lieber das Wirtshausschild auswechseln, Bernard. Nenne dein Bistro ›Zur guten alten Zeit‹ oder ›Früher war es besser‹.«

»Versuch mal diesen 64er Vouvray, anstatt weiter solchen Stuss zu erzählen. Der ist genau zwanzig Jahre alt, aber er altert entschieden besser als du, Neuewelle.«

»Ich bin sechs Jahre älter, auch wenn ich jünger aussehe.«

»Der Wein jedenfalls ist weder sauer noch bitter...«

Nicht im Geringsten beleidigt, leerte Neuewelle darauf unaufgefordert ihr Glas. Es fehlte ihr nicht an Pep in ihrem sehr kurzen, eng taillierten roten Rock und in ihrer weißen, über den spitzen Brüstchen artig nur wenig aufgeknöpften Bluse. Sie erinnerte an einen jungen Filmstar der fünfziger

Jahre, weshalb wir ihr den Spitznamen Neuewelle gegeben hatten. Wenn man sie so sah mit ihrer Stupsnase und ihren kecken Augen – ganz wie eine Midinette –, kam man niemals auf den Gedanken, dass sie ein Philosophie- und ein Soziologiestudium dazu hinter sich hatte und sie der Kopf der Clique war.

»Spass beiseite«, entgegnete sie, »die Zukunft hat nichts Rosiges und auch nichts Geheimnisvolles an sich. Die Wirtschaftskrise wird bis Ende dieses Jahrhunderts fortdauern. Wir können noch von Glück reden, wenn's darüber nicht zum Krieg kommt, wie in der Folge des Börsenkrachs von 1929.

Überall wird Arbeitslosigkeit entstehen, die Kriminalität wird zunehmen. Die sozialen Unruhen werden die Leute ängstigen, und sie werden sich nach einer starken Regierung, nach Führern von Gottes Gnaden sehnen. Fremdenhass, Rassismus, Aberglaube werden wieder aufblühen. Der Graben zwischen reichen Ländern und armen Ländern wird sich weiter verbreitern. In Afrika, in Asien und in Südamerika wird es immer blutigere Diktaturen geben. Europa wird nichts weiter als eine Kolonie der Vereinigten Staaten sein, wenn es nicht geradewegs in den sowjetischen Bannkreis gezogen wird. In beiden Fällen werden wir Unabhängigkeit, Kultur, Freiheit auf Nimmerwiedersehen verlieren. Schenk nochmal ein, bitte!«

Wir hatten der langen prophetischen Tirade von Neuewelle mit offenem Mund zugehört. Schnelltod, ein Freund auf Spritztour aus Bordeaux, der seit acht Tagen nicht mehr nüchtern gewesen war, versuchte die Stimmung aufzuheitern:

»Und die Bevölkerung Chinas wird bald zwei Milliarden erreicht haben, was bedeutet, dass unsere Chance, eine Chinesin zu vögeln, stündlich zunimmt.«

»Mach du nur deine Witze«, lachte Neuewelle höhnisch, »es wird nicht so viele Chinesinnen geben wie Chinesen.«

»Weshalb?«, fragte ich, da mich die statistische Spekulation interessierte.

»Weil in China die Leute nur ein Kind haben dürfen, und weil sie lieber einen männlichen Nachkommen wollen, töten sie oft ihr erstes Baby, wenn es ein Mädchen ist.«

»Gemeines Pack«, brummte Schnelltod, auf einmal trübsinnig.

Perfid überbot ich Neuewelle:

»Es wird noch schlimmer sein. Du hast weder die Umweltverschmutzung noch die Atomwaffen, noch die Erschöpfung der Energiequellen, noch den religiösen Fanatismus, noch den Völkermord erwähnt...«

»Auch die Weinverknappung nicht, die noch größer sein wird als der Ölmangel«, trumpfte Bernard auf, »ebenso wenig wie die stetig schlechtere Qualität der Lebensmittel...«

»Kein guter Camembert mehr aufzutreiben!«, seufzte Schnelltod, »und das tiefgekühlte Brot! Heute haben wir Kalbfleisch mit Hormonen, morgen werden wir Hormone mit Kalbfleisch haben.«

»Früher war sogar die Zukunft besser, sagt Karl Valentin.«

Ich war nicht wenig stolz, mein Lieblingszitat an den Mann gebracht zu haben. Neuewelle schüttelte zu allem, was wir sagten, missbilligend den Kopf. Sie schwenkte eine Zeitung, die jemand auf der Theke hatte liegenlassen.

»Die Zukunft lässt sich weder aus den Handlinien noch aus dem Kaffeesatz lesen. Es nützt nichts, das Orakel um Rat zu fragen oder in Ziegendärmen zu wühlen. Alles steht hier drin, schwarz auf weiß, in dieser Zeitung. Schaut her, lest doch...«

Sie bekräftigte ihre Worte dadurch, dass sie mit der Zeitung vor unseren Augen herumfuchtelte:

»Selbstmörderische Akkumulierung von Atomwaffen, Balkanisierung des Nahen Ostens, Unterwerfung Polens, amerikanischer Währungsimperialismus...«

»Oho«, protestierte Bernard, »das wissen wir alles auswendig. Du bringst die heutigen Nachrichten!«

»Aber heute ist schon morgen!«, rief Neuewelle, mit dem Fuss aufstampfend, »bald werden Satelliten mit Atomsprengköpfen um die Erde kreisen, und man wird nur auf einen Knopf zu drücken brauchen, und schon explodieren sie...«

»So eine von den Zeugen Jehovas hat mir bereits heute Morgen dasselbe verkündigt«, versetzte Bernard, »und ich habe ihr entgegnet: ›Nun, dann können wir in die Pilze gehen. Schmecken köstlich mit etwas Knoblauch und Petersilie!‹ Ihr hättet ihr Gesicht sehen sollen! Trinken wir noch eine Flasche?«

»Trinken wir doch erst die noch rasch aus«, murmelte Schnelltod ganz blass, »bevor es knallt.«

Während Bernard virtuos die Entfernung des Korkens bewerkstelligte, hielt ich die Gelegenheit für gekommen, einen Dichter zu zitieren:

»Es gibt einen Vers von Aragon, in dem er behauptet, die Frau sei die Zukunft des Mannes. Was hältst du davon, Neuewelle? Du bist vielleicht unsere einzige Hoffnung.«

Sie folgte meinem Blick und machte einen Knopf an ihrer Bluse zu.

»Weißt du, der Unterschied zwischen einer Frau und einem Mann ist nicht viel größer als der zwischen einer Hündin und einem Hund. Glaubst du ernstlich, dass die Hündin die Zukunft des Hundes ist?«

Nein, das konnte ich nicht behaupten.

»Es sind Ängste der Jahrtausendwende«, philosophierte Bernard, »durch die Jahrtausendwende verzehnfacht. Die grossen Schrecken des Jahres Eintausend, von den Medien dem modernen Geschmack angepasst. Man gibt ihnen andere Namen, aber wesentlich haben sie sich nicht verändert. Letzten Endes sind die Ängste nur Schuldgefühle.«

»Schuldgefühle? Was für Schuldgefühle?«

»Weil wir das schicksalhafte Jahr Zweitausend erleben. Wir fühlen uns schuldig, ein so blutiges Jahrhundert, ein Jahrtausend so voller Lärm und Raserei zu überleben. Wir meinen unsere Toten zu verraten: jene, die wir persönlich kannten, und jene, deren Namen wir in Geschichtsbüchern oder auf Denkmälern gelesen haben. Deshalb erfinden wir Kollektivstrafen, erlösende Katastrophen.«

»Du bist nicht auf den Mund gefallen«, bemerkte Neuewelle.

»Ein Bistrowirt muss nicht unbedingt ein Depp sein. Prost! Sanctus!«

Wir tranken andächtig. Der Vouvray ist ein verkannter Wein, den zu entdecken sich lohnt. Das Alter setzt ihm nicht zu, im Gegenteil, es gibt ihm erst seine milde runde Blume. Er besteht jeden Vergleich mit den edelsten Sauternes-Weinen. Das brachten wir einer nach dem andern in wohlgesetzten Worten zum Ausdruck, ohne es für nötig zu halten, uns über dieses Thema zu streiten.

»Was *mich* deprimiert«, seufzte Schnelltod, »ist der Schwall von Blödsinn, auf den wir in der Silvesternacht des Jahres Zweitausend Anspruch haben werden.«

»Es wird die Nacht vom Freitag auf den Samstag sein«, präzisierte ich, »ich habe es auf meiner japanischen Rechenmaschine ausgerechnet.«

»Könnt ihr euch das Fernsehprogramm in jener Nacht vorstellen, die Lawinen von guten Vorsätzen, von heuchlerischen Glückwünschen, die uns per Satellit aus Rom, aus dem Kreml, aus dem Weißen Haus, aus Santiago de Chile, aus Peking übermittelt werden? All diese Staatsoberhäupter, all diese Ayatollahs, alle diese Grand-Leader-Genossen, alle diese Obristenpräsidenten werden daherkommen mit ihrem ›Friede den Menschen, die guten Willens sind‹.«

Wir schauderten.

»Es wird eine Begräbnisfeier sein«, fuhr Schnelltod sadistisch fort, »nur die Toten werden Platz haben auf dem Bildschirm. Man wird sie alle Revue passieren lassen. Von Wilhelm dem Eroberer bis zu Maurice Chevalier, von Ludwig XI. bis zu Fürstin Grace von Monaco. Es wird ein Geisterzug sein mit Autohupen als Geräuschkulisse, denn die Autofahrer werden das Vergnügen mit vollen Zügen auskosten, das dürft ihr mir glauben.«

»Sag ihm, er soll schweigen«, sagte Bernard, »er verdirbt mir die Freude am Wein.«

Ich klopfte Schnelltod auf die Schulter:

»Keine Angst, mein Lieber, der Rutsch ins Jahr Zweitausend ist lediglich ein unangenehmer Augenblick und bald nur noch Erinnerung. Und überhaupt zwingt dich niemand, an jenem Abend vor dem Fernseher zu sitzen, ja nicht einmal, in der Stadt zu bleiben. Übrigens gibt es Tricks, wie man den Silvesterabend umgeht. Du kannst dich hypnotisieren lassen, so dass du den Abend überspringst und erst am nächsten Tag wieder erwachst, oder du suchst dir just diese Zeit aus, um eine Schlafkur zu machen.«

»Denkste«, protestierte er nicht ohne Logik, »das verfluchte Hupkonzert würde mich aufwecken. Das hieße das Geld zum Fenster rausschmeißen.«

Bernard zuckte die Schultern: »Es braucht Traditionen, damit die Feste gelingen. Sonst sind sie greulich. So meist in den Großstädten. Aber wenn die Leute auch nicht mehr wissen, wie sie es anstellen sollen, so haben sie doch immer noch Lust, sich zu amüsieren. Das ist eigentlich sympathisch.«

»Kälber!«, stieß Neuewelle hervor, »nicht Leute, Kälber! Oh, ich kann sie mir in fünfzig Jahren vorstellen. Gegängelt von der Wiege bis in den Tod. Vorprogrammiert. Auf Lochkarten veredelt, ausgewählt, verheiratet. Sie werden auf der Straße in Reih und Glied marschieren und ihre Zeit damit verbringen, sich selbst zu kontrollieren, um festzustellen, ob sie normal sind, ob sie nicht krank oder für ihre Umwelt gefährlich sind. Sie werden zu Hause mit Geräten ausgerüstet sein, um alle erdenklichen Tests vornehmen zu können. Der Tag wird mit einer Blut- und Harnanalyse sowie mit einem Enzephalogramm beginnen und enden. Bei der kleinsten Veränderung einer Kurve, bei der geringsten Abweichung werden sie sofort die Ambulanz kommen lassen, die sie je nachdem ins Rehabilitationszentrum oder in die psychiatrische Klinik einliefert. Und keine Medikamente für die Behandlung.«

»Was also sonst?«

»Sport!«, donnerte Neuewelle, »der Sport wird das Allheilmittel gegen sämtliche Leiden, ob körperlicher oder seelischer Art, sein. Die Greise werden rennen, die Dissidenten springen, die Subversiven schwimmen müssen. Die Herzkranken werden Tennis und die Diabetiker Pingpong spielen, und alle werden nur noch *ein* Lebensideal haben: die Verbesserung ihres persönlichen Rekords um eine Zehntelsekunde oder um einen Viertelzentimeter.«

»Fünfzig Jahre, was ist das schon?«, sagte Bernard, »wenn wir zurückspulen, langen wir im Jahr 1934 an. Da gab es bereits den Tonfilm, und wenn man die Streifen von damals ansieht, schildern sie uns eine Welt, die sich von der unsrigen nur unerheblich unterscheidet.«

»Deutschland wurde von den Nazis bereits einer regelrechten Säuberung unterzogen, und der Krieg stand schon vor der Tür.«

»Der Krieg steht doch immer vor der Tür! Räumlich, zeitlich. Er ist für uns theoretisch vorhanden, wenn er in Asien oder in Afrika ausbricht, aber für die Einwohner jenes Erdenwinkels ist er sehr real. Wie jetzt gab es auch 1934 die Krise, die Arbeitslosigkeit, die Angst vor dem Krieg. Und doch fuhren die Menschen fort, zu lachen, zu tanzen, sich zu lieben. Gründe zur Hoffnung findet man nicht in der Zeitung, sondern in der Erfüllung des eigenen Lebens, in der Kunst, in der Musik, im Wein.«

Neuewelle ließ die Theke, an die sie sich geklammert hatte, los, ging drei Schritte rückwärts und ließ sich auf einen wie durch ein Wunder vorhandenen Stuhl plumpsen:

»Der Musik wird man sich, so wenig wie dem Sport, entziehen können. Sie wird überall, ständig, da sein. Eine stupide, rhythmische Pflichtmusik, die ebenso gezielt eingesetzt werden kann wie Kräutertee: Musik für die Wahlen, Musik zum Arbeiten, Musik zum Vögeln und sogar Musik zum Schlafen.«

»Und die Literatur, die Kunst?«

»Das werden Produkte sein wie alle andern. Sie werden sich der Profitherrschaft, der Marktwirtschaft unterordnen müssen. Die Schriftsteller, die Künstler werden von Firmen, von Warenhäusern abhängen. Die Romane werden von Multis, zum Beispiel von Coca-Cola, ITT oder Esso, verlegt.«

»Sieh dir die Taschenbuchkataloge an. Ihre Titel zeugen von einem betrüblichen Konformismus. Der Massenkonsum unterliegt sehr strengen Gesetzen. Um der großen Masse zu gefallen, muss man ihr schmeicheln. Demagogisch sein. Die etablierten Werte nicht in Frage stellen. Die große Masse ist immer konservativ. Sie ist begierig auf Beständigkeit, auf Sicherheit. Vor allem, was neu, noch nicht abgestempelt ist, hat sie Angst.«

»Aber... die Wissenschaft?«, brachte Schnelltod mühsam hervor. Sein Glas war leer; nicht etwa, weil er es ausgetrunken, sondern weil er es umgestoßen hatte.

»Was heißt hier schon Wissenschaft? Sie wird immer noch das sein, was sie heute ist, die Religion der Macht. Eine Religion, die, mehr noch als die andern, sich zum Dogma der Unfehlbarkeit bekennt. Unter den Wissenschaftlern wird es Arme und Reiche geben. Die Armen werden die sein, die hartnäckig für das eigene Volk arbeiten, die Reichen die, welche den Multis dienen werden. Die Armen werden für die Armee, die Reichen für das Waffenarsenal arbeiten.«

Ich versuchte, dem Blick von Neuewelle zu begegnen, ohne dass es mir gelang. Seltsam, Neuewelle hatte die Tendenz, sich zu verdoppeln. Eine von ihnen saß immer da, während die andere auf dem Tisch einen Bauchtanz vollführte. Ich hatte gar nicht gewusst, dass sie für den Bauchtanz so begabt war! Sie war allerdings nicht dafür angezogen. Einer nach dem andern gewannen die Knöpfe ihrer Bluse die Freiheit zurück.

»Warum schaust du mich so boshaft an? Bist du nicht einverstanden?«

»Doch... ehm... was sagtest du eben?«

»Die Macht wird sich immer stärker konzentrieren, sowohl in der Wirtschaft als auch in der Politik und in der Kultur. Das ist die allgemeine Entwicklung.«

Schnelltod ergriff die Flasche, um allen einzuschenken. Er schaffte es wahrhaftig, die Gläser zu umschiffen und verteilte den Rest des Weins auf der Theke. Er brach in ein einfältiges Lachen aus:

»Du vergisst die Macht der Konsumenten, Mädchen! Die Macht der Konsumenten; na, hast du daran gedacht, an die Macht der Konsumenten?«

»Die Macht der Konsumenten ist eine Idiotenfalle«, gab Neuewelle ungerührt zurück, »sie haben die Muße, nicht die Macht, zu konsumieren. Du hast die Muße, noch eine

Flasche zu trinken, aber nicht die Macht, Bernard dazu zu zwingen, einen auszugeben.«

»Aber ich kann bezahlen! Ich werde sie bezahlen, die Flasche. Noch eine Flasche, Bernard!«

»Nein«, entgegnete Bernard, »diesen Wein verkaufe ich nicht. Ich könnte es nicht ertragen, dass irgendein Schafskopf daherkommt und ihn kritisiert, dass er behauptet, er sei zu süß, nicht rund genug, er habe Korken oder er sei zu teuer. Deshalb geb ich ihn umsonst her.«

»Siehst du«, triumphierte Neuewelle, »wenn du weiterhin konsumieren willst, liegt es nicht in deinem Interesse, die Ware zu kritisieren.«

»Ich kann immer noch anderswo Wein trinken gehen«, sagte Schnelltod so verbissen und böse, dass er unsere Heiterkeit erregte.

»Dass du in dieser Gegend einen 64er Vouvray bekommst, würde mich wundern. Aber wenn du gern Beaujolais trinkst, dann bitte...«

Schnelltod machte ein mürrisches Gesicht. Die Angst, die Grenzen der Höflichkeit überschritten zu haben, drückte ihm das Herz ab. Hatte er sich nun aus der Gruppe ausgeschlossen? Ich konnte von seinem Gesicht ablesen, was für ein Sturm in seinem Innern tobte. Schließlich traf er die vernünftigste Entscheidung:

»Schön, ich muss pissen gehen, ich komme gleich wieder.«

»Siehst du«, erklärte mir Bernard, indem er auf die sich schließende Toilettentür zeigte, »genau an dieser Stelle befand sich im 15. Jahrhundert die Ringmauer der Abtei Saint-Jacques, und da waren Rebberge, wo ein Landwein gewonnen wurde, den die Pilger, die nach Santiago de Compostela wallfahrten, sehr schätzten. Sie konnten ihn in der Raststätte kosten, die sich dort drüben befand.«

Er bezeichnete die Orte mit dem Zeigefinger, als ob er das, was er beschrieb, wirklich sehe.

»Woher weißt du das?«

»Oh, ich habe alte Pläne studiert, und überdies habe ich alles gelesen, was sich auf diesen Stadtteil bezieht. Ich erfahre gerne, was vor mir los war.«

»Und nach dir?«

»Nein, das interessiert mich nicht. Die Menschen, die noch nicht geboren sind, können mir nicht so viel beibringen wie die Generationen, die hier gelebt haben.«

»Fragst du dich nie, was die ›Bar der Zukunft‹ in Zukunft sein wird?«

»Vielleicht wird hier eine Bank stehen oder eine Versicherungsagentur. Es sei denn, es kommt ein Mietshaus oder ein Parkhaus hin. Oder sie bleibt ein Café.«

Gesprächsfetzen von der Toilette her ließen uns aufhorchen.

»Na, ist das Schnelltod, der Selbstgespräche führt?«

»Klingt ganz wie eine Frauenstimme.«

»Er hört beim Pissen Radio!«

Aber es war nicht recht, den guten Schnelltod gleich so schlechtzumachen. Auch wurden wir eines Bessern belehrt, als wir ihn in Begleitung eines entzückenden, etwa zwölfjährigen Mädchens durch das Lokal kommen sahen. Eines Teenagers... Nun ja, nach den Gesichtszügen, nach den feinen Gliedmaßen zu urteilen, war sie eindeutig ein Teenager. Aber sie besaß sämtliche weiblichen Kurven, welche durch ihre Kleidung noch unterstrichen wurden. Sie erinnerte an ein Miniatur-Pin-up-Girl, an eine erotische Traumgestalt aus einer der einschlägigen Illustrierten.

»Das ist Arlette«, verkündete Schnelltod mit stolzgeschwellter Brust, »Arlette, das ist Bernard, das ist Roland, und das ist Neuewelle.«

»Salut.«

»Salut.«

»Ein Glas für Arlette«, forderte Schnelltod, den unser Unbehagen ungerührt ließ, »gib ihr von deinem Vouvray zu kosten, Bernard!«

»Tut mir leid, ich schenke Minderjährigen keinen Wein aus. Ein Coca-Cola, einen Orangensaft?«

Arlette runzelte die Stirn:

»Ich bin vierunddreißig, alter Knacker. Ob ich mich volllaufen lass, ist meine Sache! Dein stinkiges Cola kannst du dir... Ich pfeife drauf!«

»Wo hast du dieses seltene Exemplar aufgegabelt?«, fragte Bernard, »ich glaubte vorhin, es sei niemand mehr da, als ich die Tür zusperrte und den Rollladen hinunterließ.«

»Sie war da, als ich die Spülung betätigte. Ich habe sie nicht kommen sehen.«

»Völlig überflüssig, eure Birnen anzustrengen«, erklärte Arlette ruhig, »das ist ihnen zu hoch. Sagen wir mal, ich bin auf einem Studientrip und habe einen kurzen Halt eingeschaltet, um vor der Weiterreise einen Flash zu machen. Dig it?«

»Nein, meine Kleine. Gib mir deine Telefonnummer, dann ruf ich deine Eltern an, damit sie dich abholen kommen.«

Sie erstickte fast vor Lachen.

»Meine Eltern, shit man! Du gibst ganz schön an, was,

mein Scheißerchen. Telefoniere deinem Arsch, der wird schneller abnehmen!«

Was für eine verteufelte Göre! Trotz ihrer Unflätigkeiten war sie verführerisch, zum Anbeißen. Ein wahres Mannweib voller Charme! Selbst Neuewelle, die doch nicht prüde war, brachte den Mund nicht mehr zu.

»Ich bin nicht Ihr Scheißerchen, und wenn Sie keinen andern Ton anschlagen, kriegen Sie den Hintern voll.«

Sie krümmte sich in einem neuen Lachanfall, bis ihr die Tränen kamen, und trommelte mit ihren niedlichen Fäusten auf die Theke, die ihr bis zur Brust reichte.

»Den Hintern voll! Wie in den Pornoromanen! Bist wohl auf den Marquis de Sade abgefahren, alter Knacker. Hast du Probleme mit deiner Libido?«

Jetzt bekam Bernard ein puterrotes Gesicht. Er öffnete den Mund, war aber unfähig, auch nur einen Laut hervorzubringen. Ich spürte, dass es an der Zeit war, mich einzuschalten:

»Es stimmt, dass er auf Sade abfährt«, warf ich mit einem versöhnlichen Lächeln ein, »aber er mag es nicht, wenn es sich rumspricht. Na, Arlette, bist du durchgebrannt? Willst du nicht zu deinen Eltern zurück? Die machen sich bestimmt Sorgen, weißt du!«

»Da habt ihr euch also was in den Kopf gesetzt, was? Na gut, da ihr so versessen darauf seid, rück ich lieber gleich damit raus, auch wenn's euch umwirft: Ich bin volljährig und geimpft, ich komme aus dem Jahr 2034. Dig it? Ich wollte sehen, wie es 1984 war, because ich schreibe eine Doktorarbeit über Orwell. Da bleibt euch die Spucke weg, was, ihr Wüstlinge, ihr?«

»Aha, 2034... Wie alt sind Sie denn?«

»Im September werd ich vierunddreißig. Meine Eltern haben mich in der Silvesternacht 2000 gemacht.«

So sonderbar es auch scheinen mag: Wir dachten nicht im Traum daran, Arlette könnte nicht die Wahrheit sagen. Ihr aufrichtiger Ton konnte keine Täuschung sein. Übrigens lieferten ihr aus glänzendem Stoff geschneiderter Minikasack, das Armbandgerät an ihrem Handgelenk, ihre eigenartige Kindfrau-Schönheit hinreichenden Beweis. Ja, dieses kleine Weibsbild stammte mit Sicherheit aus der Zukunft, über die wir seit gut zwei Stunden redeten. Sie war wahrhaftig dem Jahr 2034 entstiegen. Es war unerhört, es war phantastisch, aber es war nicht zu leugnen. Bernard stellte ein weiteres Glas auf die Theke, er füllte es bis zum Rand, und seine Hand zitterte nicht.

»Prost, Arlette. Auf die Zukunft. Sanctus!«

»Cheers! Ich bin froh, mich in diesen Stall geliftet zu haben, ihr seid groovy!«

»Das hier ist ein Bistro, kein Stall.«

»Aha, ich verstehe. Es ist meine Art zu sabbern, die euch schockt. Nehmt mir's nicht übel, so redet man eben zu meiner Zeit. Die Vergangenheit des Konjunktivs und die Schachtelsätze braucht man im Jahr 2034 nicht zu büffeln.«

Logisch. Unsere Sprache musste dieser Enkelin von Zazie und von Fritz the Cat schrecklich altmodisch vorkommen. Im Großen und Ganzen war es aber doch beruhigend, festzustellen, dass die französische Sprache nicht völlig untergegangen war und dass wir sie noch verstehen konnten.

»Sind die alle so hübsch wie Sie, die Mädchen von 2034?«

Neuewelle stellte endlich die richtige Frage.

»Es gibt schönere, und es gibt hässlichere.«

»Und haben sie das gleiche Format? Wirken sie auch alle so jung?«

»Das Format verdanken wir der genetischen Manipulation, damit wir weniger Platz brauchen. Überbevölkerung. Die Jugendlichkeit hingegen, die kommt uns teuer zu stehen. Wir müssen uns mit Pillen vollstopfen. Das ist wirklich zum Kotzen. Nun, man muss eben Opfer bringen, um sexy zu bleiben! Du bist ja auch nicht schlecht. Ich möchte ebenso groß sein...«

»Ist es bei den Männern auch so?«

»Of course. Nur die Alten sind mehr als ein Meter fünfzig groß.«

»Und der Krieg, ist er endlich ausgebrochen?«, fragte Schnelltod aufgeregt.

Arlettes Miene verdüsterte sich.

»Kriege gibt es mehr als genug.«

»Wo denn?«

»Überall. In Australien, in Belgien, in Israel, in der Türkei, in Alaska...«

»Aber der Atomkrieg? Die Apokalypse?«

»Die wird nicht mehr lange auf sich warten lassen, wenn es so weitergeht. Die Kriege sind so alltäglich geworden, dass sich nur noch die Spezialisten dafür interessieren. Auf der front page der Zeitungen sind sie nicht einmal erwähnt.«

»Worum geht es in den Zeitungen denn?«

»Um Sport, um Werbung, um den Wetterbericht.«

»Ist die denn so wichtig, die Wettervorhersage?«

»Of course, because of Umweltverschmutzung. Es ist ein Must. Bei den radioaktiven Wolken, dem sauren Regen, den Chlorniederschlägen, den Quecksilberwinden ist es schon besser, man weiß, wie man sich zum Ausgehen anziehen soll.«

»Ist denn alles verseucht?«

»Nein, nur über dem Boden. Darunter nicht. Mit entsprechenden Krediten könnte man in zehn Jahren alles clean bekommen, aber die meisten Leute pfeifen darauf. Sie leben lieber unterirdisch, und das passt den Multis. Mir ist es egal, ich gehe aus, und ich nehme Strahlenduschen.«

»Eins nach dem andern«, meinte Neuewelle, »bist du Französin oder Amerikanerin?«

»Ich bin in Paris, im Hôtel-Dieu, geboren. Ich wohne dort im dritten Untergeschoss. Es ist praktisch, wenn ich an die Uni muss, um meine Vorlesungen zu halten.«

»Wie kommst du dorthin? Gibt es unterirdische Straßen?«

»Na, natürlich, alles ist underground. Ich fahre auf der Rolltreppe hin.«

»Sauerei«, meinte Bernard und entkorkte noch eine Flasche, »zur Not begreife ich es in der Stadt, aber auf dem Land?«

»Auf dem Land ist es hart, da kotzt es einen gewaltig an. Aber es gibt die Spiele und das Fernsehen.«

»Und was ist mit den Ernten? Mit den Reben? Mit der Weinlese?«

»Dafür haben wir Roboter und Sträflinge.«

»Sträflinge?«

»Ja, die Zwangsarbeit an der frischen Luft.«

»Sauerei«, sagte Bernard erneut. »Und die Menschenrechte, was ist damit?«

»Take it easy«, wehrte Arlette ab, »man achtet sie bei uns mehr als bei euch. *Wir* haben keine Gefängnisse.«

»Und eure Sträflinge? Sind das Verbrecher? Spione, Terroristen?«

»Nein, die behandelt man. Die Sträflinge, das sind die Pannen der Genmanipulation, die Irrtümer der Natur, die Überzähligen, die aufs Konto der Wissenschaft gehen. Keine Menschen.«

»Wer entscheidet?«, fragte Neuewelle. »Die Ärzte oder die Richter?«

»Die Computer. Sie sorgen für den Artenschutz.«

»Lebt ihr immer noch in einer Republik?«, fragte ich, »ist Frankreich noch eine Demokratie? Und Europa?«

»Ach weißt du, sie bedeuten nicht mehr viel, diese Begriffe wie Frankreich, Europa, das ist old fashioned.«

»Wer ist an der Macht? Die Linke oder die Rechte?«

»Du bist nicht auf dem Laufenden, Opa. Allerdings ist das durchaus verständlich. Woher solltest du es auch wissen? Ich will dich briefen: Seit der Wirtschaftsrevolution von anno 17 zählen die Staaten, die Regierungen nicht mehr. Sie haben versucht, gegen die multinationalen Gesellschaften zu kämpfen, aber sie haben verloren. Um so besser, so sind wir freier.«

»Freier?«, meinte Neuewelle ironisch, »selbstentfremdeter willst du sagen.«

»Hör zu«, sagte Arlette und zählte an den Fingern auf: »Keine Steuern, kein obligatorischer Wehrdienst, kein Gefängnis, keine Grenze. Macht alles in allem trotzdem mehr freedom als bei euch. Wir haben uns weiterentwickelt.«

»Wie funktioniert das?«

»Die Multis finanzieren die staatlichen Dienstleistungen und all den Krempel, Coca-Cola bezahlt die Sozialversicherung, IBM die Altersvorsorge, Shell die Primarschulen, Ford das übrige Schulwesen, United Fruit das Post- und Fernmeldewesen, Nestlé die öffentlichen Transportmittel...«

»Tun sie das aus purer Nächstenliebe?«

»Nein, für die Moneten. Bringt ihnen Superprofite ein. Alles ist teurer, aber dafür sind wir freier.«

»Die Macht der Konsumenten«, witzelte Neuewelle, »die indirekten Steuern zum Wohle der Menschheit! Das ist ja lachhaft.«

»Vielleicht. Im Preis für jedes Produkt sind zum einen die Dienstleistungen, zum andern die Infrastruktur des Landes inbegriffen. Und da wir keine Geizhälse sind, bezahlen wir auch einen Zuschlag, um den Menschen der Dritten Welt zu helfen, Kunden zu werden wie wir. Damit niemand mehr verhungern muss.«

»Ist es überall so? Auch in den kommunistischen Ländern?«

»Die Religion ändert nichts an der Sache. Schwarz, Molla oder Rot, same thing. Alles kein Problem mehr seit der Trennung von Kirche und Business. Wir sitzen alle im selben Boot.«

»Und das Geld? Keine Währungskrise?«

»Nein, alles beruht auf dem Kredit, und da die Bedürfnisse sich ausweiten... Die Multis strecken das Kapital vor, und man zahlt ihnen zurück, indem man ihre Güter verbraucht. Die Gewinnspannen sind in den Preisen einkalkuliert. Jeder kauft so viel, wie er schuldet. ›Kaufen heißt seine Schulden abzahlen.‹ Unser ganzes Wirtschaftssystem beruht auf diesem Prinzip.«

»Kurz, das kapitalistische Paradies!«, explodierte Neuewelle, »das ist nicht Freiheit, das ist Dressur. Zwangsfütterung! Und jedermann ist einverstanden?«

»Nein, natürlich nicht, die Asketen sind dagegen, und die Diebe sabotieren. Die Asketen sind nicht so zahlreich, aber Diebe gibt es von Tag zu Tag mehr. Sie haben sogar Theorien, um sich zu rechtfertigen. Sie sind das größte Problem der Multis. First class, dieser Wein. Ich würde mir gern noch einen genehmigen. Ich trinke gewöhnlich nur kalifornischen, der französische ist zu teuer.«

»Arme Kleine«, sagte Bernard gerührt und gab eine weitere Runde aus, »bei den Preisen, die du bezahlst, verbringst du dein Leben mit Arbeiten.«

»Zwei Tage die Woche, aber ich habe Schwein. Die meisten machen doppelt so viel. *Ich* bin keine Durchschnittskonsumentin. Ich lebe lieber. Ich gehe aus, ich trinke, ich esse, ich vögle. Die Liebe ist das Wichtigste. Wir erfinden eine Menge neuer Arten, uns zu lieben. Wir sammeln laufend Erfahrungen. Das vertreibt die Zeit, und es ist nicht teuer.«

Schnelltod hielt den Zeitpunkt für gekommen und presste in einem plumpen Annäherungsversuch eine Hand auf Arlettes Hintern.

»Du und ich, wir sind füreinander geschaffen«, lallte er, »wir haben das gleiche Programm. Hättest du Lust … ehm …«

Er betonte seine Einladung mit einer Serie gewagter Blicke.

»Zu bumsen?« fragte Arlette ruhig. »Ich möchte schon, aber es ist mir während meiner Reise durch die Zeit verboten. Wegen der Mikroben, verstehst du? Andernfalls wär ich dafür schon zu haben ... mit jedem von euch. Ihr seid sehr sexy, ich schwör's. Nicht böse sein.«

Ich wartete, bis mein Puls sich wieder beruhigt hatte, und fragte dann mit gleichgültiger Miene:

»Unternimmst du oft Reisen durch die Zeit?«

»Nein, es ist das erste Mal.«

Sie klopfte auf ihr Armband:

»Es ist verrückt, wie teuer diese Dinger sind. Ich werde zehn Jahre brauchen, um es zurückzuzahlen. Aber schließlich ist es für meine Doktorarbeit. Ich bereue es nicht. Ihr seid so anders, als ich es mir vorgestellt habe, und an Dokumentation fehlt es mir wahrhaftig nicht. Ich habe eure Zeitungen, eure Bücher, eure Fotos, eure Filme, eure Fernsehprogramme und eure Rundfunktonbänder. Das ist ja das Schwierige: Man hat zu viele Einzeldaten. Sie müssen geordnet, ausgewählt werden.«

»Inwiefern sind wir anders?«, brummte Schnelltod, dem es nicht gelang, den vor aller Augen erhaltenen Korb zu verdauen.

»Im Geruch. Ihr verströmt einen absolut einzigartigen Zeitgeruch. Da reißt man sich den Arsch aus, um eine Urkundensammlung anzulegen, aber der Geruch ist nicht dabei. Weder die Fotos noch die Filme, noch die Videokassetten sind imstande, ihn wiederzugeben. Und doch ist der

Geruch in meiner Doktorarbeit von wesentlicher Bedeutung.«

»Tu dir ja keinen Zwang an, Arlette«, rief Schnelltod und lachte schallend, »du kannst uns beschnüffeln, so viel du willst...«

Sie schaute uns der Reihe nach unsicher an.

»Wirklich, darf ich?«

»Wenn wir es dir doch sagen!«

»Thanks, das ist sehr anständig von euch.«

Das Kinn vorgereckt, mit bebenden Nasenflügeln, begann sie wild umherzuschnüffeln. Von Zeit zu Zeit diktierte sie unverständliche Anmerkungen in ihr Armbandgerät, das ihr auch als Aufnahmegerät diente. Wir schauten ihrem Treiben zu, ohne auch nur zu wagen, uns zu rühren oder den Mund aufzumachen, aus Angst, ihre Geruchseindrücke zu stören. Als sie fertig war, erklärte sie uns, ihren Weißwein schlürfend:

»2034 ist man ganz versessen auf Gerüche. Seit das Duftaufnahmegerät lanciert worden ist, entstand ein neuer Markt.«

»Ein Duftaufnahmegerät?«

»Exactly. Man kann mit ihm ganze Parfum-Suiten und Miasma-Symphonien komponieren. Es gibt sogar Kunstliebhaber, die sich eine zweite Nase einoperieren lassen, um stereo riechen zu können.«

»Ihr seid noch dekadenter als Huysmans in seinem Roman *Gegen den Strich.*«

»Für uns ist es eine Frage von Leben und Tod.«

»Warum?«

»Weil wir zwar nicht mehr an Krebs oder an euren anderen Krankheiten krepieren, dafür aber die Schizophrenie ein Ausmaß angenommen hat, das ihr nicht kennt. Die Zahl der Selbstmorde ist verheerend. Einzig die mit Flair sind safe. Immunisiert.«

»Nanu! Habt ihr eine Erklärung dafür?«

»Seit einem Jahrhundert betreibt man eine übermäßige Geruchsbeseitigung. Too much. Sowohl im sozialen als auch im individuellen Bereich. Die Wirklichkeit hat ihre Substanz verloren, because of Umweltverschmutzung und technologischen Umwälzungen. Der Mensch verleugnet sein tierisches Wesen. Anstatt ausgeglichener zu werden, ist er tendenziell nun eher manisch-depressiv. Orwell sagte, dass ein Verrückter ganz einfach eine auf den Einzelnen reduzierte Minderheit sei. Ich möchte zudem beweisen, dass es ein Einzelner ohne Umfeld ist, der nicht mehr fähig ist, in seiner Bahn zu laufen. Dig it?«

Ich hüstelte:

»Ja, das ist einleuchtend. Aber was den Krebs und unsere übrigen Krankheiten anbelangt, habt ihr da Hinweise?«

Sie schüttelte den Kopf:

»*Ich* bin vor allem Literatin. Ich kenne nur die Farbe der Gelatinekapseln...«

»Habt ihr, abgesehen von euren Geruchskünstlern, noch andere, gewöhnlichere, die sich in den uns vertrauten Kunstgattungen betätigen? Romanschriftsteller? Maler?«

»Of course, eine ganze Menge. Wir müssen mindestens einmal pro Woche bei unserem Romanschriftsteller in die Beichte. Und die Kunstmaler haben genug zu tun, alle unterirdischen Anlagen auszuschmücken. Sie haben in der kleinsten Höhle, im dunkelsten Loch ihre Ausstellungen.

Und erst die Bildhauer! Sie leben wie die Made im Speck. Unaufhörlich bohren sie neue Straßen, meißeln sie Paläste, Monumente. Was am meisten fehlt, ist das Publikum.«

»Ich nehme an, die Romanschriftsteller werden von den Großunternehmen verlegt?«, erkundigte sich Neuewelle im Bestreben, die Richtigkeit ihrer Theorien nachzuprüfen, »die Kultur ist ein Werbemittel für die multinationalen Gesellschaften geworden?«

»Nein, sie ist ein öffentliches Gebrauchsgut, das dem Gesundheitswesen unterstellt ist. Man kauft sie auf Rezept.«

»Macht man noch Filme? Spielt man noch Theater?«

»Of course. Wir haben speziell konzipierte Schlafzimmer, damit wir uns in allen möglichen Stellungen abreagieren können. Mehrere zusammen oder allein. Es ist ein Must, um nicht crazy zu werden.«

Ihre Stimme klang eigentümlich. Offen gestanden wusste ich nicht mehr so recht, wovon sie sprach, geschweige denn, wo ich mich befand. In meinem Kopf vermischte sich alles. Ich hatte sonderbare Visionen von entsetzlich entstellten Gesichtern, blendenden Lichtern, unbekannten Landschaften. In diesem Durcheinander erkannte ich das Gemälde *Woher kommen wir? Wer sind wir? Wohin gehen wir?* von Gauguin, den Garten der Lüste von Bosch und den *Hundekopf in der Wüste* von Goya.

»*Ich* verfasse Gedichte. Hört zu! Das da ist für euch«, und sie deklamierte im Tonfall einer chinesischen Sängerin:

Die Zukunft ist eine Ziege
Die Vergangenheit ist ein Tiger
Du bist zwischen den beiden
Die Ziege läuft schnell
Sie peitscht dein Gesicht mit ihrem Schwanz
Sie bricht dein Knie mit ihren Hufen
Sie beschmutzt dein Gesicht mit ihrem Kot
Aber du läufst ihr nach
Weil dir der Tiger seinen Atem in den Nacken bläst
Weil seine Klauen deinen Rücken zerfetzen
Weil seine Zähne deinen Hintern zerbeißen
Und die Gegenwart?
Wo ist die Gegenwart?
Das ist der Atem des Tigers
Und der Furz der Ziege

»Gefällt euch mein Gedicht?«

»Ja, sehr. Danke…«

Die Ergriffenheit schnürte mir die Kehle zu. Ich dachte plötzlich an die Sonne, die jeden Tag Millionen von Tonnen an Materie verliert und eines Tages erlöschen wird. Unser Universum ist zum Untergang verdammt. Nichts kann es retten. Es wird nur noch ziellos durch den Raum wirbelnde Steinbrocken geben und Sternenstaub, damit die Dinge *noch* verschwommener werden. Meine Augen wurden tränenfeucht. Mir wurde übel von der Zukunft. Mein Katzenjammer war zu groß, als dass ich mich noch hätte für die Zukunft interessieren können. Sie rast, sie rast, die Postkutsche, dem Tod entgegen, weshalb sollen mich jene, die nicht im gleichen Boot sitzen, etwas angehen?

Ich hörte, wie die anderen das Trommelfeuer ihrer Fragen wieder aufnahmen:

»Ist die Frau dem Mann gegenüber gleichberechtigt?«

»Gibt es in Südafrika immer noch die Apartheid?«

»Hat man bewohnte Planeten entdeckt?«

»Lebt ihr länger?«

»Was bleibt von uns übrig?«

Aber ich achtete nicht einmal auf die Antworten. Ich erinnere mich nur an den knallenden Kuss, den Arlette auf meine Wange schmatzte.

»Sorry, ich muss euch verlassen. Sollte noch bei Orwell vorbei, und das ist nicht gerade ein Katzensprung ... So long ...«

Der Rest verlor sich in einem verschwommenen Tumult. Wie das Tosen des Meeres an den Felsen. Ich spürte einen heftigen Schlag gegen die Stirn. Und dann nichts mehr.

»Du kannst stolz sein, du hast uns einen ganz schönen Schreck eingejagt«, sagte Bernard am übernächsten Tag zu mir, als er mir ein großes Glas Mineralwasser einschenkte.

»Was ist eigentlich passiert?«

»Nun, wir diskutierten munter drauflos, da machtest du einen Sturzflug. Du bist mit dem Schädel gegen die Theke geknallt. Kein Bruch?«

»Nein, der Arzt hat es ausdrücklich bestätigt. Aber ich darf acht Tage lang nicht mehr trinken.«

»Nur acht Tage? Das ist nicht sehr lange.«

»Na ja, er hat gesagt, acht Monate. Du kennst ja die Ärzte, sie übertreiben nun mal. Ist Schnelltod wieder abgereist?«

»Er hat gestern den Zug genommen. Er war auch nicht besonders munter. Was wir eins zusammengesoffen haben!«

»Und Neuewelle?«

»Sie war eben da, um mich anzuöden. Wegen Arlette.«

»Weshalb?«

»Sie bildet sich ein, sie sei eine Freundin von mir und wir hätten euch einen Streich gespielt.«

»Stimmt das etwa nicht?«

»Ach, du wirst doch nicht auch noch damit anfangen? Ich hatte dieses Mädchen noch nie gesehen. Ich glaubte zuerst, dass ihr, du und Schnelltod, euch einen Jux machen wolltet, aber dann hab ich meine Meinung geändert. Mein Lieber, du hättest sehen sollen, wie sie durchsichtig wurde und sich wie ein Wasserstrahl in die Flasche ergoss: eine tolle akrobatische Nummer!«

»In die Flasche? In welche Flasche?«

»In die Vouvray-Flasche natürlich! Schau.«

Er stellte die berühmte Flasche vor mir auf die Theke.

»Ich habe sie verschlossen, damit sie nicht verdunstet.«

»Was willst du damit machen?«

»Ich habe im Sinn, sie wieder in den Keller hinunter zu tragen, da sie ja gesagt hat, sie wohne dort.«

Ich korrigierte: »Sie werde dort wohnen.«

Ein amerikanisches Touristenehepaar, etwa fünfzig Jahre alt, betrat das Bistro.

»Verzeihen Sie«, sagte der Mann mit einem ausgeprägten ausländischen Akzent, »kennen Sie die ›Bar der Zukunft‹? Man soll dort sehr gute französische Landweine bekommen.«

»Sie ist hier.«

»Dieser Name steht aber nicht an der Fassade.«

»Ja«, antwortete Bernard und beobachtete mich aus dem Augenwinkel, »wir haben sie soeben umgetauft. Sie heißt inzwischen ›Bar der Gegenwart‹.«

Manifeste

Manifest der autogenen Schule

Mein Abc: A B C D usw.

Wenn ich mich an mich selbst wende, genügt das »ABCD«. Das »usw.« ist für die andern. Wenn ich auf einem Fetzen Papier die Idee für einen Roman notiere, verstehe ich mich. Die Absicht an sich ist festgehalten. Damit es daraus einen Roman gibt, muss er nur noch geschrieben, muss nur noch gearbeitet werden. Ich werde mich also eines Tages daran machen, wenn ich Geld brauche. Für den Augenblick genügt mir die Idee. Aber eine Idee ist schwer zu verkaufen. Was die Kunden kaufen, ist die Arbeit.

Was erzählen die alten Quatschköpfe den jungen Quatschköpfen, die sie um Rat fragen? »Ein Prozent Genie, neunundneunzig Prozent Arbeit.«

Nun – da ich die Arbeit verabscheue, behaupte ich, dass in acht Stunden Schlaf mehr Kunst enthalten ist als in sechzehn Stunden produktiver Aktivität. Produktion, Überproduktion, Konsum, Arbeitslosigkeit... puh!

Wozu die Arbeit?

Um die Form zu erringen, um zur Vollkommenheit zu gelangen, um ein fertiges, sauberes, makelloses Superprodukt zu bekommen, mit optimalem Qualitäts-Preis-Verhältnis, das den Bedürfnissen einer Kundschaft entspricht, das sich auf dem Markt durchsetzen kann, indem es sich dem Durchschnitt des zeitgenössischen Kunstliebhabers anpasst, usw. Sicher verwirrend, dieser Jargon, aber deutlich: Da ist keine Rede von Kunst. Die von der »künstlerischen« Form bevorzugte Kommunikationsform ist das Geld. Nicht die Kunst. Die Arbeit der Form wird zum dekadenten Kulturgut, das heißt sie ist bar jeglicher schöpferischen Energie, etwa so, wie wenn man Coca-Cola in einer reich verzierten, aber unverschlossenen Flasche verkaufen würde. Coca-Cola oder Champagner oder Sodawasser, je nach Wunsch, hier liegt das Problem nicht. Nein, das wahre Drama ist die Platitüde, die Trübseligkeit, die Langeweile.

Vorbei der alte Zopf der Plackerei!

Kurz und gut, nach meiner Meinung steckt in einem Entwurf mehr konzentrierte schöpferische Energie, mehr Poesie, mehr Kunst als im ausgearbeiteten Werk, das im Hinblick auf seine soziokommerzielle Verwertung ausgeführt, das heißt zum Vorteil der andern übersetzt wurde.

Übersetzt!!!

Einerseits eine kodifizierte Sprache, geheime Botschaften, die ich mir selbst zukommen lasse im Verlauf der Zeit, Skizzen auf Fetzen von Papier-Tischtüchern, Telefonnummern, die auf Plänen für Theaterstücke, Filme, Monumente, Fresken balancieren; ein Epos, zusammengefasst in einigen Worten, die mit Abkürzungen und Orthographiefehlern auf fettbeflecktem Papier stehen.

Andererseits eine mühselige Ausarbeitung, eine Anhäufung von Unterlagen, Informationen, Tage und Nächte, die mit dem Einkleiden, dem Mästen eines Themas verbracht wurden, das auf dem Fetzen eines Briefumschlags Platz hatte. Gebäudefassaden, mit Bildern bedeckt, deren Wesenskern ohne weiteres in den Dimensionen einer Briefmarke Raum fand.

Zur Arbeit kommt der Platzmangel hinzu. Man muss das, was man den andern verkauft, zur Geltung bringen. Dicke Bücher, gewichtige Bände, kiloschwere Alben, fünfstündige Filme, Gigantismus, Megalomanie, endlose Romane, Tours de la Défense.

Todsicher gewinnt die Kunst durch die Übersetzung nicht. Der »Künstler« hingegen schon. Und zwar in erster Linie eine gesellschaftliche Position, auch wenn sie nicht immer beneidenswert ist. Jedenfalls ist es das »gewusst wie«, das vom Publikum geschätzt wird, nicht die Absicht. Der Stil, ach ja, der Stil! Was für eine Arbeit!

Und dabei hatte die bloße Idee, von mir zu mir, schon ihre Formen, ihren Stil. Es gibt nichts hienieden, das nicht eine Inkarnation erfährt. Gewiss, es war unbedeutend, bescheiden, schlecht gezeichnet, mit Grammatik- und Orthographiefehlern, mit falschen Proportionen, es war unleserlich, aber es war vorhanden! Jedenfalls für mich genügte es!

Es war keine für den Verkauf bestimmte Kunst. Es war keine mit Arbeit verbundene Kunst. Es war Schöpfung, der Blitzstrahl der Schöpfung im Augenblick und die Arbeit für später.

Abgesehen davon, dass die Initiative nicht immer Sache des Kopfes ist. Manchmal ist es die Hand, die den Reigen anführt. Und die Kritzeleien, mit denen ich gedankenlos die Telefonbuchseite bedecke, sind gehaltvoller, erregter, intensiver als die zehn Zehntel des berühmten einen Prozentes, das der Kunst zukommt bei der Ausarbeitung.

Überschriften, Notizen, Kritzeleien,
Telefonnummern, nass verschmiert,
Sgraffiti für sich selbst,
zerknüllte Zettel, Tischtücher, mit Klecksen verziert,
schmutzige Hände, Finger voller Flecken und Floskeln,
Dreckspuren am Hals, an den Füßen,
Listen von Dingen, die zuerst gekauft werden müssen,
Agenden, Register,
Arbeitspläne,
Eselsbrücken,
Taschentücher mit Knoten, Tricks zum Drandenken,
Tricks zum Einschlafen, zum Zeitvertreib, zum Ablenken,
Notizen in Büchern, Heften, unterstrichene Textstellen,
Träume,
Identitätsausweise, für den Umzug skizzierte Wohnräume,
Familienfotos, Polaroidaufnahmen, Automatenpassbilder,
Briefe, Vollmachten, Antworten, die man auf dem Fragebogen der Sozialversicherung geben kann,
von einem eiligen Passanten hastig aufgezeichneter Straßenplan,
Briefmarken, richtig, verkehrt, daneben aufgeklebt,
Unterschriften (punktiert, unterstrichen, verlebt),
zerkratzte, zerbrochene Schallplatten,
verunstaltete Fotos in Illustrierten,
Zeichnungen, auf Fensterscheibenbeschlag, eines Frustrierten,
Arabesken im Schnee beim Pissen,
Abfall von Früchten und Gemüsen,
Skulpturen und Gravuren im Staub, im Sand,

Seifenschaumzeichen auf der Haut, auf der Hand,
Grimassen,
Massagen,
Gesichtsmasken,
Plan für das Modell eines Kleides (im Sitzen),
zerkrümelte Biskuits, Schnipsel nach dem Bleistiftspitzen,
Kaugummi, der klebt (im Haar, unter dem Tisch, an den Fußsohlen, an den Türgriffen),
geträllertes Lied, erfundene Melodie, beim Rasieren oder unter der Dusche vor sich hin gepfiffen,
Geräusche aller Art, Husten, Hatschi, Hickup (wie sich das reimt!),
zur Hälfte gelutschte Bonbons, angebissene Butterbrote,
mehrere Masturbationsmethoden, letztjährige Sterbequote,
Jagd auf Mitesser, Epilation,
sanfte oder brutale Manien, Ticks, Gewohnheiten während der Depression,
die EHE (in sozialer Hinsicht und in individueller Hinsicht),
die Kunst auf den Aborten, wie man zurechtgemacht erscheint,
die Wimper im Auge, und wie man weint,
die schmutzige Wäsche (durch Fleck-Entfernung von der Familie wieder aufzuwerten),
System D und Vermögensentschädigung,
Perücken, Prothesen, Hausmittelchen und wissen, wie man liegt, schläft, mit oder ohne Kopfkissen, mit oder ohne Hund,
die Haustiere, ihre Namen, ihre besonderen Anlagen, ihre Spielzeuge, ihre Halsbänder,

die Listen der Vermählungen, der Lieblingsfreunde, -platten, -bücher, -radiosender,
alle Sammlungen: von Autogrammen, von Schuhbeschlägen,
der Müll, der Kunstgriff mit dem Kehrichtsack,
die Wunden, die Verbände (Sparablanc, Mercurochrom) im Multipack,
der volle Aschenbecher,
die abgetragenen, gemusterten Kleider voller Löcher,
die japanischen Gärten, die grünen, saftigen Pflanzen, die gekeimten Bohnen, die auf Stecknadeln aufgespießten Avocadokerne, die biologisch-dynamisch gezüchteten Wanzen,
Wanderwege,
Wundertüten-, Taschen-, Schubladeninhalte,
Warenbestände,
Kindheits-, Ferien-, Schulzeit-, Kasernenzeit-, Kriegs-, Lager-, Flucht-, Geburtserinnerungen,
die Wohnwände,
Berichte von einer Krankheit, von Erlebnissen mit Behörden, von auf die Bürokratie bezüglichen Anekdoten,
verlorene und Fundgegenstände,
telefonische Streiche und Zoten,
die Karteikarten,
spießige Späße, die täglich wiederholt werden,
Kreuzworträtsel,
Kinderzeichnungen, Frauenarbeiten, Rentnerbeschäftigungen,
die Familiengeschichte, ihr Vokabular, ihre mythischen Gestalten, woher sie kamen, ihr Fabelbuch,

die Übernamen,
die Röntgenbilder, der Blut- oder Harnuntersuch,
der Haarschnitt, die Wahl von Schnurrbart und Bart,
Tricks für Eingeweihte, die Losungsworte am Start,
Kaffeehausgespräche,
Glücksbringer, magische Riten und Kultgegenstände,
persönliche Tagebücher, zusammengebastelte Geschichten,
Fragmente,
die kleinen Rezepte,
Landschaftsaquarelle von aufgeklärten Mädchen (noch
jungen),
die Verpfändungen, die Bestrafungen,
wie man sich küsst, liebt, ärgert, abriegelt,
feierliches Gelübde, mit Blut besiegelt,
nicht gesprochene Gebete, geheime Wünsche, Todesängste,
Tabus, Witze, falsche Bewegungen, Ähnlichkeit,
Muttermale, Spuren, Lapsus, letzte Worte, letzter Wille
und eine Menge weiterer Gattungen ermöglichen die
Umschreibung des Gebiets der autogenen Schule. Es ist
unendlich groß, aber sein Mittelpunkt ist nur ein Punkt,
nein, ein Individuum.
Nach der Kunst des Volkes durch das Volk,
nach der Demagogie – der Kunst, den Massen zu schmeicheln –
die Kunst des Individuums für das Individuum, eine
undankbare, oft unverständliche, nüchterne Kunst, die sich
aber einzig *das* Publikum leisten kann, für das sie sich
lohnt: der Schöpfer selbst.
Die andern mögen mitkommen, wenn sie können.

Der glatte Stil

Da man an der Schwelle der 80er Jahre nicht müde wird, sich über unser *fin de siècle* auszulassen, diese Königsstraße, die in das fabulöse Jahr 2000 einmündet, möchte ich eine Zigarette lang durch das Hinterfenster die sich entfernende Gegenwart betrachten.

Ich höre oft sagen, unsere Epoche sei seit dem Ende des Zweiten Weltkriegs, das heißt seit den 50er Jahren, nicht imstande gewesen, einen Stil hervorzubringen. Höchstens vorübergehende Moden, Marotten derjenigen, die an der Macht waren. Jedenfalls nichts, was zu vergleichen wäre mit dem Jugendstil, der Art déco, dem Rationalismus des Bauhauses, nicht einmal mit dem faschistischen oder stalinistischen Pseudoklassizismus. Kurz, seit dem Krieg entspreche unsere Umwelt keinem umschriebenen ästhetischen Kriterium, widerspiegle kein verbindendes Wollen der Gesellschaft mehr. Und was noch verwirrender sei: Dieser Stilmangel gelte nicht spezifisch für unsere Gesellschaftsform oder für unsere geographischen Breiten, sondern es sei überall dasselbe auf unserem Planeten, ob nun der herrschende Kapitalismus ein Trust- oder ein Staatskapitalismus sei.

Der Kehrichtsack

Man muss zugeben, dass heutzutage der Begriff des Schönen zwischen New York, Paris und Moskau ziemlich wenig Abweichungen aufweist. Es gibt keinen grundlegenden Unterschied zwischen der offiziellen Geschmacksrichtung der Schweden und der offiziellen Geschmacksrichtung der Peruaner, Türken oder Kanadier. Die Abweichungen beruhen viel eher auf der Ungleichheit des ökonomischen Standards als auf Gegensätzen in der Kunstrichtung. Man spricht vage von einer ›Westkunst‹. Eine Umschreibung dieses Stils aber wird nicht einmal in Betracht gezogen. Die ästhetischen Belange müssen hier wie dort den harten Gesetzen der Notwendigkeit Platz machen, welche die Obsession des Verhältnisses zwischen Qualität und Preis nährt.

Wenn wir einen Lebensstil haben, so ist es der Stil des Profits. Er hat sich bei uns mit sanfter Gewalt durchgesetzt, ohne sich zu erkennen zu geben. Ich möchte zu zeigen versuchen, womit er Ähnlichkeit hat.

Zunächst ein Symbol: der Kehrichtsack. Er ist ein vortreffliches Beispiel für diesen modernen Begriff des Schönen, dessen Regeln sich in einem Slogan zusammenfassen lassen: *Was glatt ist, gleitet und ist schön.* Man öffnet den Sack, man stopft ihn voll mit mehr oder weniger übelriechenden Abfällen von unterschiedlichster Herkunft und Form, mit gehackter Wirklichkeit, dann zieht man die Ränder des Sacks zusammen, um ihn mit einem kleinen, für diesen Zweck vorgesehenen Band zu verschließen. Fertig. Der klassische Müll ist im Innern eines weichen Plastikbehälters verschwunden, der hübsch kunstvoll – bläulich oder gräulich – gefärbt, glatt, reinlich ist, ohne Beziehung zu einer so unanständigen Sache wie der in Zersetzung begriffenen organischen Materie.

Der Kehrichtsack hat überdies zahlreiche Vorzüge: Er ist hygienisch, handlich und praktisch zum Abholen.

»Schließlich«, vertraute mir ein Freund an, »verfährt die kosmetische Chirurgie bei einem Liftung nicht anders. Man zieht die Gesichtshaut nach oben. Man dehnt sie gut, um die Runzeln, die Falten, die Wülste zum Verschwinden zu bringen, und dann macht man einen Knoten. Das Gesicht wird wieder glatt, also jung, also schön.«

Das Suppositorium

An diesem Punkt glaubte ich einen Widerspruch zu entdecken: Der Kult der Jugend ist ja nichts Neues. Der Grund dafür ist ohne weiteres begreiflich. Hingegen erstaunt die Gleichsetzung von jung und glatt umso mehr. Denn wenn es auch stimmt, dass ein Körper im Lauf der Jahre runzlig, ausgemergelt oder aufgedunsen wird, so übt die Zeit auf das geographische Relief, auf Kieselsteine oder Geldstücke die umgekehrte Wirkung aus: Ein abgetragenes Kleidungsstück ist an den Ellenbogen glätter als ein neues.

Wenn also die Glätte nicht Exklusivbesitz der Jugend ist, was für eine vorteilhafte Eigenschaft wird ihr denn zugestanden und zu einer Vorbedingung des Schönen gemacht? Die Antwort ergibt sich ganz von selbst: Was glatt ist, gleitet. »Was heißt das schon!«, wird man sich ereifern, »es gibt nichts Glatteres als eine Bananenschale, und doch hält man die Banane für schöner als ihre Schale.« Einverstanden. Ich stelle das nicht in Abrede. Ich glaube, die ›Glätte‹ bekommt ihren transzendentalen ästhetischen Wert – wie Dalí sich über sein Rhinozeroshorn ausdrücken würde –, wenn sie mit der Vorstellung des Eindringens verbunden ist.

Mit der Vorstellung? Das Wort ist nicht zutreffend. Mythos wäre passender. Der Stil der Häuser, der Maschinen, der Gegenstände, von denen wir umgeben sind, ist der beste Ausdruck dieser fixen Idee des Eindringens. Und nicht nur, wie notwendig es auch sein mag, jenes Eindringen, von dem die Zukunft unserer Spezies abhängt, sondern auch des Eindringens in ein fremdes, feindliches Milieu, in die Zeit, in den Raum, in ein anderes Element. Unsere Hoffnung hat die Form eines Suppositoriums oder, falls man es vorzieht, einer Kugel angenommen, denn es ist die rationellste, die wirtschaftlichste Form. Bei welcher der Energieverschleiß am geringsten ist, welche die Reibung am meisten herabsetzt. Zahlreich sind die Gebiete, auf denen sich die Form des Suppositoriums mit der Zukunft des Menschen vereinigt: Vom Unterseeboot am Meeresgrund bis zur Rakete im intergalaktischen Raum haben wir unseren Container gewählt.

Die Aerodynamik

Die Reibung verringern, um schneller vorwärtszukommen, das hat nichts Erstaunliches an sich. Aerodynamik und Effizienz sind die Milchbrüste des Profits. Um einige Hundertstelsekunden einzusparen, rasieren sich die Schwimmwettkämpfer sorgfältig die Wimpern, die Augenbrauen und die Haare an den Beinen. Aber bis dahin – bis die kleinstmögliche Reibung, die Aerodynamik, zum ethischen Prinzip wurde – gab es einen Spielraum. Nun, er ist frischfröhlich überwunden worden.

Von der Concorde bis zur Tour Montparnasse leben wir in einem psychischen Universum der Aerodynamik. Unsere Bügeleisen sind so konzipiert, als müssten sie die Schallmauer durchbrechen, unsere Telefone sind abgeflacht wie ein Porsche, unsere Rechenmaschinen sehen ähnlich aus wie Ufos, unsere Kugelschreiber wie Torpedos. Was hervorragt, ist feindlich. Was Reibung verursacht, ist gefährlich. Selbst unsere Banknoten, unsere Scheckhefte waren zu wenig elegant. Die Kreditkarten, glatt und rechteckig, ziehen uns an wie Süßigkeiten mit ihren abgerundeten Ecken.

Unsere neuen Städte bestehen aus glatten Buildings, zerbrechlichen Gefügen aus dünnen Beton- und Glaswänden, Presssteinbaracken, deren Zweck es nicht ist, zu existieren, sondern ein Wohnungsimage darzustellen. Wir sind nicht einmal so weit vom soeben erwähnten Kehrichtsack entfernt. Draußen glatte Autobahnen, um schneller von der und der Ortschaft zur andern zu gelangen. Das ist unsere Landschaft. Drinnen Sitze, knapp über dem Boden, niedrige Tische, anatomiegerechte Betten und überall der sakrosankte Spannteppich: Das ist unser Stilleben. Die Gabeln werden flach, die Löffel werden länglich, die Teller sind oval, die Lampen rohrförmig.

Die Waschmaschine ähnelt dem Kochherd, die eine wie der andere mit demselben Schauglas ausgestattet wie der Fernsehapparat. Das Fernsehen, ein Fenster, auf das wir häufiger blicken als auf die Straße, in das einzudringen aber schwieriger ist. Wir beten den Sport an. Besonders jene Arten, die schnell vorwärtskommen und die gleiten: Skifahren, Schlittschuhlaufen, Rollschuhlaufen, Surfen...

Die Mode macht mit. Enganliegende Kleider aus Leder oder aus Plastik, glatt, glänzend, Raum- oder Unterwasseranzüge, hautenge Hosen, mehr und mehr körpernah, anpassbar, wie angegossen, nahtlos, wegwerfbar.

Und die Nahrung? Während ganze Tintenströme zu Ehren von Bocuse oder Guérard fließen, was essen wir da? Tiefgefrorenes in aerodynamischer Verpackung, McDonald's-Hamburger, Wimpies, Kabeljau-Filets. Die Kinder aber kauen ihren Superbubblegum, lutschen Spacedust und schlürfen Sodawasser. Und dann leisten sie sich von Zeit zu Zeit mit Hilfe einer eindringenden Spritze, einer Containerkapsel oder eines Suppositoriums einen Trip...

Schizoid

Unlogisch, unser Stil? Ach was! Er ist leicht zu erkennen. Es ist der vom Profit hervorgebrachte schizoide Stil. Um eine bewegliche, nicht fassbare Wirklichkeit besser beherrschen, manipulieren, verkaufen zu können, ersetzt man sie durch ihr Bild, das zwar weniger lebendig ist, aber bestimmt rentabler. Die Wirklichkeit schrumpft wie Chagrinleder.

Und wir träumen: *Eindringen!... Eindringen!...* und wähnen uns dabei am Steuer eines suppositorienförmigen Meteors, welcher der Zukunft, dem Jahr 2000 entgegenrast, ohne zu merken, dass wir uns unterwegs im Stich gelassen haben.

Manifest der Regenkunst

Die westliche Kunst befindet sich hinsichtlich des Regens in großer Verlegenheit. Die Gemälde, in denen er dargestellt wird, sind eine Seltenheit. Ja, es stimmt, an Regenschirmen fehlt es nicht. An Wolken, an Nebel auch nicht. Man findet in Hülle und Fülle Bilder »Nach dem Regen« oder »Vor dem Platzregen«. Es gibt zahlreiche Wetteraufhellungen »bei Cheverny«, und es wimmelt von »bei Ouessant über das Meer« heranziehenden Gewittern. Stürme sind keine Seltenheit, aber ohne dass es dabei in Strömen regnen würde. Der Regen ist ein Thema, das man wie die Liebe behandelt hat: eine Informationsflut über das Vorher und Nachher, indem man es unterließ, das Während zu schildern. Man muss zugeben, dass diese kleinen Spritzer, die uns von oben beschert werden, ein ernsthaftes ästhetische Problem bilden. Die Liebhaber der Form schmerzt es, wenn sie sehen, wie diese zerrinnt und dann verschwindet. Die Fanatiker der Farbe beklagen sich bitter über die Abwesenheit der Sonne und über den Mangel an Licht. Zweifelsohne könnte man einige Werke von Turner, Boudin, Pissarro, Whistler oder von Marquet anführen, die mit Feuchtigkeit durchtränkt sind, das gereicht diesen Künstlern absolut zur Ehre, aber sie sind rasch aufgezählt. Danach, im zwanzigsten Jahrhundert hat die Malerei aufgehört, sich um das Reale zu kümmern, und das Problem stand nicht einmal mehr zur Diskussion. Regen oder Schönwetterperiode, das ist Mondrian völlig egal und Kandinsky, Malevitch, Picasso auch. Pollock, Rauschenberg, Klein und Fontana ebenfalls. Schon seit langem geht die Wettervorhersage die Künstlerateliers nichts mehr an. Es ist vielleicht so auch nicht schlimmer. Allerdings bleibt die Frage offen. Irritierend.

Weshalb ist die Kunst von heute, wie jene von gestern, so ausgetrocknet? Weshalb hat es so viel Wasser in den chinesischen oder japanischen Kunstwerken? Sobald man Regen sagt, denkt man an Hokusai, an Hiroshige. Weil das die berühmtesten sind, obwohl noch viele andere Regengüsse zu der orientalischen Kunst zählen, die weniger bekannt, aber genauso triefend sind. Es konnte nicht so weitergehen, das musste sich ändern!

Im Bestreben, diese Lakune – ich habe nicht *Lagune* gesagt – auszufüllen, habe ich beschlossen, die Schnecke bei den Hörnern zu fassen. Glaubt mir, es wird regnen! Ein paar befreundete Kunstmaler, Graveure, Bildhauer, Fotografen, bei denen ich vorstellig wurde, brachten meinem Projekt Sympathie entgegen, ohne mir bisher eine definitive Antwort gegeben zu haben. Sie fürchten das Engagement, das ist ganz natürlich, aber ich bin voll guter Hoffnung. Worum geht es in diesem Projekt? Um Folgendes:

Um die Schaffung einer neuen und interessanten Kunstbewegung, damit es im Lauf der kommenden Jahre in ihren Werken so viel als möglich regnet. Gleichzeitig soll eine Gesellschaft der Freunde des Regens gegründet werden, die angemessene Entschädigungen ausrichten und die Anstrengungen der Künstler fördern wird.

Da sich die Wolken am Horizont und über unseren Köpfen unaufhörlich zusammenballen – wie die Politiker sagen –, erscheint es normal, dass die Kunst dem Rechnung trägt. Die Künstler, diese hypersensiblen Geschöpflein, die für ihre Zeit Zeugnis ablegen, können doch nicht trockenen Fußes weitermachen. Es muss geregnet werden. Der Regen wird unsere entwässerten Werke befruchten. Er wird dort prächtige Chrysanthemen aufblühen lassen, wo heute nichts als Unkraut wächst. Das zusammengeschrumpfte Gewissen der Öffentlichkeit wird vor Wohlbehagen aufquellen wie ein alter Badeschwamm. Die Seelen werden ihr Herz ausschütten, die Tränen der Zärtlichkeit werden ihre humanitären Fluten mit der kulturellen Überschwemmung, die ich hervorrufen werde, vereinigen.

Naiv?

Man lebt im zwanzigsten Jahrhundert, Donnerwetter nochmal! Man hat Freud gelesen, man weiß, der Regen, das ist die Mama. Welcher Künstler hat nicht Lust, »Mama!« zu schreien, wenn er die Welt, in der er lebt, betrachtet? Es handelt sich nicht um ein Zurück zur Natur, sondern um ein kühnes Eintauchen in die Vorzukunft. Und natürlich obendrein um eine Wiederentdeckung der Frau.

An Arbeit wird es nicht mangeln. Es bleibt noch alles zu tun: Aktbilder im Regen, Porträtbilder im Regen, Fische, Äpfel, Austern im Regen, Familienbildnisse im Regen, erotische Bilder im Regen, offizielle Gemälde im Regen, Städte im Regen, Kontinente im Regen, abstrakte Werke im Regen, Collagen im Regen, Aquarelle im Regen…

Ihr Regenfans, ihr Gene-Kelly-Bewunderer, die ihr vor euch hin trällert »I'm singing in the rain«, während ihr unter der Dusche steht, die ihr vor euch hin pfeift »Regentropfen, die an dein Fenster klopfen«, die ihr mit Rührung des Regenmantels von Humphrey Bogart gedenkt, die ihr zehnmal »La mousson« (Der Monsun) gesehen habt, freut euch! Der Tag, an dem der Regen kommt, ist da. Es lebe der Regen! Es lebe die Avantgarde!

Postscriptum Und sei's drum: um – in willkürlicher Reihenfolge – das Fest der Humanität, die Campingfreunde, die Feriengäste, die Hotelbesitzer, die Freiluftkonzerte, die Sonnenbrillenverkäufer, die Wahlpropagandareisen, die Jäger, die Polizisten, die Militärparaden, die religiösen Prozessionen, die Sportveranstaltungen und um die Uferwege. Wer die Kunst nicht liebt, kann immer noch das Fernsehen einschalten.

Hundert gute Gründe,
mich auf der Stelle umzubringen

1. Die beste Art, um sicherzugehen, dass ich nicht schon tot bin.

2. Die letzte Volkszählung wird dann nicht mehr stimmen.

3. Unter der Erde wartet man nur noch auf mich, um mit dem Feiern anzufangen.

4. Man bringt ja auch die Pferde um.

5. Ich werde in der Wertschätzung meiner Zeitgenossen steigen.

6. Ich werde der Angst vor dem Jahr 2000 entgehen.

7. Wie Werther. Man wird nicht mehr an meiner Bildung zweifeln.

8. Ich werde meinen Krebs lächerlich machen.

9. Um mein Horoskop Lügen zu strafen.

10. Um meinen Psychoanalytiker zu ruinieren.

11. Um mich an den Wahlen vorbeizudrücken.

12. Ein unfehlbares Mittel gegen meine Glatze.

13. Ich werde endlich wieder bei Null anfangen.

14. Der Tod adelt: ich kann mich »von« schreiben.

15. Ich werde mich nicht mehr so einsam fühlen.

16. Am nächsten Allerheiligen werde ich Namenstag haben.

17. Das Leben wird immer teurer, den Tod kann man sich leisten.

18. Die beste Methode, zu den Wurzeln zurückzukehren.

19. Eine Kriegskunst, die mir liegt.

20. Um ein guter Umweltschützer zu sein: ich werde dazu beitragen, dass der Rasen grün wird.

21. Um an diesem Tag einen Markstein zu setzen.

22. Meine Organe können anderen dienen, die mehr daraus machen.

23. Arbeitsplatzbeschaffung für die Jugend.

24. Endlich die erste Geige spielen.

25. Um in einem Sektionsraum in den Genuss der Vorteile des totalen Exhibitionismus zu kommen.

26. Um die erhabenen Wonnen der Seelenwanderung auszukosten.

27. Vorbei der Alptraum der Schaltjahre.

28. Um meinem Werk eine moralische Dimension zu geben.

29. Damit jeder glaubt, ich hätte Sinn für Ehre.

30. Damit dieser Text den Wert eines Testaments bekommt.

31. Ich werde Weltbürger.

32. Die Euthanasie ist nicht für die Katz.

33. Ich werde das letzte Wort haben.

34. 67% der Franzosen sind für die Todesstrafe.

35. Weil das eine gute Art und Weise ist, mit dem Rauchen aufzuhören.

36. Um meiner zwei Seelen Herr zu werden: wenn nur noch eine übrigbleibt, werde ich klarer sehen.

37. Eine Erlösung, die nicht so schmerzhaft ist wie eine Entbindung.

38. Ich habe nichts mehr anzuziehen.

39. Ich möchte nicht länger zum Defizit der Sozialversicherung beitragen.

40. Um, wie alle Welt, einen Juden umzubringen.

41. Um zur schweigsamen Mehrheit zu gehören, zur wahren.

42. Ich will eine vor Jugend strotzende Witwe zurücklassen.

43. Ich kann nicht mehr in der Angst leben, von meinem Körperspray im Stich gelassen zu werden.

44. Ich werde auf diese Weise der nächsten Mobilmachung entgehen.

45. Um mein Geheimnis zu wahren.

46. Um zu beweisen, dass die Neutronenbombe nichts an mir hat.

47. Um ohne Diät, und ohne daran zu denken, abzunehmen.

48. Ich will unbedingt dazu beitragen, dass die Straßen bei Ferienbeginn nicht mehr so verstopft sind.

49. Ich will unbedingt einem anderen die ärgerlichen Folgen eines Mordes ersparen.

50. Um Energie, Kaffee und Zucker zu sparen.

51. Um mich nicht mehr schämen zu müssen, dass ich in den Spiegel gucke.

52. Und wenn ich unsterblich wäre? Ich bringe es am besten so rasch wie möglich in Erfahrung.

53. Ein Maul weniger zu stopfen.

54. Um allen zu beweisen, dass ich keinen Schiss habe.

55. Um die zu zählen, die bei meinem Begräbnis weinen.

56. Um von der anderen Seite aus zu sehen, wenn ich da bin.

57. Besser den Kopf mit einem Ruck als die grauen Haare einzeln ausreissen.

58. Mit dem Revolver: ich werde nach zehn Uhr die Ruhe stören.

59. Mit Gas: um den Reiz einer letzten Zigarette auszukosten.

60. Aufgehängt: um aus einem einfachen Strick einen herrlichen Glücksbringer zu machen.

61. Unter einem Zug: um die Ferien der anderen zu verlängern.

62. Mit Schlaftabletten: morgen, ein Superschlaf, bis in die Puppen.

63. Elektrotod: um mich einmal ordentlich durchschütteln zu lassen.

64. Durchs Fenster: um meiner Angst vor Fahrstühlen zu entgehen.

65. Der Tod, heißt es, ist ein leichtes Mädchen. Ich werde ein paar angenehme Stunden mit ihr verbringen.

66. Um meine Schuppen loszuwerden.

67. Um den kleinen Tierchen gegenüber gut zu sein.

68. Um im gleichen Jahr wie Hitchcock zu sterben.

69. Um meine Steuern nicht zahlen zu müssen.

70. Um meine Miete nicht zu zahlen.

71. Um nachts nicht mehr zu schnarchen.

72. Um als Gespenst zu erscheinen und meine Feinde an den Beinen zu ziehen.

73. Um zu vermeiden, dass ich mich im Alter selber plagiiere, wie Giorgio de Chirico.

74. Weil ich eine im Aussterben befindliche Gattung bin, die niemand schützt.

75. Weil ich als letztes Wort einen sehr schönen Satz vorbereitet habe, den ich womöglich vergesse, wenn ich zu lange warte.

76. Um ein für alle Mal die Nabelschnur zu kappen.

77. Um der Begründer eines neuen Stils zu sein: der Dead-Art.

78. Um, im Alleinaufführungsrecht, den Film meines Lebens noch einmal zu sehen.

79. Um von der anderen Seite aus zu sehen, ob es noch Jungfrauen gibt.

80. Damit man mich schön macht, wenn ich kalt bin.

81. Weil ich schnellstens den amüsanten Epitaph verwenden will, den ich für mich gefunden habe: eine Last weniger.

82. Um zu sehen, ob die Lahmen auf meinem Grabe geheilt werden.

83. Damit das 20. Jahrhundert endlich ein wichtiges Ereignis besitzt, an dem es noch lange zu kauen hat.

84. Um mich als Vampir am köstlichen Blute richtiger junger Mädchen zu laben.

85. Im Hinblick auf die Antike: um eine tote Sprache zu sprechen.

86. Um allen, und in spektakulärer Weise, meine Meinung über den Selbstmord zur Kenntnis zu bringen.

87. Weil Paris nicht mehr das ist, was es einmal war.

88. Weil Groucho Marx tot ist.

89. Weil ich alle Abenteuer von Sherlock Holmes gelesen habe.

90. Weil ich von den Wetterberichten enttäuscht bin.

91. Damit die anderen meinem Beispiel folgen.

92. Um meine Revolution zu machen.

93. Um meine Geschicklichkeit unter Beweis zu stellen, wenn ich mich nicht verfehle.

94. Um heimatlos zu werden.

95. Um meinen Freundeskreis zu erneuern.

96. Um über den Gesetzen zu stehen.

97. Weil ein gut ausgeführter Selbstmord mehr wert ist als ein banaler Beischlaf.

98. Um nicht im Krankenhaus zu sterben.

99. Damit mein Blut einen schönen Fleck auf der Leinwand hinterlässt.

100. Weil ich 1000 gute Gründe habe, auf mich böse zu sein.

Zwölf Möglichkeiten, Weihnachten zu entgehen

1. Vorschlag:

Mit Hilfe eines Hypnotiseurs den Dezember durch Juli ersetzen.

Vorteil: Ein guter Hypnotiseur bringt das in fünf Minuten fertig. Hokuspokus, weg ist der Dezember! Weihnachten existiert nicht mehr. Ohne ein ungutes Gefühl können Sie dem 24. Juli entgegensehen: Kein Fest weit und breit.

Nachteil: Sie riskieren, sich zu erkälten. In der Weihnachtsnacht mit einem Badeanzug bekleidet in der Kälte herumzulaufen schadet der Gesundheit.

Bemerkung: Man kann das oben erwähnte Risiko vermeiden, indem man sich im Juli warm anzieht.

2. Vorschlag:

Kalender-Säuberung unter besonderer Berücksichtigung der Tage vom 24. bis 26. Dezember.

Vorteil: Nun ist der Kalender endlich rein! Das fatale Datum ist nicht mehr da. Jetzt den Kalender zu betrachten wirkt wunderbar beruhigend.

Nachteil: Die Landkarte ist noch nicht das Land und der

Kalender noch nicht die Zeit. Der 24. Dezember der anderen verdirbt Ihnen Ihren »weißen Tag«.

Bemerkung: Ich habe im vorigen Jahr diese Methode ohne Erfolg angewandt.

3. Vorschlag:

Dezember – der Monat in Klausur

Vorteil: Sie verlieren einige Kilo.

Nachteil: Sie riskieren, auch den Kopf zu verlieren. Es ist schwierig, während eines ganzen Monats allein in einem weißen kleinen Zimmer bei Wasser und Brot zu leben. Der Gedanke daran, dass die anderen ihren Festschmaus halten, bewirkt, dass Ihnen das Wasser im Munde zusammenläuft. Denken Sie nur an den Christstollen, die Gänseleberpastete, den Truthahn – das ist beileibe keine Erholung. Und wenn Sie aufgeben, machen Sie sich lächerlich!

Bemerkung: Dieses System ist ganz besonders albern.

4. Vorschlag:

Durch einen Schlag auf den Kopf sein Gedächtnis verlieren.

Vorteil: Man hat nicht ohne Grund festgestellt, dass bei einer Weihnachts-Allergie zwei Faktoren auftreten. Erst einmal Weihnachten selbst, und dann die Allergie. Wer sein Gedächtnis verliert, der kann diesen beiden Dingen aus dem Weg gehen. Fällt man in Ohnmacht, verlieren die Erinnerungen an Gewicht, und der Kranke kann Weihnachten unter einem neuen Aspekt sehen.

Nachteil: Der Schlag auf den Kopf. Es ist außerordentlich schwierig, die Stärke des Schlages zu dosieren.

Bemerkung: Eine Variante: Lassen Sie sich im Beisein eines Zeugen von einem Freund den Schlag versetzen. Dann machen Sie dem Freund einen Prozess, um viel Geld herauszuschlagen.

5. Vorschlag:

Buddhist oder Moslem werden.

Vorteil: Weihnachten hat keine Bedeutung mehr.

Nachteil: Weihnachten existiert trotz allem.

Bemerkung: Was haben Sie schon zu verlieren? Es ist einen Versuch wert!

6. Vorschlag:

Den anderen Weihnachten verderben.

Vorteil: Die ernsthafte Vorbereitung verschiedener Sabotagen nimmt Sie schon nach Beendigung Ihrer Urlaubszeit voll in Anspruch: Kauf von explosivem Material, Lehrzeit bei einem Schweißer oder Sprengmeister. Weihnachten kommt, ohne dass Sie es merken, und es kann passieren, dass Sie noch nicht einmal fertig sind. Beeilen Sie sich!

Nachteil: Die kleinen unschuldigen Gags, die Sie so erfreut haben, könnten eine gegenteilige Wirkung bei Ihrem Opfer hervorrufen. Vergessen Sie niemals, dass das Opfer wütend wird, sogar gefährlich.

Bemerkung: Es ist vorteilhaft, in Urlaub zu fahren, weit,

sehr weit fort, gleich nach Weihnachten, oder wie Sie das jetzt nennen.

7. Vorschlag:

In einem Fahrstuhl gefangen sein.

Vorteil: Man ist von der Umwelt abgeschirmt. Sie haben außerdem die Freude, den Rettern Weihnachten zu verderben. Außerdem müssen die anderen Bewohner des Hauses nun die Treppen hinaufsteigen.

Nachteil: Die Isolierung dauert selten mehr als sechs Stunden. Dann muss man den Aufzug wechseln.

Bemerkung: Angenehmes System, wenn man es mit einem Wesen des anderen Geschlechts praktiziert.

8. Vorschlag:

Mönch werden.

Vorteil: Wenn Sie einen besonders zurückgezogenen Orden wählen, sind Sie gut geschützt. Kein Tannenbaum, kein Weihnachtsschmuck, kein Festschmaus, kein Fest.

Nachteil: Sie kommen nicht um die Messe herum.

Bemerkung: Man weiß, wann man eintritt, aber nicht, wann man austritt. Es wäre schade, sich die restlichen elf Monate für einen vergnüglichen Monat im Jahr zu verderben.

9. Vorschlag:

Eine Reihe von Anti-Vietnam-Demonstrationen organisieren.

Vorteil: Die Polizei wird Ihnen spontan helfen und alles daransetzen, damit Sie Weihnachten vergessen.

Nachteil: Es kann Ihnen passieren, dass Sie von den Demonstranten zum Festessen eingeladen werden.

Bemerkung: Die Auswahl des Krieges ist ohne Bedeutung. Jeder Konflikt kann helfen, allerdings unter der Voraussetzung, dass er schon zwei Jahre dauert.

10. Vorschlag:

Einen Autounfall haben.

Vorteil: Der Schock, die Angst, der Schmerz, die Ambulanz, das Krankenhaus, das Koma, all das ist hervorragend. Weihnachten ist auf Ihrem Kalender nicht mehr ein idiotischer Tag, sondern DER TAG Ihres Unfalls. Sie können dann jedes Jahr den Geburtstag des Unfalls feiern.

Nachteil: Sie laufen Gefahr, Sterne zu sehen, die Engel im Himmel zu hören und sich selbst so platt wie eine Weihnachtskarte wiederzufinden.

Bemerkung: Wenn es für Sie wirklich so wichtig ist, können Sie schon im August den Unfall haben. Sie müssen aber darauf achten, dass das Koma lange genug anhält!

11. Vorschlag:

Selbstmord begehen.

Vorteil: Allem ist ein Ende gemacht.
Nachteil: Wenig originell. Jeder bringt sich zu Weihnachten um, das weiß man. Außerdem kann es Ihnen passieren, dass ein Weihnachtswunder geschieht. Das wäre nicht zu ertragen!
Bemerkung: Eigentlich überflüssig.

Wir hatten noch viele Ideen: das Gefängnis, das LSD, den Mond. Auf diese Vorschläge haben wir verzichtet: Zum Abschluss nur noch ein Vorschlag:

12. Vorschlag:

Eine Liste mit Vorschlägen aufstellen, um Weihnachten zu entgehen.

Vorteil: Eine solche Liste kann Ihnen ein Vermögen einbringen, vorausgesetzt, Sie bringen sie an den richtigen Mann.
Nachteil: Dadurch, dass Sie immer wieder an Weihnachten denken, riskieren Sie, schwachsinnig zu werden.
Bemerkung: Fröhliche Weihnachten!

Roland Topor
über Roland Topor

Wer ist Roland Topor?

Es ist nahezu unmöglich, diese Frage zu beantworten. Die Meinungen über ihn gehen weit auseinander, und es sind viele widersprüchliche Gerüchte im Umlauf.

Der Grund für das alles ist möglicherweise Janus. Topor wurde im Januar geboren und scheint tatsächlich zwei Gesichter zu haben. Er wird seines Mutes wegen gerühmt (er weigert sich, ein Flugzeug zu benützen), aber auch seine Feigheit wird von allen, die ihn kennen, hervorgehoben (es wird zehn Jahre, dass er auf eine Waage stieg). Sein Egoismus ist außergewöhnlich, wird aber durch eine unerhörte Großzügigkeit aufgewogen (er sagt den Leuten immer wieder, dass sie recht haben).

Also: Wer ist der wahre Topor, und wie viele Topors gibt es?

Ich glaube, dieses Geheimnis aufklären zu können. Ich kenne Topor seit 32 Jahren. Ich bin mit ihm in die Schule gegangen; während des Krieges haben wir gemeinsam in Savoyen Kühe gehütet; ich habe mit seiner Frau geschlafen, kurz: Eine intimere Bekanntschaft ist kaum vorstellbar.

...und gerade letzte Nacht geschah Folgendes: Ich schlief friedlich zu Hause in der Rue du Faubourg St. Honoré, Paris, als ich plötzlich erwachte. Da lag ich in meinem Bett, mit weit offenen Augen, seltsam angsterfüllt.

Ein Schatten, gerahmt von dem schwachen Licht des offenen Fensters, tauchte auf. Der Schatten wurde zu einem Mann, der still und heimlich über das Fensterbrett kletterte. Vorsichtig ging er zu meinem Schreibtisch, wo ich eine eben beendete Zeichnung hatte liegenlassen – eine Zeichnung, die ich recht gelungen fand. Im Licht des Mondes konnte ich erkennen, wie der Bleistift meines Besuchers rasch über die Seiten eines kleinen Notizbuchs tanzte. Er hielt nur inne, um sich meine Zeichnung anzusehen, und dann bewegte der Bleistift sich wieder.

Er kopierte! Er stahl meine Zeichnung! Als seine böse Tat getan war, glitt er zum Fenster ... kroch hindurch ...

Ein Lichtstrahl fiel auf sein Gesicht ... ich konnte einen verblüfften Aufschrei nicht unterdrücken. Es war ... Roland Topor! Mein Freund! Mein Bruder! Mein Doppelgänger!

Der Schrei muss ihn erschreckt haben. Er verlor das Gleichgewicht, fiel fünf Stockwerke tief hinunter und blieb zerschmettert auf dem Gehsteig liegen.

Jetzt gibt es nur einen Topor, und was immer auch die Leute sagen: Ich glaube, ich bin es.

Wäre ich nur ich selbst!

Was denn die Leute nun von mir denken?

Weil ich schreckliche Sachen zeichne und gruselige Geschichten schreibe, stellen sie sich in mir einen unanständigen Typen vor, einen Sexomanen, einen Sadisten, einen Psycho-Ticker, einen Wüstling, einen unanständigen Kerl! Dagegen protestiere ich energisch. Ich habe nie eine hübsche Leiche ausgegraben, um sie zu schänden, weder ein Baby an meine Tür genagelt noch rauchende Gedärme in die Hose gesteckt. Vielleicht sind solche Gestalten über den Umweg einer Zeichnung oder einer Geschichte aufgetaucht, schon möglich, ich habe es vergessen. Aber ich möchte betonen, dass jede Ähnlichkeit zwischen mir und ihnen rein zufällig ist. Ich bin ein ganz gewöhnlicher Sterblicher aus Fleisch, Knochen und Blut, meine Schöpfungen hingegen sind Phantasie, und sie haben das Glück, Fleisch aus Papier zu besitzen, Tinte anstelle des Blutes und als Knochen das, was zum Knabbern übrigbleibt von dem, was man mir zahlt.

Cézanne – der Vergleich sei gestattet – hatte keinen apfelförmigen Kopf, Rubens hatte nie Probleme mit Cellulitis, Mondrian bemalte sein Gesicht nicht mit Karos, und Picasso hatte seine Augen dort, wo sie hingehören. Ich verfalle nicht der Versuchung, mich mit diesen hochgerühmten

Kollegen zu vergleichen, aber irgendwann muss der Geduldsfaden doch reißen und das Fass überlaufen.

Eine Frau verlässt mich? Man sagt mir mit bedeutungsvollem Augenaufschlag: »Es muss ja immerhin nicht leicht sein mit dir zu leben? Gib zu, dass du sie geschlagen hast!«

Ich treffe Freunde. Sie schreien auf: »Du, gestern haben wir eine tote Ratte in der Gosse liegen sehen. Ihr Kopf war ganz zerquetscht: Wir haben an dich gedacht!« Rührend.

Aus den Ferien zurück? »Schade, dass du nicht mit uns am Meer warst. Wir hatten so viele Ertrunkene, du hättest deinen Spaß gehabt!«

Ich habe ein Anrecht auf die gesammelte Ernte aller Scheußlichkeiten, aller miesen Anekdoten, aller makabren Zeitungsnachrichten aus dem »Vermischten«, und all dies noch mit dem milden Lächeln des Humanisten, der versucht, »das Tier« zu verstehen.

Bei Vernissagen kommt es nicht selten vor, dass mich Unbekannte ansprechen: »Komisch, Sie sehen ganz aus wie Ihre Zeichnungen!« Und wenn ich das abstreite, aber das Gespräch dennoch weitergeht, nimmt es diese Wendung: »Ich würde wetten, dass Sie es auch mit Tieren treiben? Nicht? Sie bevorzugen wohl noch raffiniertere Freuden? Allein? Sadist oder Masochist? Klemmen Sie vielleicht gerne Ihr Genital in der Türe ein? Nein? Dann sind es wohl die Nutten? Wetten, dass Sie sich immer in der Rue Saint-Denis rumtreiben! Das kann nicht billig sein, bei dem, was Sie wohl so alles verlangen! Die Scheiße? Sie essen Scheiße, nicht wahr? Nein? Ach, das ist aber komisch! Sie haben so ein eigenartiges Lachen. Ein Freund von uns lacht wie Sie, Sie müssen ihn kennenlernen, sie würden gut zusammenpassen. Er spinnt auf kleine Mädchen. Ja, so um die sechs oder sieben, nicht älter.«

Unmöglich, sie zu bremsen, sie sind unersättlich. Sie haben so viel schreckliche Dinge in ihrem Kopf, deren sie sich entledigen müssen, das ist normal, aber ich kriege davon Gänsehaut. Und es ärgert sie, dass ich mit ihren perfekt verdrängten üblen Gedanken mein Leben bestreite. Das stinkt ihnen richtig.

Ich errege die Frauen. Sie glotzen mich mit zusammengekniffenen Augen an, die Zunge im Mundwinkel, ein leichter Hauch von Schweiß schimmert durch das Make-up. In diesem Punkt jammere ich nicht allzusehr, denn es ist besser, die Frauen zu erregen als sie gleichgültig zu lassen. Wenn es wenigstens die schönen Frauen wären! Aber nein, man soll nicht träumen! Ich sehe ja genau, dass es Frauen sind, an ihren vorderen Ausbuchtungen und an ihren Jeans, aber die Merkmale sind mager. Kurz und gut, Frauen, die auf bestimmte Männer mit dem Zeigefinger deuten: »Wetten, dass der da mit dem Bart Sie reizt? Kommen Sie mein Bester, genieren Sie sich nicht vor uns... Ich habe nichts gegen Homosexualität...«

Manchmal freilich ist der Ton anders:

Überrascht: »Er hat die Katze gestreichelt!«

Verwundert: »Er hat dem Kind Süßigkeiten gegeben, und weißt du, sie sind nicht einmal vergiftet.«

Wie vom Schlage gerührt: »Er hat die Zeche bezahlt!«

Ungläubig: »Er ist nicht in der kommunistischen Partei!«

Am Boden zerstört: »Er hat ein Bad, und er benutzt es auch!«

Ach, wäre ich toll, wäre ich nur ich selbst! Wenn ich so

wäre, wie die Leute sich mich vorstellen! Ein gemeines Wesen, kaum ein Mensch, Spucke auf den Lippen, Rotz in der Nase, den Pimmel draußen, das Rasiermesser in der Hand, mit Kot beschmiert, von Ungeziefer übersät, den Bauch gewölbt von Unmengen von Nahrung, modriger Atem, der alle Alkotests aufreiben würde, den Kopf dort, wo der Arsch ist, und das Herz schwimmt in der Blase. Ich muss gestehen, dass ich es manchmal schade finde, so banal zu sein, wie ich bin.

Ich habe den Eindruck, ein Betrüger zu sein, ein Komiker, der seines Rufes unwürdig ist. Wenn ich das wäre, was sich die anderen vorstellen, wenn ich ihren Phantasmen ähneln würde, wäre ich dem Publikum näher, würde ich ein Teil von ihm sein. Ist es nicht ganz wunderbar, das Publikum! Nein?

Ein Leben mit dem Radiergummi
Eine wahre Geschichte

Beim Zeichnen vergeht mir die Zeit rascher. Auch wenn ich ziemlich früh aufstehe, kaum habe ich einige Striche zu Papier gebracht, hier ein paar Schatten schraffiert und dort eine Figur skizziert, ist der Tag schon vorüber. Nachts schlafe ich. Tagsüber zeichne ich. Mein Leben verrinnt so schnell, dass ich ihm nicht folgen kann.

Natürlich müsste ich meine Eingebungen unter Kontrolle halten, um nicht Opfer zu werden. Ich müsste mich ihnen gegenüber taub stellen. Ich weiß. Leichter gesagt als getan! Wenn Neugierige mich in meinem Atelier besuchen, fragen mich manche: »Arbeiten Sie tagsüber oder bei der Nacht? Wie kommen Sie auf Ihre Ideen? Bei der Betrachtung der Wirklichkeit oder erst beim Zeichnen?«

Welch ein Unsinn! Sie sind weit entfernt von den wahren Verhältnissen. Aber ich versuche, sie nicht aufzuklären.

Ich zeichne, wenn ich nicht anders kann! Und ich kann nicht anders! Und ich kann nicht anders, wenn mich ein Einfall so vergiftet, dass ich ihn erbrechen muss! Solche Krisen bringen mich um, weil ich bei der Arbeit nicht mehr auf die Uhrzeiger schaue. Sie nutzen das aus und drehen sich in einem Wahnsinnstempo. Sie drehen richtig durch.

Da geht mir zum Beispiel seit zwei Tagen ein Bild durch

den Kopf: ein vages Bild, aber eines von der Sorte, die ich nicht loswerde. Es handelt sich um einen kleinen Jungen – aber das hat eigentlich nichts zu bedeuten, denn es ist so einfach, ihn im letzten Augenblick in einen alten Mann zu verwandeln –, dessen Kopf zwischen den Hinterteilen zweier Frauen, die mit dem Rücken zueinanderstehen, festgehalten und eingezwängt wird. So, mehr ist es nicht. Später, bereits mit der Zeichenfeder in der Hand, werde ich entscheiden, welche Kleider – wenn überhaupt – diese Frauen tragen, welches Alter, welchen Gesichtsausdruck sie haben und welche Landschaften als Hintergrund für die Szene dienen sollen. Aber das ist nicht das Problem, das werde ich schon hinkriegen. Nein, was ich unerträglich finde, das ist der Zustand der Abhängigkeit gegenüber diesem virtuellen Bild. Ich stecke da drin, trotz der abstoßenden Banalität dieser Konstellation. Wie ist es möglich, dass ein Mann meines Alters, ziemlich ausgeglichen, relativ intelligent und kultiviert, mit nicht ganz willenlosem Charakter, wie ist es möglich, dass ein solcher Mensch viele Stunden seines Lebens sich solchen Kindereien verschreibt. Wo im gleichen Augenblick andere Menschen seriösen Dingen nachgehen, wie Krieg, Handel, Informatik oder dem Anbau von roten Rüben! Ich schäme mich und versuche zu widerstehen, aber es ist ein ungleicher Kampf. Schon seit achtundvierzig Stunden versuche ich, mich dem zwischen Pobacken eingezwängten kleinen Jungen zu widersetzen. Und heute Morgen, beim Aufstehen, lenken mich meine Schritte schlafwandlerisch an meinen Arbeitstisch. Absolut bekümmert zeichne ich die Szene mit groben Strichen.

Es ist schon Mittag. Wie schnell der Tod herantritt! Sollte

ich all die Abertausenden von Geschöpfen beneiden, die in ihrer Fabrik ununterbrochen die gleiche Bewegung ausführen. Oder diese zugewanderten Arbeiter, denen man die schlimmsten Arbeiten unter erbärmlichen Bedingungen zumutet? Wie lange muss ihnen die Zeit vorkommen? Aber nein, ich bin überempfindlich! Das Unglück der anderen tröstet mich nicht. Und nicht zu vergessen, dass ich mir einige kleine Entschädigungen gönne...

Die Frau zur Linken ist am weitesten fortgeschritten. Ihr engelhaftes, sanftes Gesicht wendet sich gen Himmel. Ich bin mit der Bewegung des Halses zufrieden, ebenso mit der lässigen Haltung der Hand.

Sieben Uhr. Ich habe Hunger. Ich esse ein Sandwich und schiele auf die rechte Figur hinüber. Ich gebe acht, damit kein Fettfleck auf das Papier kommt. Der kleinste Fettkrümel würde einen nicht wiedergutzumachenden Schaden anrichten. Ich könnte wieder ganz von vorne anfangen! Die rechte Figur ist nicht übel geworden. Ich habe ihr ein kleines Schwein auf den Kopf gesetzt. Das war zwar nicht nötig, aber ich fand dieses Detail lustig. Es hat mich drei Stunden gekostet. Jetzt kommt der Junge dran. Sein Gesicht soll rot angelaufen sein, grotesk, aber zugleich rührend. Die Hände, durch die Hintern verdeckt, bleiben unsichtbar...

Plötzlich werde ich kreidebleich: eine ruckartige Bewegung lässt die Feder spritzen. Nur wenige Millimeter vom Schwein entfernt landet ein Tintenfleck. Mit angehaltenem Atem tupfe ich den Flecken ab. Gott sei Dank, ein Drama wurde vermieden. Ich kratze und radiere. Man wird nichts sehen. Es ist nach Mitternacht. Ich genehmige mir einen kleinen Cognac, um mich von meinen Gefühlswallungen zu erholen.

Die Zeichnung kommt voran. Sie wird bald fertig sein. Ich stelle sie auf ein Brett des Bücherregals, um danach den Gesamteindruck zu beurteilen. Barmherziger! Es fehlt an allen Ecken und Enden! Die Schatten sind zu weich, die Konturen unscharf und die Reliefs treten nicht genügend hervor. Um mir Mut zu machen, zünde ich mir eine Pfeife an. Dann setze ich den Alleingang mit der Zeichenfeder fort: »Krrr… Krrr… Krrr…« Strich kommt zu Strich, sie kreuzen und überlagern sich. Es kommt mir vor wie Stricken.

Der Tag bricht an. Es regnet. Auf der Straße quietschen die Reifen eines Autos. Es ist kalt draußen. Ich mache das Fenster zu.

Diesmal bin ich fertig. Doch nein. Die Zeichnung ist grau, von einer trostlosen Fadheit. Es ist niederschmetternd. Um den Kranken zu retten, gibt es eine einzige Möglichkeit: die Kontraste müssen stärker hervorgehoben werden. Ich bin müde, ich möchte schlafen, aber ich weiß, dass es unmöglich ist. Ich bin wie besessen.

Mittag. Der Regen hat aufgehört. Ich habe nicht die Kraft gehabt aufzustehen, um das Licht auszumachen. Es brennt weiter, trotz der Sonne, die meinen Augen wehtut. Die Zeichnung, der ich mich seit achtundvierzig Stunden verbissen hingebe, scheint mir immer noch so weiß. Was ist aus den Tausenden von Schraffen geworden, die ich mit krankhafter Sturheit über das ganze Blatt verteilt habe! Ein Rätsel. Soll man glauben, dass sie sich verflüchtigt haben? Die Arbeit hat sich unter den Fasern des Blattes eingegraben, und der Spitze meiner Feder gelingt es nicht, sie da herauszutreiben. Der ganze Nachmittag reicht nicht aus. Ebensowenig der Abend. Es ist 23 Uhr, als sich aufgebe. Ich bin erschöpft und muss kämpfen, dass ich nicht plötzlich einschlafe, hier auf meinem Tisch. Ich schaffe es bis zum Badezimmer. Über dem Waschbecken hängt ein Spiegel. Dort entdecke ich das Gesicht eines Unbekannten, der mich blödsinnig anstarrt. Nein. Ich erkenne die Augen. Sie sind vor lauter Schrecken vergrößert. Weil ich endlich weiß, was aus all diesen unzähligen kleinen schwarzen Tuschstrichen geworden ist: ein feingeknüpftes Netz zur Fixierung eines gedachten Bildes. Ich verstehe, warum sie mir so schmerzlich abgehen seit neununddreißig Stunden, seit neununddreißig Jahren…

Alle diese Striche, diese Abertausende von Strichen, ich finde sie auf meinem Gesicht wieder. In Falten verwandelt.

Topor à la bombe

Warum à la bombe?

Es ist die einzige Möglichkeit.

Nach dem überwältigenden Erfolg meiner Memoiren drängte mich mein Verleger, einen zweiten Band zu schreiben. Man weiß, wie sehr diese Leute hinterm Geld her sind, aber man kann ihnen nicht ernstlich böse dafür sein, wir sind ja alle gleich, nicht wahr, James Joyce? Nein, wenn ich es ihm übelnehme, dann habe ich meine guten Gründe dafür! Mein ursprüngliches Manuskript hatte den Titel: »Die Memoiren eines intelligenten jungen Mannes«. Tatsächlich erzählte ich ja von meiner Jugendzeit, und im Allgemeinen besteht Einigkeit darüber, mir eine überdurchschnittliche Intelligenz zuzuerkennen (mit Ausnahme von Andy, er ist zu eifersüchtig). Es hieß, dass dieser Titel nicht verkaufsfördernd klingt, weil es nicht allzu viele intelligente Leute gibt. Wie auch immer! Ohne mich zu fragen, hat man den Titel geändert! Deshalb bin ich der glückliche Autor der »Memoiren eines alten Arschlochs« geworden! Die Kinder kichern, wenn ich vorübergehe, meine Nachbarn prusten vor Lachen, wenn ich sie im Treppenhaus treffe, und meine Ex-Frauen weigern sich, meinen Namen zu tragen. Die Zeitung *Le Monde* traut sich kaum, mir eine Achtelseite zu widmen, und Jacques Chancel zerquetscht mir die Hand vor einer seiner famosen »Radioscopien«. (Ich bemerke bei dieser Gelegenheit, dass auch mein deutscher Verleger es für nötig gehalten hat, mich mit »altes Arschloch« zu beschimpfen!)

Arschloch, das geht ja noch. Aber alt? Warum alt?

Bukowski, dieser alte Säufer, immer auf den Erfolg aus, hat gleich nach mir »Die Erinnerungen eines alten Ekels« veröffentlicht. Es steht ihm frei, es ist seine Sache, das betrifft ihn! Aber ich, ich schlucke das nicht.

Ich bin weder ein Arschloch, noch bin ich alt.

Es ist ja egal, wenn ich, Opfer meiner Aufrichtigkeit, einige tausend Dollar weniger verdiene. Denn die Arbeit macht mich nicht bange, und im Inneren meines Kopfes besitze ich Muskeln, die viele gerne in den Armen hätten! Dies muss gesagt sein. Ich werde nicht kleinlaut werden. Doch das ist noch nicht alles.

Wie ich es in meinem Buch erzählt habe: Ein wichtiges Kapitel, jenes, das von meinen Abenteuern in Russland mit Trotzki, Stalin und Isadora Duncan erzählt, ist verlorengegangen. Und siehe da, einige Zeit nach Erscheinen der Memoiren gesteht mir mein verflixter Verleger, dass er es wiedergefunden hat. Wo? Raten Sie mal! Im Vorhang!

Während eines Ehekrachs mit seiner Gattin hat ihr dieser Herr zornentbrannt mein Manuskript an den Kopf geschmissen. Die getippten Blätter flogen bis an die Decke. Das arme Kapitel hat sich hinter der Vorhangschiene versteckt und blieb dort bis zum nächsten Frühjahrsputz.

Ist es nicht zum Auswachsen?

Warten Sie zwei Minuten:

Ich habe mir also vorgenommen, die Brücken abzubrechen und die Fortsetzung meiner Memoiren einem anderen Haus anzuvertrauen, als... was sehe ich da im Schaufenster von La Hune, Boulevard Saint-Germain! »Die Memoiren eines alten Arschlochs, 2. Teil«, mit einer Bauchbinde außen rum: »Wenn Sie den ersten Teil geliebt haben, werden Sie den zweiten vergöttern.«

Ich kaufe das Buch: Es ist eine Gaunerei! Der Text ist der vom ersten Teil, nur der Umschlag hat sich geändert. Was hätten Sie an meiner Stelle gemacht? Ich begründe unverzüglich, zum x-ten Mal, den Kubismus!

Aber einen anderen Kubismus, mörderischer als die vorhergegangenen, mehr aus dem Bauche kommend:

Der Kubismus à la bombe!

Warum à la bombe?* Um die Kanten zu brechen! Der Kubismus à la bombe verhält sich zur Malerei von Braque und Picasso wie ein Naja zur Nadja von Breton. Ja, ich plädiere ohne Zögern für eine nüchterne und rigorose Kunst, eine Kunst ausschließlich durch mich, für mich gemacht, und versuche, so gut wie möglich, ohne jene Mittelsmänner auszukommen, die die Kreativität abtöten und die Preise steigern. Es ist dieser letzte Abschnitt meines Werkes, den ich heute die Ehre habe, dem Publikum vorzustellen.

Und wieder einmal muss ich warnen: Achtung! Hüten Sie sich vor Fälschungen!

Auf der ganzen Welt kopieren mich sehr viele Künstler der zweiten Kategorie, dass ich schon gar nicht mehr genau weiß, wer ich bin.

Von wo kommen wir? Wohin gehen wir? Wer sind wir?

* Bombe ist das französische Wort für die Spraydose. (A.d.Ü.)

Dem alten Gauguin ist es gelungen, einen ziemlich schönen Schinken über dieses Thema zu malen. Ich aber habe nach einigen Versuchen mit der Bombe im Pazifik eine Art plastisches Testament gesprüht, bestimmt für das Musée d'Art Moderne in Genf oder Tokio, wer halt mehr hinlegt. Aber die Fragen, die ich aufwerfe, haben eine andere Bedeutung: Wo? Wann? Mit was? Meine Ausstellung nährt sich aus dieser dreifachen Frage, um eine explosive Antwort zu vermitteln, überzeugender als das Ohr von Vincent van Gogh.

Fragebogen

Was ist für Sie das größte Unglück? Das Allerschlimmste ist für mich die Vorstellung, dass der Verdauungsprozess umgekehrt wäre.

Wo möchten Sie leben? In einer anderen Welt, jenseits der unseren, denn das würde wenigstens deren Existenz beweisen.

Was ist für Sie das vollkommene irdische Glück? Glück ist eine Notwendigkeit, die ich ablehne, denn sie trägt ihre eigene Verneinung in sich: die Angst, unfähig zu sein, ein Glück zu schaffen, das diesen Namen verdient; die Angst vor jenen, die dieses Glück verhindern oder zerstören könnten; die Angst, eine simple Euphorie für das Glück zu halten – aus Egoismus oder Mangel an Phantasie. Ich ziehe bei weitem die reine Freude vor, sie fürchtet nie die anderen oder uns selbst. Die Freude ist großzügig, das Glück egoistisch.

Welche Fehler entschuldigen Sie am ehesten? Vaterschaft.

Ihre liebsten Romanhelden? Sherlock Holmes (Conan Doyle), *El doctór inverosímil* (von Ramón Gómes de la

Serna), Doktor Doolittle (Hugh Lofting) und Privatdetektive im Allgemeinen.

Ihre Lieblingsgestalt in der Geschichte? Kaiser Friedrich II.

Ihre Lieblingsheldinnen in der Wirklichkeit? Die Frauen, die ich kenne und die ich gekannt habe.

Ihre Lieblingsheldinnen in der Dichtung? Die Heldinnen der schwarzen amerikanischen Filme der guten Zeit (Huston, Walsh, Hawks) und die der Komödien von Lubitsch, Leo McCarey, Capra.

Ihre Lieblingsmaler? Mein Vater, der Maler Abram Topor. Ingres. Der Zöllner Rousseau. Die Sonntagsmaler.

Ihre Lieblingskomponisten? Die Großen des Jazz: Fats Waller, Slim Gaillard.

Welche Eigenschaften schätzen Sie bei einem Mann am meisten? Charme, das heißt die Differenz zwischen Schein und Sein.

Welche Eigenschaft schätzen Sie bei einer Frau am meisten? Charme.

Ihre Lieblingstugend: Der Zweifel.

Ihre Lieblingsbeschäftigung: Schlafen.

Wer oder was hätten Sie sein mögen? Bacchus.

Ihr Hauptcharakterzug: Angst, im Stadium der Panik.

Was schätzen Sie bei Ihren Freunden am meisten? Wenn sie Fröhlichkeit verbreiten. Die Fröhlichkeit existiert nicht in der Natur. Sie ist eine ungemein seltene Materie, die nur in gewissen Zeiträumen von einigen außergewöhnlichen Wesen abgesondert wird.

Ihr größter Fehler? Nachlässigkeit.

Ihr Traum vom Glück? Ein nie endendes Fest.

Was wäre für Sie das größte Unglück? Dass die Wirklichkeit dem entspricht, was ich von ihr weiß.

Was möchten Sie sein? Gott.

Ihre Lieblingsfarbe? Die Hautfarbe.

Ihre Lieblingsblume? Die Blume, die im Schatten von jungen Mädchen wächst.

Ihr Lieblingsvogel? Ein weiches Ei (vier Minuten).

Ihr Lieblingsschriftsteller? Die Humoristen (von Mark Twain bis Thurber und Allais), die Autoren von Abenteuerromanen (von Dumas bis Stevenson, über Chandler, Defoe und Swift, Gogol und Maupassant).

Ihr Lieblingslyriker? Die Liedertexter Charles Crod und vor ihnen Rutebeuf und Villon. Davor ist Martial ganz gut.

Ihre Helden in der Wirklichkeit? Die Menschen, die ich kenne und kannte.

Ihre Heldinnen in der Geschichte? Die großen Huren, die Mütter der Maler, die ich liebe.

Ihre Lieblingsnamen? Die eingetragenen Markennamen. Die Namen von Rennpferden.

Was verabscheuen Sie am meisten? Die mühsamen Verpflichtungen, derentwegen man die Arme hebt und seufzt: »So ist das Leben!«

Welche geschichtlichen Gestalten verachten Sie am meisten? Die Betrüger, die sich mit dem Volke legitimieren: die Staatsoberhäupter oder Parteiführer.

Welche militärischen Leistungen bewundern Sie am meisten? Den Aufstand des Warschauer Ghettos und allgemeiner die Militäraktionen der Zivilisten, die aus Notwehr handeln.

Welche Reform bewundern Sie am meisten? Die Trennung von Kirche und Staat.

Welche natürliche Gabe möchten Sie besitzen? Jeden Frühling neu geboren zu werden.

Wie möchten Sie sterben? Pour du beurre.*

Ihre gegenwärtige Geistesverfassung? Fortgeschrittener Gagaismus.

Ihr Motto? Ich denke, also profitiere ich.

* Für nichts (A.d.Ü.)

Roland Topor im Gespräch mit Pierre Boncenne

Pierre Boncenne: Ein Interview mit Ihnen kann recht unangenehm sein, wie sich einer Ihnen gewidmeten Sondernummer der Zeitschrift ›Carton‹ von 1979 entnehmen lässt; auf der ersten Seite ist ein Text von Ihnen abgedruckt, den ich hier auszugsweise zitiere: »Ein sehr vornehmer Herr kam für ein Interview zu mir und sagte: ›Mein lieber Roland, Sie sind der Größte, ich möchte Auskünfte über Ihr Leben, Ihre Karriere … usw.‹ Darauf ich, wie aus der Pistole geschossen: ›Fünfzehnmal Rumpsteak.‹« Kurz, Ihre Antwort auf jede der wohldurchdachten Fragen dieses Herrn lautete immer nur »Rumpsteak«.

Roland Topor: Immerhin, teurer Freund, ist das ein Werk der Phantasie! *(ausgiebiges Lachen)* Ich fand einfach, dass Rumpsteak lustig klingt, ein bisschen nach Swing-Jugend, und dann auch noch fünfzehnmal hintereinander *(beginnt zu singen):* Rumpsteak, Rumpsteak, Rumpsteak, Rumpsteak! *(markerschütterndes Lachen)*

Wenn es nur das gewesen wäre! Zu einem Journalisten, der Sie anlässlich der Verleihung des Prix des Deux Magots für Ihren Roman ›Jokos Ehrentag‹ interviewen wollte, sagten Sie: »Verbreiten Sie doch, was Sie wollen, ich glaube ohne-

hin nie, was ich in den Zeitungen lese.« Habe ich also Ihre Erlaubnis, über Sie zu erzählen, was mir einfällt?

Ich finde Interviews mit einem Teil Geflunker immer besser als solche, die sich auf die Wahrheit beschränken. Wahrheit ist eins und unteilbar. Einmal ausgesprochen, kann sie nur noch wiederholt werden. Während die Lüge, oder besser: der Einfall, auch das Barocke ermöglicht. Außerdem: Sagt man eine Wahrheit, die einem etwas bedeutet, und wird dann falsch zitiert, kann man nur sauer sein. Sagt man aber irgendwas, je nach Wetter, Lage und Laune, kann man nur zufrieden sein *(umwerfendes Lachen).*

Sie haben sich einmal von einer Reise selbst eine Postkarte nach Paris geschrieben, »Salut, Roland« usw. – warum veröffentlichen Sie nicht gleich ein Selbst-Interview?

Gerade eben habe ich daran gedacht, dass ich eine kleine Broschüre herausgeben könnte mit eigenen Fragen und meinen Antworten darauf – ein würdiges, authentisches Interview, das ich denen, die mich befragen wollen, in die Hand drücken könnte. Aber man soll ja anderen nicht die Arbeit wegnehmen, es sind schon zu viele arbeitslos *(hingerissenes Lachen).* Sie können mich also fragen, was sie wollen.

Danke, danke, ich habe mir zum Beispiel überlegt, Sie zu fragen, was Sie von Ihrem Eintrag im ›Petit Larousse‹ halten – Sie stehen nämlich im ›Petit Larousse‹, dazu gratuliere ich Ihnen.

Und da prahl ich noch nicht mal damit! Ich bin ein ziemlich einfaches Gemüt *(schallendes, sehr lautes Lachen).* Das

Problem beim *Petit Larousse* ist nämlich nicht reinzukommen, sondern drinzubleiben. Ich habe es schon vier Jahre geschafft und hoffe, dass Sie mir dazu gratulieren *(Lachen)*. Das einzig Unangenehme für Sie, der von einer Zeitschrift namens *Lire* kommt, ist, dass im *Petit Larousse* meine Schriften gar nicht erwähnt sind!

Das stimmt nicht, es steht hier wörtlich: »Topor (Roland). Französischer Zeichner und Schriftsteller, geb. in Paris 1938. Seine Zeichnungen, Bücher und Zeichentrickfilme in anachronistischem Stil entwickeln einen schwarzen Humor, in dem sich Absurdes und Grausames mischen.«

Da steht »Schriftsteller«? Genial! *(Lachen)* In der ersten Fassung vor vier Jahren wurde ich nur als »Zeichner« geführt – das war kränkend, kein Wort von meinen Texten! Und heute erfahre ich von Ihnen, dass ich »Zeichner und Schriftsteller« bin. Die haben ihren Fehler eingesehen. Das ist ein schöner Tag für mich! *(wahrhaft gigantisches Gelächter)* Los, jetzt können Sie mich alles fragen, was Sie wollen! Und Sie *(an Gilbert Nencioli, den Fotografen von ›Lire‹, gewandt)*, was ist mit Ihrem Blitzlichtgewitter, los, feuern Sie schon! *(Topor wirft sich in eine angemessene Pose und krönt sie mit einem ebenso angemessenen Lachen.)*

Soll man Sie eigentlich Roland Topor nennen oder nur Topor?

Nein, Roland Topor. Ich habe einen Vater und einen Sohn, und wenn ich den Namen monopolisiere, werden sie neidisch.

Zumal Sie die Gemälde Ihres Vaters Abram Topor sehr lieben.

Ja, sehr, dabei hat er erst ziemlich spät zu malen begonnen. Eigentlich war mein Vater Bildhauer und lebte in Warschau – meine Familie ist ursprünglich polnisch-jüdisch – aber 1930 wollte er weg, und als er es schaffte, ein Stipendium der Ecole des Beaux-Arts zu kriegen, ging er nach Paris. Meine Mutter kam nach, und sie haben in Frankreich geheiratet. Doch da mein Vater keinen im Kunstmilieu kannte, hat er sein ganzes Leben lang Lederwaren gemacht. Erst nach seiner Pensionierung hat er dann angefangen, regelmäßig zu malen, und seine Bilder berühren mich sehr.

Stift und Pinsel sind offenbar Familiensache bei den Topors. Sie haben mit Ihrem Sohn Nicolas zusammen bei Balland den Zeichenband ›Un Monsieur tout esquinté‹ veröffentlicht.

Ja, die Zeichnungen waren von meinem Sohn. Ich habe dann versucht, die äußeren Umrisse so treu wie möglich abzuzeichnen, aber den Sinn verändert, indem ich Schatten hinzufügte und ihnen einen anderen Anschein gab. Es sind keine Kinderzeichnungen, wie man sie normalerweise sieht; er hätte sie nicht allein machen können und ich auch nicht. Ich mag solche Bastardsachen, die quer zu unseren Kategorien stehen. Das ist ein bisschen so wie mit den Stichen von afrikanischen Skulpturen in den Zeitungen des 19. Jahrhunderts, könnte man sagen, die hatten nichts mit den Originalmodellen zu tun, aber genauso wenig mit der europäischen Kultur, und das aus gutem Grund. Ich arbeite gern in diesem undefinierbar gemischten Geist dazwischen.

Sie legen großen Wert darauf, dass man Sie als Zeichner und Schriftsteller definiert?

Zunächst einmal lege ich auf gar nichts Wert *(ausgedehntes Lachen).* Aber um Ihnen zu antworten, möchte ich den Fall der anderen Zeichner erwähnen: Reiser, Brétécher oder Sempé. Meistens bauen sie Texte in ihre Zeichnungen ein. Aber kaum jemand spricht von diesen Texten der Zeichner, die ich für großartig halte: Es ist eine neue Art, Theater zu schreiben.

Ja, aber bei Ihnen sind Zeichnen und Schreiben getrennt.

Die Zeichnungen von Reiser, Brétécher oder Sempé sind narrativ; ich bin kein Chronist. Und außerdem ein ziemlicher Faulpelz: Warum zwölf Zeichnungen pro Seite, wenn auch eine geht? *(sardonisches Lachen)* Und dann, um ganz ehrlich zu sein, hatte ich schreckliche Lust, ein echter Schriftsteller zu sein. ›Zeichner‹ ist nicht schlecht, aber als Bild nicht verschwommen genug. ›Schriftsteller‹ dagegen ist perfekt! Da ich die Krimis der Schwarzen Serie im Stil Dashiell Hammetts sehr mag, ist der Schriftsteller für mich ein Typ, der einmal einen Bestseller geschafft hat, seither aber nichts mehr zustande bringt. Besoffen fährt er ans Meer – mit seiner Schreibmaschine und einer jungen Frau, die noch an ihn glaubt. Das ist das Bild, das mir vorschwebt. Denn der Schriftsteller ist bei mir ein Held der Träume.

Ein Klischee.

Genau. Und im Grunde frage ich mich, ob nicht die meisten von denen, die Schriftsteller werden wollen, vor allem diesem Klischee nacheifern.

Dann wird Ihnen bestimmt auffallen, dass ich Sie in Ihrem Vorhaben bestärke, indem ich Sie für ›Lire‹ interviewe.

Deswegen bin ich ja seit heute Morgen so glücklich. Sehen Sie, wie ich strahle! *(begeistertes Lachen)*

Die ungefähr vierzig kleinen Geschichten, die Sie in dem Band ›Café Panique‹ bei Seuil veröffentlicht haben – hätten Sie die anders behandelt, wenn Sie sie gezeichnet hätten statt geschrieben?

Es sind ja Zeichnungen in *Café panique,* weil ich gebeten wurde, welche hinzuzufügen, und Sie können mir glauben, dass es sehr lästig ist, sich selbst zu illustrieren. Aber diese kleinen Erzählungen, die oft Skizzen fallengelassener Theaterszenarien oder Romane sind, kann ich mir nur in schriftlicher Form vorstellen.

Der Titel ›Café Panique‹ ist natürlich eine Hommage an die Panik-Bewegung, die Sie einmal vor allem mit Arrabal gegründet haben.

Eine Hommage an eine Bewegung, die, wenn ich Sie daran erinnern darf, nicht existiert. ›Le Mouvement Panique‹ war die Fälschung einer historischen Bewegung. Das kulturelle Leben in den Sechzigern war so öde, dass ein paar Freunden und mir Bewegungen wie Dada oder die Surrealisten mit ihrem stereotyp rebellischen Gehabe einfielen und wir uns sagten: »Schaffen wir doch selbst eine Bewegung, die Leute langweilen sich, sie sind ständig auf der Suche nach etwas Neuem.« Der Vorteil einer Bewegung ist auch das Gefühl, nicht allein zu sein. Und wenn Sie einen Preis oder eine Auszeichnung kriegen, können Sie in Ihrer Dankesrede sagen: »Mit mir erkennen Sie auch eine neue Strömung an, und dafür danke ich Ihnen, danke!« *(Lachen)* Die einzige Besonderheit der Panik-Bewegung ist, dass jeder das Recht hat dazuzugehören und sich als Gründer auszugeben. Es ist ein Treffpunkt einsamer Herzen.

Ein anderer Treffpunkt einsamer Herzen ist das Café, das in Ihrem Werk einen zentralen Platz einnimmt.

Ich habe sogar schon über die Gründung eines Vereins zur Rettung des Cafés als letzter Zuflucht der Kultur nachgedacht. Natürlich vor allem in Hinblick auf Subventionen *(Lachen).* Bars sind eminent kulturelle Orte, da treffen sich die Leute, reden miteinander über ernste Dinge. Bei der Arbeit ist Ihnen bestimmt schon aufgefallen, dass die Bar als Außenbüro oder Hauptquartier bezeichnet wird – das ist der Bedeutung des Ortes durchaus angemessen.

In ›Café Panique‹ ist, ebenso wie in Ihren anderen Büchern, viel vom Essen die Rede. »Ich esse, alles andere ist mir wurst«, sagt der Erzähler in ›Susanne – Geschichte seines Fußes‹. Aber mir ist aufgefallen, dass das große Fressen bei Ihnen genauso vorkommt wie die raffinierte Gastronomie.

Na ja, ich liebe es, gut zu essen – vielleicht ist das eine Form der Selbstzerstörung! Zufällig ist einer meiner Freunde Gastrokritiker in Deutschland. Und jedes Mal, wenn er nach Paris kommt, nimmt er mich mit. Das hat viele Vorteile: Erstens muss man die Rechnung nicht bezahlen *(Lachen);* dann kommt er immer nur kurz vorbei, sonst würde ich sterben; und schließlich hat er mich in andere Genüsse als Sandwiches eingeführt. Wie sollte man denn über manchen Speisekarten nicht ins Träumen geraten? Ich rede hier nicht von so blöden Namen wie ›Salat Hawaii‹, sondern von den kleinen Wundern, die sich in einem ›Salat von lauwarmem Täubchen an Nussöl‹ erahnen lassen. Ah, bestimmt läuft Ihnen schon das Wasser im Mund zusammen! *(Lachen)*

In Ihrem Panik-Café tragen sowohl die anwesenden Personen als auch die, von denen gesprochen wird, alle Spitznamen: ›Auf-ex‹, ›Glas-in-der-Hand‹, ›Kleinanzeige‹, ›Dicke Wampe‹, ›Alt-aber-oho‹, ›Nicht-heute-Abend‹, ›Fliegenkiller‹, ›Zigarrenschneider‹, ›Nebelbirne‹, ›Wunderbra‹ usw., die Kellnerin etwa heißt ›Zwei Minuten‹.

Sie gehen in irgendein Café und rufen nach der Kellnerin. Die antwortet wie aus der Pistole geschossen: »Zwei Minuten!« Also war es doch vollkommen logisch, die Figur der Kellnerin ›Zwei Minuten‹ zu nennen. Aber es geht in diesen Geschichten nicht so sehr um die Figuren, eher um die Geschichten und den Ort. Übrigens ist *Café Panique* eine Hommage an Damon Runyon, einen Amerikaner, der sehr viel über New York geschrieben hat, oder genauer gesagt, über den Broadway, und dabei immer ein Restaurant als Rahmen seiner Erzählungen wählt. Die Idee zu diesem Buch kam mir übrigens, weil ich viel im Café Tartine in der Rue de Rivoli war, gleich neben einem Lithographen, bei dem ich oft arbeite. Ein sehr kosmopolitisches Café, wo die Leute weniger über Meinungen diskutieren – was ich nicht so sehr schätze –, sondern Geschichten erzählen.

Und die Geschichten, die man sich im Café erzählt, lieben Sie offensichtlich.

Im Café hört man die irrwitzigsten Anekdoten, die verrücktesten Ideen. Die Leute reden von ihren Abenteuern, ihren kleinen Erlebnissen, ihren Einbildungen. Nehmen Sie zum Beispiel die Krankheiten: Im Café erzählen Ihnen die Leute haarklein, was sie haben oder zu haben glauben, oder von ihren Aufenthalten im Krankenhaus. Es ist unglaublich, was man unter dem geringsten Vorwand, einem bisschen Zahnweh, alles erzählen und erfinden kann.

Sie jedenfalls erfinden, ausgehend von einem bisschen Zahnweh, die irrwitzige Geschichte eines Zahnarztes, der im hohlen Zahn seines Patienten verschwindet. Eine andere Ihrer Geschichten, die ich besonders sadistisch finde, ist die von den ›Feuchten Socken‹: Da beschließt ein kleiner Angestellter, sich für die Überlegenheit der sowjetischen Schachspieler zu rächen, indem er einigen von ihnen eine Überweisung über mehrere hundert Francs mit den schlichten Worten schickt: »Als Dank für Ihre kleine Hilfeleistung.« Und am Ende werden alle Adressaten verhaftet und verschwinden.

Eine Leserin hat mich darauf aufmerksam gemacht, dass es eigentlich ausgeschlossen ist, mit einer internationalen Überweisung Geld in die UdSSR zu schicken. Aber egal, was zählt, ist die Idee: Ein Typ, der mit einem Scheck tötet! *(monströses Lachen)* Umgekehrt kann man marxistische Bücher nach Santiago de Chile schicken, da riskiert der Empfänger auch ernsthafte Unannehmlichkeiten. Das ist eine neue Form der Mail Art, die mir sehr befriedigend erscheint *(Lachen)*. Ich wollte aus dieser Idee einen Roman mit alternierenden Kapiteln machen: Einerseits wollte ich die sadistische Rache des Geldverschickers schildern, andererseits das Leben von Ivanova und Petrovitch, die dieses Pech ereilt *(Lachen).* Und dann ist daraus eine kurze Geschichte geworden, so ein Einfall, wie man ihn im Café erzählt: Da muss man nicht in die Einzelheiten gehen oder etwas entwickeln, sondern kann von einer Andeutung, einem Wortspiel aus seinen Gedanken freien Lauf lassen.

Wie würden Sie denn Ihren Schreibstil charakterisieren?

Ich hab das Gefühl, es ist nicht Sollers *(genüssliches Lachen).*

Wer weiß! Sie wurden als Nachfolger der Surrealisten bezeichnet. Einverstanden?

Ich fühle mich mit den Vorläufern der Surrealisten verwandt. Die Leute verpassen einem gern ein Etikett, das ist einer der Gründe, warum wir beschlossen haben, die Panik-Bewegung zu gründen. Um zu verhindern, dass meine Werke als surrealistisch katalogisiert werden, habe ich gesagt: Das ist Panik-Stil, und keiner hat mich mehr genervt. Jedenfalls fasziniert mich der Surrealismus, bevor er eine Bewegung dieses Namens war. Selbstverständlich liebe ich Magritte. Aber Goya, Bosch oder Grandville ziehe ich einem Max Ernst oder Dalí vor. Was ich den Surrealisten vorwerfe, ist, dass sie in einem bestimmten Bereich des Geistes und der Kunst quasi eine ›feindliche Übernahme‹ machten. Dabei ist diese Mischung aus Humor und Traum, Burleskem und Barockem, dem ich mich auch zuordnen würde, seit Jahrhunderten schon eine Konstante in der Kunst. Die

Surrealisten haben ihr einen Namen gegeben, und im äußersten Fall müsste man jedesmal Lizenzgebühren bezahlen, wenn man diesen Bereich betritt, diesen ›Gemeinplatz‹ im besten Sinne des Wortes.

Und der Dadaismus?

Außer der ›Panik-Bewegung‹ fühle ich mich keiner Bewegung zugehörig. Aber als Betrachter ziehe ich ganz klar den Geist eines Picabia, eines Duchamp, eines Tzara dem gewisser französischer Surrealisten vor, die in meinen Augen schon dadurch unrecht haben, dass sie viel zu französisch-froschfresserisch sind *(Lachen)*. Und von denen, die Ideen zu Papier bringen, mag ich Desnos, Prévert, Péret oder Gracq, aber weder Breton noch Eluard, noch Aragon. Überhaupt Aragon mit seiner schwülstigen Lyrik, das ist nichts für mich. Er ist ein ganz schlechter Dichter. Und wenn's nur das wäre… *(Verschwörerlachen)*

Ich hatte mir notiert, dass Ihre Lieblingsautoren Stevenson, Marc Twain und Lewis Carroll sind.

Ja, mit einer besonderen Vorliebe für Stevenson. Schriftsteller wie Breton, Eluard, Aragon – das sehen Sie schon den Fotos an – haben den Blick unverwandt über die blaue Linie der Vogesen hinaus erhoben und wollen den menschlichen Geist voranbringen. Das ist überhaupt nicht meine Art, ich will es dem Geist bequemer machen, aber lassen wir das. Stevenson hat genauso viel zum Wissen über den menschlichen Geist beigetragen wie diese Schriftsteller, er ist genauso berührend und tief, aber zugleich sind seine Bücher hinreißende Abenteuerromane. Man kann Stevenson auf mehreren Ebenen lesen, er ist niemals langweilig, niemals prätentiös, und er gibt nicht überall seinen Senf dazu. Ich verstehe nicht, warum Kunst oder Literatur immer mit diesem Ernst daherkommen müssen und nicht unterhalten dürfen. Dass er tolle Abenteuer erfindet, hindert Stevenson nicht daran, ein sehr großer Schriftsteller zu sein.

Die meistgebrauchte Charakterisierung für Ihr Werk ist »Schwarzer Humor«. Langsam müssten Sie genug davon haben, oder?

Es geht, ich leide nicht allzusehr darunter *(Lachen).* Wenn die Leute es brauchen, gut für sie. Ich jedenfalls glaube nicht an die Idee des schwarzen Humors: Humor ist nämlich zwangsläufig schwarz. Außerdem mag ich den Begriff nicht mehr. Ich bin kein Humorist, ich bin ein Possenreißer.

In der ersten Erzählung von ›Café Panique‹ gibt es einen kleinen Dialog: »Du bist ein Komiker?« – »Eigentlich nicht, aber gut, wenn du meinst.« – »Komiker deprimieren mich nämlich.« – »Stimmt, ich mag es auch nicht, auf Kommando lachen zu müssen.«

Ich bestehe heute sehr darauf, dass ich ein Possenreißer bin und sonst nichts. Komiker oder Humorist ist mir zu klassisch. Humor ist etwas sehr Definiertes und stark mit England und dem Begriff des Ehrwürdigen verbunden, einem Begriff, den ich nicht in meinem Herzen trage *(ausgedehntes Lachen).* Ich habe an mehreren Diskussionsrunden und Konferenzen über Humor teilgenommen. Das läuft immer gleich ab: Auf der einen Seite ein paar traurige Humoristen, auf der anderen ein vergnügtes Publikum. Die Humoristen werden gefragt: »Also, ihr bringt uns zum Lachen, ist das schwer?« Sie antworten: »Lachen ist nicht alles, es gibt auch den Tod, es gibt dies und das.« Darauf das Publikum zu den Humoristen: »Warum bringt ihr uns nicht mehr zum Lachen? Wollt ihr euer Publikum vergraulen?« Es ist immer dasselbe, ein Missverständnis. Um das zu vermeiden, nenne ich mich heute Possenreißer. Was mich nicht daran hindert, mit Jacques Vaché einer Meinung zu sein, der den Humor als theatralischen Sinn für die freudlose Sinnlosigkeit aller Dinge definiert. Genauer gesagt, ich verstehe Humor als Einbruch der Wirklichkeit – zum Beispiel der historischen oder biologischen Wirklichkeit, der Tatsache, dass wir sterben müssen, dass wir es nicht mehr lange machen werden, dass noch viele Jahrhunderte nach uns kommen und dass es auch vorher schon ein paar gab –, als Einbruch dieser Art von Wirklichkeit in das alltäglichste Leben. Damit verglichen, wird die Tatsache, dass man sich beim Rasieren geschnitten hat, lächerlich. Der typische Humor ist für mich die Geschichte von dem zum Tode Verurteilten, der die letzte Zigarette mit den Worten ablehnt: »Nein danke, ich will doch aufhören!« *(gellendes Lachen)* Ist das nun schwarzer Humor? Darüber sollen andere befinden. André Breton hätte dazu sicher eine sehr kluge kleine Betrachtung aus dem Ärmel geschüttelt.

Trotzdem hätten Sie nichts dagegen gehabt, in seine Anthologie des Schwarzen Humors aufgenommen zu werden.

Nichts Menschlich-Kompromisslerisches ist mir fremd *(freies, starkes Lachen)*. Und dann stimmt es ja auch, dass diese Anthologie für mich sehr wichtig war.

Und wenn man Ihre Zeichnungen und Bilder als ›absurd‹ bezeichnet?

Camus ist auch absurd. Finden Sie, dass es da große Ähnlichkeiten gibt? Sehe ich wie ein Denker aus?

Dabei haben Sie doch ganz nebenbei eine Kulturtheorie vorgelegt. In einem Artikel für ›Le Monde‹ haben Sie unsere Gesellschaft bis ins Detail als »Zivilisation der Glätte« analysiert. Wollten Sie daraus nicht sogar ein Buch machen?

Warten wir's ab *(Lachen).* Aber es stimmt, die Idee des Glatten finde ich wichtig. Man denkt ja oft, dass es in unserer Zeit keine Ästhetik mehr gibt, keinen Stil. Aber wenn man sich die Gegenstände, die einen umgeben, genau ansieht, stellt man fest, dass das falsch ist; oder die Kleidung und Lebensart der Menschen. Wir haben eine Tendenz zum Glatten. Einer meiner Freunde hat mich darauf aufmerksam gemacht, dass die Schönheitschirurgie dem Prinzip des Müllsacks folgt: oben anfassen, zusammenziehen und Knoten rein. Ergebnis: alles sauber, alles glatt, keine Falten mehr. Die Gegenstände heute folgen ähnlichen Grundsätzen: Sie sollen so aerodynamisch wie möglich sein, das schlichteste Bügeleisen ist so konzipiert, als müsste es zweihundert Stundenkilometer schaffen, alles wird daraufhin untersucht, ob es auch windschnittig ist... Jedesmal, wenn ein Designer einen Gegenstand entwirft, macht er ihn glatter und glatter – denken Sie nur an die Gabeln. Gleichzeitig erleben alle Gleitsportarten einen enormen Aufschwung: Skifahren, das schreckliche Eiskunstlaufen oder das Surfen. Oder nehmen Sie die Anzüge für Motorrad- oder Fahrradfahrer: so schlüpfrig es geht, um möglichst wenig Luftwiderstand zu haben. Wo immer Sie heute stehen, wohin Sie sich auch wenden, das Glatte triumphiert, alles Abstehende oder Spitzige, alles, was nicht abgerundet ist, wird verfemt. Das ist das Prinzip von Dartpfeilen, U-Booten, Raketen und Zäpfchen. Es gibt also einen Geist des Glatten, einen Geist maximaler Penetration. Vielleicht auch sexueller Penetration, aber nicht nur: Es ist ein Streben nach Durchdringung der Luft, des Wassers, des Raumes usw. Dieses Streben nach maximaler Penetration verstehe ich als eine fixe Idee, so wie die Obsession der immer komplizierteren Kommunikation. Darüber wurde schon sehr viel geschrieben, und es ist nicht meine Aufgabe, auch dazu noch etwas zu sagen. Ich bin aber sicher, dass dieses Glatte, Schlüpfrige in unserer heutigen Welt etwas bedeutet. Schauen Sie sich doch Autos oder Kugelschreiber an: Sie nähern sich mehr und mehr der Zäpfchenform. Was absteht, stört. Aber ich gebe zu, dass man von solchen Beobachtungen ausgehend alles beweisen kann *(Lachen).*

Sie haben gerade das ›Wörterbuch des perfekten Zynikers‹ von Roland Jaccard illustriert. Ihre Werke haben aber auch einen leichten Hang zum Zynismus…

Der Zynismus ist der ausdrückliche Wille, keine Gefühle in Anspruch zu nehmen. In der Kunst, könnte man sagen, sind die *ready-mades* von Duchamp, das ausgestellte Pissoir oder der Fahrradreifen in einem Museum zynische Objekte. Was ich mache, scheint mir mehr dem Geist des Spiels verpflichtet. Aber Spiel gehört zum Zynismus, und weil man von jemandem sagt: »Er spielt nur«, um zu belegen, dass er sich nicht mit seinen Gefühlen auf etwas einlässt, und weil ich versuche, mich nicht auf das einzulassen, was mir suspekt erscheint, und weil alles suspekt ist... na gut, in Ordnung, ich bin ein bisschen zynisch *(Lachen).*

Zynisch und verstörend, etwa durch Ihre Art, Körper zu verzerren oder mit bizarren Anhängseln oder Auswüchsen zu versehen.

Ich sehe nur die Oberfläche meiner Zeichnungen und denke nicht darüber nach, was andere darin sehen könnten. Ich will nicht schockieren, ich zeichne und male. Die Psychologie spielt in dem Moment überhaupt keine Rolle. Erst danach findet man etwas schön oder beängstigend oder lacht darüber. Zeichnen heißt Bilder machen, darauf muss man bestehen.

Aber Sie sehen schon ein, dass so etwas Angst machen kann?

Vielleicht. Aber was mir sehr viel mehr Angst macht als die ihren Phantasmen überlassenen Körper, sind die neurotischen Schutzwälle, die man gegen die eigene Ängstlichkeit errichtet: Dieses Sich-ständig-gegenseitig-an-Sicherheitsmaßnahmen-Überbieten ist eine Krankheit unserer Zeit.

In ›Café panique‹ gibt es eine grauenhafte Geschichte über ein Märtyrerkind. Ist das eine Art Exorzismus gegen Ihre Phantasien?

Nein, ich mag sowas *(provokantes Lachen),* aber eigentlich, ja, trotzdem... Ich hatte einen Freund bei *France-Soir,* der mir dreieinhalb Kilo Archivmaterial über Märtyrerkinder gegeben hat. Solche Geschichten kamen bis zum Beginn des Jahrhunderts häufig in der Literatur vor, heute stehen sie in den Zeitungen. Ich finde es interessant, mittels kleiner Fiktionen einzukreisen, was das Märtyrerkind gleichzeitig zum Gegenstand des Grauens und der Faszination macht. Vielleicht gibt es da eine geheime Leidenschaft, so eine Art unbegreifliche Amour fou. Wer stand nicht schon einmal vor einem Kind und hatte plötzlich, wenn auch verstohlen, wahnsinnige Lust, ihm den Hals umzudrehen?

Und Sie drehen ihm den Hals mittels einer Geschichte oder einer Zeichnung um?

Ja, das ist doch eine gute Ablenkung. Aber ich hoffe trotzdem, Sie erzählen nicht herum, ich würde die ganze Zeit daran denken *(Lachen).* Ich liebe einen Film mit dem Titel *The Honeymoon Killers.* Es ist die Geschichte von einem Kerl, der einsame Herzen betrügt, die Kleinanzeigen in Zeitungen aufgeben. Er heiratet sie, um ihnen das Geld aus der Tasche zu ziehen, und verschwindet. Eines Tages findet ihn eine von diesen Frauen wieder, eine monströse Dicke. Sie ist ihm aber nicht böse – sie liebt ihn. Die beiden tun sich zusammen und machen mit dem Heiratsschwindel weiter, aber sie ist eifersüchtig und verlangt von ihm, dass er die einsamen Herzen nicht nur bricht, sondern die Frauen umbringt. Die Geschichte dieses ungewöhnlichen Paares hat mir sehr gefallen. Das ist aber keine Empfehlung, es genauso zu machen!

Einverstanden, aber Sie lieben solche Geschichten schon sehr.

Ja! *(satanisches Lachen)* Ich behaupte ja, dass jeder solche Geschichten, Ideen, Träume im Kopf hat. In mehr oder weniger großen Dosen, gebe ich zu. Aber wirklich fragwürdig und gefährlich ist es, wenn man sie hütet, in sich vergräbt und verbirgt. Manche hilflose Versuche, die Kinder zu schützen, kommen mir sonderbar und suspekt vor. Einer, der protestiert: »Nein, das darf er nicht über Kinder sagen!«, ist vielleicht der, der eines Tages explodiert. Jede Mutter, die etwas auf sich hält, denkt ständig daran, dass ihr Kind von einem Auto überfahren werden könnte, sie denkt daran, sie hat das Bild vor Augen. Ich sage nur, dass es besser ist, dieses Bild in einem Text oder einer Zeichnung herauszulassen, als es vor lauter Schreck zu vergraben.

Eine Ihrer berühmtesten Erzählungen, wenn ich so sagen darf, steht in ›Four Roses for Lucienne‹: Ein Schulbus stürzt in eine Schlucht, und der Lehrer unterrichtet die Verwundeten weiter, während sie auf Hilfe warten.

Das soll nicht heißen, dass ich ein Verfechter solcher Unfälle bin *(Lachen).* Ich habe die Kinder als Beispiel genommen, aber ich hätte genauso gut von Sex oder Tod sprechen können. Wir haben alle möglichen Vorstellungen, Träume und Gedankengänge, die integrale Bestandteile der Phantasie sind. Ich bin kein Chronist der Wirklichkeit, eher ein Erforscher dieser Phantasie. Deshalb habe ich auch keine Angst vor meinen Zeichnungen, weil es eben nur Zeichnungen sind, erfundene Bilder. Deshalb habe ich auch keine Angst vor dem, was ich schreibe, weil es Fiktionen sind, Worte, keine Dokumente oder Artikel. Schöne Verteidigung der Literatur, nicht wahr? Nach alldem können Sie mir den Befähigungsnachweis zum Schriftsteller doch nicht mehr verweigern *(abschließendes Lachen).*

Nachweis

Anstoß erregen und Anstoß nehmen von Arnon Grünberg ist eine leicht gekürzte Fassung des Vorworts für das Buch *Roland Topor: Romans, Verhalen, Tekeningen en Foto's,* das 2007 im Verlag Nijgh & Van Ditmar, Amsterdam erschienen ist. Aus dem Niederländischen von Rainer Kersten. Abdruck mit freundlicher Genehmigung von Arnon Grünberg.

Ruhe bitte, hier wird geträumt; Die Hungrigen speisen; Ein Haufen Fragen; Gewitter; Ohne Komplexe; Mieser Charakter; Die Wahrheit über Ludwig XVII.; Geistige Nahrung; Die Hinrichtung aus *Four roses for Lucienne,* Christian Bourgois éditeur, Paris, 1967, 1998. Aus dem Französischen von Brigitte Große. Abdruck mit freundlicher Genehmigung von Nicolas Topor.

Die Idioten und *Als Sonia den Teufel zum ersten Mal traf...* aus Topor, l'homme élégant, Les cahiers de l'Humoir, Paris. Übersetzt von Brigitte Große. Abdruck mit freundlicher Genehmigung von Nicolas Topor.

Ius primae noctis aus *Made in Taiwan. Copyright in Mexico,* Editions du Rocher, Paris, 1997. Übersetzt von Brigitte Große. Abdruck mit freundlicher Genehmigung von Nicolas Topor.

Mafia aus *Taxi Stories,* Editions Safrat, Paris, 1988. Übersetzt von Brigitte Große. Abdruck mit freundlicher Genehmigung von Nicolas Topor.

Manifest der autogenen Schule; Der glatte Stil; Manifest der Regenkunst; Hundert Gründe, mich auf der Stelle umzubringen und *Zwölf Möglichkeiten, Weihnachten zu entgehen* aus *Topor, Tod und Teufel,* Diogenes Verlag, Zürich 1985. *Manifest der autogenen Schule; Der glatte Stil; Manifest der Regenkunst* übersetzt von Lislott Pfaff. *Hundert Gründe, mich auf der Stelle umzubringen* übersetzt von Ludwig Harig. *Zwölf Möglichkeiten, Weihnachten zu entgehen* übersetzt von Martina Schäfer. Abdruck mit freundlicher Genehmigung von Nicolas Topor.

Wer ist Roland Topor?; Wäre ich nur ich selbst!; Ein Leben mit dem Radiergummi und *Topor à la bombe* aus *Topor, Tod und Teufel*, Diogenes Verlag, Zürich 1985. *Wer ist Roland Topor?* übersetzt von Lily Sauter. Abdruck mit freundlicher Genehmigung von Nicolas Topor.
Das Interview mit Pierre Boncenne erschien zum ersten Mal im Mai 1982 in *Lire,* Paris. Aus dem Französischen von Brigitte Große. Abdruck mit freundlicher Genehmigung von Pierre Boncenne und *Lire,* Paris.

Alle anderen Texte aus *Der schönste Busen der Welt,* übersetzt von Ursula Vogel, Diogenes Verlag, 1987. Abdruck mit freundlicher Genehmigung von Nicolas Topor.

Roland Topor

Memoiren eines alten Arschlochs

Aus dem Französischen
von Eugen Helmlé

»Topor macht sich in den *Memoiren eines alten Arschlochs* über die Erinnerungsbücher von Zeitgenossen lustig, die mit ihren prominenten Bekannten prahlen. Insgesamt 382 Berühmtheiten, darunter Edith Piaf, John Cage, Salvador Dalí, Albert Einstein, Sigmund Freud, Edward Hopper, läßt Topor über seinen fiktiven Lebensweg stolpern. Topor ist so witzig wie Woody Allen.« *Darmstädter Echo*

»Die anmutigste und dabei perfideste Parodie auf zahllose Autobiographien.« *Christian Ferber / Norddeutscher Rundfunk, Hannover*

»Man wird nach dieser Lektüre an den zur Zeit so häufigen ›echt-bedeutenden‹ Selbstdarstellungen einen neuen Spaß haben können, nämlich sie à la Topor zu lesen.« *Frankfurter Rundschau*

»Eine herrliche, komische, blühende Parodie auf den Erinnerungenboom auf dem Buchmarkt. Und deshalb ein Muß für Masochisten.«
Süddeutscher Rundfunk, Stuttgart

»Ich habe sie alle gekannt, alle! Und diejenigen, denen ich nicht leibhaftig begegnet bin, habe ich am Fernsehen gesehen.«
Roland Topor in ›Memoiren eines alten Arschlochs‹